講談社文庫

Doubt《ダウト》 きりのない疑惑

ミステリー傑作選

日本推理作家協会 編

講談社

目次

黒い履歴

薬丸《やくまる》 岳《がく》

1969年、兵庫県生まれ。小説執筆に専念するため、旅行会社を退職。2005年、初の応募ながら、『天使のナイフ』で第51回江戸川乱歩賞を受賞し、デビュー。選考委員が満場一致で推したこの作品は、同年、「週刊文春」ミステリーベスト10の２位にも選ばれた。ほかに、『闇の底』、『虚夢』、『悪党』、本作も収録された『刑事のまなざし』などがある。

小出伸一《こいでしんいち》は大塚《おおつか》駅前の繁華街をさまよっていた。

あたりはもう薄暗くなっている。明かりの灯った飲み屋の看板を見て、酒を飲みたいという強い誘惑に駆られたがやめておくことにした。いま飲むと悪酔いしそうだったからだ。

伸一は半年前から池袋《いけぶくろ》にある居酒屋で働いているが、ついさっき店長から解雇を言い渡された。

ようやく仕事にも慣れてきたと思っていた矢先の出来事だ。最近、店の経営が芳《かんば》しくないということは聞いていた。だけど、どうしてたくさん従業員がいる中でおれなのだという憤《いきどお》りが募っている。他のバイトよりも一生懸命に仕事をしてきたつもりなのにどうして。店長に理由を問い詰めると、不景気だからしかたがないんだと言葉を濁した。

店長の表情を見て伸一は察した。理由はひとつだろう。どこかで伸一の過去を聞きつけたのだ。

いつもこうだ。いくら人生をやり直そうとしても、自分の過去が、黒い履歴《りれき》が、いつも伸一の邪魔をする。

解雇までに一ヵ月間の猶予をやるからその間にちがう仕事を探せと言われたが、近くにあった椅子を蹴とばして店を飛び出した。それからずっとあてもなく歩いている。

ゲームセンターの前を通りかかって立ち止まった。店の外に置いてあるクレーンゲームに目をやると、中の景品が新しくなっていた。ももちゃんという、子供に人気のウサギのキャラクターのぬいぐるみだ。

春奈《はるな》のために持って帰ってやるかと、百円玉を入れた。

ケースの中に散乱したぬいぐるみを注視して狙いを定める。絶妙なタイミングでボタンを押すと、狙い通りにクレーンがぬいぐるみをつかんで穴に落とした。

今日は嫌なことばかりの一日だったが、さすがにこのゲームだけは神様も伸一を見放さなかったようだ。クレーンゲームは伸一の唯一の特技だった。一緒に暮らす姪の春奈へのみやげを得ようと何度もチャレンジしているうちに腕前が上達したのだ。

ビニールでできたぬいぐるみを上着のポケットに入れると、ここから歩いて二十分ほどの東池袋のアパートに向かう。

住宅街の薄暗い路地で、ランドセルを背負った小さな後ろ姿を見つけた。

「舞《まい》ちゃん」

声をかけると、肩をびくっとさせて女の子が立ち止まった。横瀬《よこせ》舞がゆっくりと振り返って強張《こわば》った顔を向ける。

人通りの少ない寂しい路地でいきなり声をかけて、驚かせてしまったみたいだ。

「春奈ちゃんのお兄ちゃん」

舞が表情をやわらげて言った。

伸一のことを春奈の兄と勘違いしているようだが、あえて訂正はしない。おじさんと言われるよりはいい。

「今日は春奈と一緒じゃないの」

伸一は訊《き》いて、舞と一緒に歩いた。

舞は小学校四年生の春奈と同級生で、同じ塾にも通っている。だが、ふたりが一緒に歩いているところを見かけても同い歳には思えなかった。春奈よりも背が高いということもあったし、いつも騒がしい春奈とちがって子供特有のはつらつとした明るさに欠けている。それに、どこか憂いを帯びた大きな瞳が舞を年齢よりも大人びて見せるのだろうか。

「うん。わたしはお買い物があったから途中で別れたんです」

舞はすぐ近くの一軒家に父親とふたりで暮らしている。かなり立派な家だ。家に遊びに行った春奈の話では、大きなテレビや高そうなビデオカメラなどがあったという。父親がどんな仕事をしているのかは知らないが、伸一たちが住んでいるアパートの大家だから経済的には困っていないのだろう。

「もしかして、舞ちゃんが夕食を作ってるの？」

右手に掲げたスーパーの袋に目を向けて、伸一は訊いた。

「毎日じゃないけど、たまには……」

「えらいなあ。春奈にも見習わせたいよ」

春奈は母子家庭だが、家の手伝いをしているところなど見たことがない。伸一の姉である奈緒子《なおこ》が、散らかしたものぐらい片づけなさいと、よく春奈のことを叱っていた。

曲がり角のあたりでふたりの主婦がこちらに目を向けながら何やら話をしている。小さな女の子と歩いているだけで変な目で見られる御時世《ごじせい》だ。人がいなければ、舞の家まで送っていこうと思っていたが、ここで別れて自分のアパートに帰ることにした。

「舞ちゃん、これあげる」

仲一はポケットからさっきクレーンゲームでとったぬいぐるみを取り出した。

「いいの？」

舞が迷うように訊いた。

「ごほうび。舞ちゃんは家のお手伝いをしてえらいからね」

「お兄ちゃん、ありがとう」

舞が笑顔を浮かべて受け取った。

家に帰っていく舞の背中をしばらく見送ってから、仲一はアパートに向かった。

襖《ふすま》を開けると、悲鳴が響いた。

寝室にしている和室で、春奈が着替えをしていたところだ。

「仲ちゃん、ノックぐらいしてよ！」

春奈が血相を変えて、ぬいぐるみを投げつける。

「オーバーなやつだな」

伸一は意に介さずに、上着を脱いでハンガーにかけた。

「わたしも女なんだから、ちゃんとデリカシーをもってよ」

生意気なことを言う。

つい先日までは、裸で部屋の中を走り回ったり、一緒に風呂に入ろうとせがんできたではないか。だが、最近の春奈は伸一の視線に過敏に反応している気がする。これが思春期の始まりというやつか。

冷蔵庫からビールを取って、座卓とテレビが置いてあるもうひとつの部屋に行った。

築三十年は経とうかという古い２ＤＫのこのアパートで奈緒子と春奈と三人で住んでいる。けっして楽な暮らしではないが、伸一にとってはかけがえのない穏やかな生活だ。

遠くからサイレンの音が聞こえてきた。

「どこかで火事でもあったのかな」

春奈がやってきて訊いた。

「いや、あれは消防車じゃなくてパトカーだ」

過去の苦い記憶から答える。

サイレンの音が近づいてくるにつれ、胸騒ぎがした。この近辺は人の通りが少ない。痴漢の被害もよくあるという。

心配になって、携帯電話のメールを奈緒子に送った。すぐに、残業があるので少し遅くなると返信があった。

台所で夕食の後片づけをする奈緒子の背中を見つめながら、伸一は話のきっかけを探していた。春奈はひとりで風呂に入っている。

「なあ、あねき」

伸一が呼ぶと、奈緒子が振り返った。

「おれ、今日仕事を辞めてきたんだ。今月はあまり家に金を入れられないかもしれないけど、来月はちゃんと入れるからさ」

努めて何でもないことのように言ったが、奈緒子は驚いたような顔で見つめ返してきた。

「どうして？　あんなに気に入ってた職場だったのに」

奈緒子の表情が徐々に曇っていく。

仕事を辞めた理由に思いを巡らせているのかもしれない。

「気に入らねえやつがいて喧嘩した」

解雇されたとは言えなかった。

少年院を出てから九年間、真面目に働こうと思っても、いつも同じような理由で何度となく仕事を変わった。その度に自分の黒い履歴を呪いたくなる。だけど、そんな愚痴《ぐち》を奈緒子には絶対に言えなかった。

「明日からまた仕事を探すから」

「うちの職場の人に訊いてみようか？」

奈緒子は池袋駅近くの花屋で働いている。

「いや……」

自分の経歴をまわりに知られたら奈緒子にも迷惑がかかる——その言葉を飲み込んだ。

「朝早いのは苦手だから」

それ以上、お互いに言葉が出てこなかった。重たい沈黙を破るように呼び鈴が鳴った。

伸一は少しほっとしてドアのほうに目を向けた。

「はい」

奈緒子がチェーンロックをかけたまま、玄関のドアを開けた。

「夜分遅くに申し訳ありません。警察の者ですが……」

警察という言葉に、奈緒子の肩がびくっと反応した。伸一のほうに目を向ける。

だが、警察が訪ねてくるようなことをした覚えはまったくない。それでも心臓が締めつけられるように苦しくなった。

奈緒子がチェーンロックを外してドアを全開にすると、背広を着たふたりの男が立っているのが見えた。

「この近くで事件がありまして、いくつかお訊きしたいのですが」

男のひとりが言った。

伸一は激しい動悸を感じながら、立ち上がって奈緒子のそばに向かった。

「この近くに住んでらっしゃる横瀬さんをご存じでしょうか」

「横瀬さんって……このアパートの大家さんのことですか」

奈緒子が答えた。

質問をしている刑事はがっしりとした体格の厳つい男だ。その後方にいる背の高い男を見て、激しい衝撃が走った。

しばらく我が目を疑った。だが、伸一を一瞥した男と目が合ってやはりそうだと確信する。

夏目信人《なつめのぶひと》——なぜだか名前を覚えていた。

どうしてあの男がここにいるのだ。頭の中が混乱していた。

夏目も伸一のことに気づいていたようで、少し表情を緩ませて、眼差《まなざ》しだけでひさしぶりと語った。

「横瀬さんのお宅で人が死んでいるようだと帰宅した住人から通報がありまして……」

「舞ちゃんが通報したんですか」

奈緒子が痛ましいという表情で訊いた。

「ええ。亡くなっていたのはお父さんの横瀬透《とおる》さんでした」

「舞ちゃんの様子は……」

奈緒子が声を詰まらせて言う。

「現在は警察で保護しています。お父さんの死体を見てかなりショックを受けているようで、とても話ができる状態ではありませんが……」

「いったいどうして……」

伸一は思わず口をはさんだ。

「何か硬いもので頭を殴られて殺されたようです」

殺された——その言葉を聞いて伸一は息を呑んだ。

「今のところ部屋の状況から物盗りによる犯行ではないかと思われます。六時ごろに横瀬さんが帰宅したという目撃情報がありまして……その時間帯にこの近くで不審な人物などを見かけたりしませんでしたか」

「わたしは七時過ぎまで働いていまして帰宅したのは八時近かったので」

「どちらにお勤めですか」

刑事に訊かれて、奈緒子が花屋の名前と住所を告げた。夏目が後ろからメモをとる。

「おれ、帰宅する直前にそこで舞ちゃんと会ったよ」

伸一が呟《つぶや》くと、奈緒子が「えっ、そうなの？」とこちらを見た。

「ああ……」

「それは何時ごろですか？」

刑事が訊いた。

「六時二十分ごろだったかな」

伸一からぬいぐるみを受け取ると舞は笑顔で家に帰っていった。その直後、殺されている父親を発見したのだ。そのときの舞の衝撃を思うと、心が痛んだ。

「そのときに不審な人物を見かけたりしませんでしたか」

「特には……主婦がふたり立ち話をしていたくらいで」

「ちなみに、それ以前はどちらにいらっしゃったんですか」

刑事の目が鋭くなったように感じた。アリバイというやつか。

夏目が一歩前に出て、初めて口を開いた。

「お気を悪くなさらないでください。一応、お話を聞いたすべてのかたに訊《たず》ねているんです」

伸一は六時前後の行動を正直に話した。大塚駅前でふらついていたこと、ゲームセンターでクレーンゲームをやってからアパートに向かったこと。

刑事たちは黙って聞いていたが、話しているうちにだんだんと不安を煽られる。自分には決定的なアリバイがないことに気づいたからだ。どこかの店に立ち寄ったわけではない。知り合いに会ったわけでもない。ゲームセンターに立ち寄ったといっても、外にあるクレーンゲームをやっていたのだ。そのときにまわりには人などいなかった。

奈緒子が心配そうに伸一のことを見つめている。

「どなたかそれを証言してくれる人はいませんか」

刑事の質問に、伸一はうつむくしかなかった。

そのときに奈緒子の手もとが目に入った。小刻みに震えているのがわかった。

奈緒子も刑事が伸一に疑いの目を向けるのではないかと、不安に思っているのかもしれない。


布団に入ってからも、胸のざわつきはいっこうにおさまらなかった。

隣から春奈の寝息が聞こえてくる。

「あねき、起きてる?」

伸一は薄暗い天井を見上げながら呟いた。

「うん」

「おれ……あの刑事のひとりを知ってる」

「えっ?」

奈緒子が驚いたような声を出した。

「少年鑑別所でおれのことをいろいろと調べた夏目って法務技官だよ」

「どうして少年鑑別所の人が……」

「わからない。どうしてあの男が……」

「大丈夫だよ……伸ちゃんは何も心配することはないよ……」

伸一の不安を察してか、奈緒子が言った。

だが、執拗《しつよう》に人の心の中に入り込んでこようとする夏目の強い眼差しを思い出すたびに、胸のざわつきは激しさを増していく。

伸一は十一年前に叔父を殺害した容疑で逮捕された。十五歳のときだ。警察での取り調べの後、少年鑑別所に入れられて、担当だった夏目から伸一の家庭環境や交友関係、犯行に至るまでの心理などを事細かく調べられた。

警察での取り調べとちがって、面接をする夏目の態度は終始穏やかだった。人を包み込むような温かい眼差しで、伸一の生い立ちなどを聞いていく。夏目は今までに出会ったことのないタイプの大人だった。

だが、伸一にとってはそんな夏目の温かさが逆に不気味に思えた。すべてが伸一の内面を覗くための企みかもしれない。この男には絶対に隙を見せてはならない。伸一は面接で曖昧《あいまい》な返答を繰り返しながら、本当の自分の姿を見せることを頑なに拒んだ。

夏目と対峙して語ったことは、大人は醜いということだけだ。今まで立派だと思える大人になど会ったことがない。手本にできる大人は、三歳年上の姉の奈緒子だけだった。

伸一は両親のことをあまり覚えていない。両親は五歳のときに交通事故で亡くなった。伸一と奈緒子は唯一の身寄りであった母の弟の木村裕也《きむらゆうや》という男に引き取られることになった。

だが、木村はろくでもない男だった。

独身だった木村はきちんとした仕事を持っていたが、外での顔と家での素顔はぜんぜんちがっていたようだ。気に入らないことがあるとすぐに伸一や奈緒子に手を出した。最低限の食事しか与えられず、食事のときも床に皿を置いて木村が命じるまま犬の真似事をするまで食べることを許されなかった。木村は激しい暴力と徹底的に自尊心を打ち砕くことで、幼い子供の心と体を支配したのだ。そんな虐待《ぎゃくたい》が十年間続いた。

奈緒子は勉強ができたにもかかわらず高校に行くことを諦《あきら》めて、ハンバーガーショップで働き始めた。その給料で食べ盛りの伸一の食事や身の回りの必要なものをまかなってくれた。あと数年したら一緒に家を出よう、それがそのときのふたりのはかない夢だった。

　伸一が十五歳のとき、奈緒子からある男性にプロポーズされたと打ち明けられた。木村に内緒で交際していたらしい。その男性は磯辺《いそべ》というハンバーガーショップの正社員で、姉に対する思いは真剣だったようだ。結婚しても伸一が高校を卒業するまで一緒に暮らそうと言ってくれた。

　だが、それを知った木村が何もかもめちゃくちゃにしようとした。そのとき、伸一は木村の本当の邪悪《じゃあく》さを思い知ったのだ。

　あのときの自分の行動が間違いだったとは思わない。

　人殺しは悪いことだ。そんなことはわかっている。だけど、人を殺す人間が一番の悪だとは思わない。世の中にはもっと狡猾《こうかつ》で邪悪な人間が存在するのだ。

　警察に自首してからずっと、伸一は奈緒子のことを心配していた。自分が警察に捕まったことで、磯辺が奈緒子のもとを去ってしまうのではないかと思ったからだ。だが、奈緒子と磯辺は結婚して、伸一が少年院に入っている間に春奈が生まれた。

　伸一は少年院を出たらひとりで生きていこうと思っていた。奈緒子には幸せになってほしい。

　しかし、少年院を出たとき、奈緒子は磯辺と別れて春奈とふたりで生活していた。何が原因で磯辺と別れたのか奈緒子は話そうとしない。

人殺しの烙印《らくいん》を押された自分に原因があるのか、それとも木村から受けた深い心の傷が遠因となっているのか――

翌日、伸一は午前中から求人雑誌を片手に電話をかけまくった。二十社ほど電話をかけてみたが、予想通りほとんどの会社で色よい返事をもらえない。それでも一社だけ、面接の約束を取りつけた。

伸一は急いで履歴書を書くと、身支度を整えて駒込《こまごめ》にある食品会社へと向かった。

結果は不採用だ。最終学歴の中学校を卒業してからのことを問われて、伸一は面接で初めて本当のことを話してみた。とりあえず採用までこぎつけても、後々自分の過去がばれて解雇されるという思いはもうたくさんだったからだ。今の自分の姿を見て判断してくれる人がいるかもしれない。

だが、そんな淡い期待は簡単に打ち砕かれてしまった。失望感を噛み締めながら大塚駅で電車を降りた。

駅前のゲームセンターの前を通りかかって立ち止まる。

何の収穫もない一日だったが、せめて春奈のためにみやげを持っていってやろうと思った。今朝、舞の家で起こった事件のことを奈緒子から聞いて、春奈はそうとう落ち込んでいる。

百円玉を入れて絶妙なタイミングでボタンを押す。昨日と同じももちゃんのぬいぐるみをとることができた。

「お見事」

その声に振り返った伸一は驚いた。

夏目が笑みを浮かべながら伸一を見つめている。

「すごいな。一発だろう。ぼくもこのぬいぐるみがほしくて何度もチャレンジしたんだけどぜんぜんだめだった」

空々《そらぞら》しい言い訳を聞いて腹が立ってくる。本当は伸一のことを尾行していたか、アリバイの確認でもしていたのだろう。

「ちょっとコツを教えてくれないか」

夏目が財布から小銭を取り出してクレーンゲームを始めた。だが、何回やってもクレーンからぬいぐるみがすり抜けていく。夏目は懲りずに何度もチャレンジする。

「昨日、舞ちゃんにあげたぬいぐるみもこれだろう。ももちゃん。ここでゲームをしていたのかい」

夏目がケースの中のぬいぐるみを凝視しながら訊いてきた。

いい歳したおっさんがももちゃんもくそもないだろう——内心で毒づく。

「ああ、そうだよ」

「昨日、事情を聴いている間中、舞ちゃんはそれをずっと抱きしめていたよ」

伸一はその光景を想像して、切なくなった。瞬間、ボタンに手をかけていた夏目の手の甲を思いっきりひっぱたく。クレーンが下りてぬいぐるみをつかんだ。

「すごい！」

穴に落ちたぬいぐるみを見て、夏目が飛び上がらんばかりに歓喜の声をあげる。

「こんなものどうするのさ」

伸一は冷めた口調で言った。

「娘にやるんだ」

夏目がぬいぐるみを手にして嬉しそうに微笑んだ。

そういえば、少年鑑別所で一度だけ、夏目が自分の家族の話をしたことがあった。たしか、三、四歳の娘がいると言っていた。あのときに三、四歳なら今では中学生になっているはずだ。

「今どきの中学生にこんなものやっても喜ばれないっすよ」

「本来ならそうかもしれないな。でも娘は十年近く病院のベッドで寝たきりだ。枕元に置いてやりたかった」

夏目の微笑の隙間に、子煩悩《こぼんのう》な父親の顔を見た気がした。

「病気かなんかですか」

その質問に、夏目は何も答えない。

「礼といってはなんだけど、近くでコーヒーでも飲んでいかないか」

「取り調べっすか」

伸一は皮肉で返した。

「いや。純粋な礼だよ」

ぬいぐるみを鞄《かばん》に入れると夏目が歩き出した。しかたなくその後をついて行く。

夏目の背中を見つめながら、昨晩から抱えていた疑問が大きくなっていく。

この男はなぜここにいるのだろう。法務技官といえば、その多くが臨床心理士の資格を持つ心理職のプロだ。初めて会ったとき、夏目はたしか二十代の後半だったと思う。その男が今は刑事として自分の前を歩いている。

悪いことをする少年と向き合うことに嫌気がさしての転職なのか。いや、警察官になれば、もっと大きな悪と向き合うことになるだろう。

考えているうちに、華奢《きやしや》に見えていた背中が不気味な威圧感をはらんでくる。

「昨日、仕事を辞めたそうだね」

コーヒーを一口飲んで夏目が言った。

仲一は目の前の夏目と向き合いながら、心の中で舌打ちをする。

夏目は——警察は、やはり自分のことをきっちりと調べているのだ。何が純粋な礼だ。薄暗い取調室から喫茶店に場所を変えただけで、やっていることは取り調べと変わらないじゃないか。

「次の仕事は決まっているのかい」

夏目が訊いた。

「今、探してるよ。そんなことよりも刑事っていうのはずいぶんと暇な仕事なんだな。この近くで殺人事件が起きたっていうのに、ゲームセンターで遊んだり喫茶店でだべったりしてて」

「これでも仕事をしているつもりだよ。いくつか確認できたことがあった」

「目の前に重要参考人がいるとか、か。事件が起きた現場の近くに人を殺したことがあるってやつがいれば捜査も楽だろうな。いつもそうだよ。まっとうに生きようと思っても、過去の履歴が邪魔をする。みんな、色眼鏡でおれのことを見やがる」

そう言い放つと、夏目がじっと伸一の目を見据えてきた。苦手な視線だった。

「世の中のすべての人がそんな目できみを見ているわけじゃないだろう」

「どうだか」伸一は吐き捨てた。「げんに、何か事件が起きればおれのまわりに警察官が集まってくるじゃないかよ。たしかにおれは昨日仕事を辞めたよ。どうせ調べているだろうから言うけど、辞めたというか解雇されたんだ。何の理由もなくな。あんたが見て感じたとおり、うちは経済的に余裕があるとはいえない。金がほしくておれが横瀬の家に空き巣に入ったって筋書きができるな」

「あいにくだけど、ぼくはそんな筋書きは考えていない」

夏目は言うと、顎に手をやって何かを考え込んでいる。

「どういうことだよ」

「横瀬さんの自宅からは金目のものが奪われた形跡がないんだ。リビングボードやタンスを物色した跡はあったけど、横瀬さんのズボンに入っていた財布はそのまま残されていたし、通帳やカードが盗まれた様子もなかった。もっとも、舞ちゃんもぼくたちも気づいていない高価なものが他にあったのかもしれない」

「指紋とかは残ってなかったのか」

「ああ」

伸一は落胆した。指紋が残っていれば自分への疑いは完全に晴れただろうに。

「犯人がリビングを物色しているときに横瀬さんが帰ってきたのだろう。犯人は近くにあったビデオカメラを持ってドアのそばで様子を窺ったみたいだ。そして入ってきた横瀬さんの頭をビデオカメラで殴ってそのまま逃げ出した。横瀬さんはドアのそばに倒れていて、近くに血痕のついたビデオカメラが残されていた。家庭で使うような小型のものではなくて、かなり大きな、プロが使うようなものだ」

舞の自宅には大きなテレビや高そうなビデオカメラが置いてあったと言っていた春奈の言葉を思い出した。

「そんなこと、おれなんかにぺらぺら喋《しゃべ》っていいのかよ」

「そうだな」夏目が苦笑した。「ここだけの話ということにしてくれ」

捜査上の秘密を軽々しく話す夏目を見ていて、この近辺の治安が心配になってくる。ずいぶん間の抜けた刑事のようだ。

「いつ、仕事を替わったんだよ」

伸一は訊いてみた。

「三十歳のときに法務技官を辞めて、警察官の採用試験を受けた。警察学校を卒業してから六年近く交番勤務をしていたけど、最近この部署に移ってきたんだ」

　どうして夏目は、法務技官という今までの仕事をなげうってまで警察官になろうと思ったのだろう。三十歳という年齢からまったく畑ちがいの職に就くことはそうとうの困難を伴うだろうと伸一にも想像ができる。

「どうして警察官になったんだよ」

「どうしてだろう……テレビの刑事ドラマにでも影響されたかな」

　はぐらかしだとすぐにわかった。

「ひとつだけ言えるとしたら、家族のためにそうしたいと思ったんだろうな」

「だけど、向いてないいんじゃないの」

　伸一は言った。

「そうかもしれないな……」

　と言いながら、夏目が伝票を持って立ち上がる。

「でも、向いていようと向いてなかろうと、きみも早く仕事を見つけるんだな。生きていくために、大切な人を守るために、仕事は必要だから」

　夏目はそう言って喫茶店を出て行った。

「春奈、自分で散らかしたものはちゃんと片づけるようにしなさいッ！」

隣の部屋から奈緒子の叱責《しっせき》が聞こえてくる。いつもならこの一声で終わるのだが、今日はその後も執拗に春奈を説教しているようだ。しまいには春奈の泣きじゃくる声が聞こえてきた。

伸一は缶ビールを座卓に置いて、隣の部屋に様子を見にいった。

春奈は目を真っ赤にして泣きじゃくっている。奈緒子が腰をかがめて春奈と視線を合わせながら説教していた。

「あねき、そのへんにしといてやれよ」

「伸ちゃんは黙ってて！」

奈緒子が言い放った。初めて見る奈緒子の激しい形相に伸一は気圧《けお》された。

「ねえ、春奈……春奈はもう大きいんだから、自分でいろいろなことができるようにならないといけないの。いつも人に頼ってばかりじゃいけないの。わかる？」

奈緒子が穏やかな口調に戻って諭すように言うと、手で涙をぬぐっていた春奈がうんと頷いた。

「ごめんなさい……」

春奈が奈緒子を見つめながら謝った。

「いい子ね」奈緒子が春奈の頭を撫でる。「ブラッシングしてあげる。いらっしゃい」

奈緒子は化粧台の前に行くと膝の上に春奈を乗せた。優しい手つきで髪をといてもらい、春奈の表情がみるみる笑顔に変わっていく。

その様子を見ていた伸一は、奈緒子はやはりすごい姉だと感心した。

伸一も奈緒子も親の愛情をほとんど知らない。両親が亡くなり木村に預けられてからは虐待の毎日だった。子供のころに虐待を受けた者は、大人になって家族ができても自分の子供に対して虐待を繰り返してしまうものだとよく言われる。それは大人から受ける愛情というものを知らないから、自分も子供に対してどんな風に愛情を注げばいいのかわからないからだろう。だが、木村からさんざん虐待を受けてきた奈緒子は春奈に対してたくさんの愛情を注いでいる。奈緒子は必死に春奈を育てている。奈緒子は立派な人間だ。

自分はどうだろう。もし、自分に家族というものができたとき、奈緒子のように大切にできるだろうか。

伸一は恋をしたことがない。いや、恋することをいつも諦めている。誰かを好きになって付き合いだしたとしても、自分の過去を知られてしまったときのことを考えると怖いのだ。それにもし、愛する人と結婚して、子供ができたとしても、ちゃんと愛情を注いでやれるのだろうかと考えると怖かった。

大切な人を守るために――

喫茶店で夏目に言われた言葉を思い出した。

自分にもいつかそんな大切な人が現れるのだろうか。どんなことをしても守りたいと思える家族ができるのだろうか。

翌日も、伸一は午前中から求人雑誌を片手に電話をかけていた。断られるたびに赤いペンで求人広告にバツをつけていく。昼ごろには誌面は真っ赤になっていた。それでもふたつの会社で面接を取りつけた。ひとつは新宿《しんじゅく》にあるレストランで、もうひとつは日暮里《にっぽり》にある建築関係の会社だ。これから新宿にあるレストランの面接に行き、明日は日暮里の会社に面接に行くことになっている。

レストランの面接はやはりだめだった。今回も正直に少年院に入っていた過去を話すと、恨みをかわないように言葉を選びながら体よく断られた。

しかたがないことだ。だけど諦めるな。明日面接に行く会社は雇ってくれるかもしれない。帰りの電車の中で、そう自分を励まし続ける。

だけど、大塚駅で電車を降りるころには、自分が何の価値もない石ころのように思えていた。

駅前のゲームセンターに目を向けて足が竦んだ。

店先で夏目がクレーンゲームをやっていたからだ。昨日やった台の隣にある別のクレーンゲームで、夏目はケースの中を凝視しながらゲームに熱中していた。

夏目に気づかれないように素通りしよう。そう思って夏目の背後を歩いたが、クレーンの動きが気になって視線を向けた。クレーンがぬいぐるみをつかんで穴に落とす。その瞬間、夏目が歓声を発して小躍りする。

こちらを向いた夏目と目が合った。

「や、やあ。こんにちは」

夏目はばつが悪そうに笑った。

「しょうがない大人だ……」

呟きながら、伸一も笑いそうになる。

「お恥ずかしい」

夏目が手にしているのは、昨日とったのとはちがう熊のぬいぐるみだ。

「昨日とったももちゃん、娘さん喜んでたか?」

伸一は訊いた。

「枕元に置いてやったら少しだけ目が反応した。いや、そんな気がしたんだ。だから他にもいろいろとほしくなった」

夏目が微笑んだ。寂しさから出てくる笑みに思えた。

「そんなに娘さんの病状は悪いのか？」

「頭を怪我してしまって植物状態だ。もっとも身内からすれば植物なんて言われかたは嫌だけどな。娘は娘だ」

もしかしたら、夏目が警察官になった理由はそれに関係があるのではないか。穏やかに見えた夏目の眼差しが、一瞬、熱を帯びたように感じたからだ。だが、その深意を確かめることはやめた。

「ちょうどよかった。近隣住民として、少し聞きたいことがあったんだ。少し一緒に歩こう」

夏目がそう言って歩き出した。

「なんだよ、聞きたいことって」

夏目の後を追いながら訊いた。

「舞ちゃんとは親しかったのかい？」

「とくべつ親しいってわけじゃないよ。姪の春奈の同級生だから、会ったらあいさつするぐらいだ」

「舞ちゃんと接していて何か感じたことはないかな」

「特には……おとなしいというか、ちょっと暗い感じの子かなってぐらいだよ。それがどうしたのさ」

「舞ちゃんは父親から虐待を受けていると、数ヵ月前から児童相談所に匿名《とくめい》の電話があったそうなんだ」

「虐待？」

その言葉を聞いて、伸一の心に暗い影が差し込んでくる。

「電話は一回や二回じゃなく、頻繁《ひんぱん》にあったそうだ。そのたびに児童相談所の職員が父親と会って話をしたそうなんだが、父親は頑としてそんな事実はないと職員を追い返していたみたいだ」

「それと今回の事件と関係があるっていうのか」

「いや、わからない。でも、関係がないと思えることを調べるのも警察の仕事なんだ」

「舞ちゃんに直接訊いてみればいいじゃないか」

「舞ちゃんは何も話さない。父親の死体を見たショックが大きかったのか、何を聞いても話をしてくれないんだ」

夏目が伸一の目をまっすぐ見つめながら言った。

「小出さんは平成十二年に中学校を卒業とあるけど、それからは今まで何をやっていたのかな」

作業着を着た所長と名乗る男が履歴書に目を向けながら伸一に訊いた。

所長と向かい合わせに座って面接を受けていた伸一は、拳をぎゅっと握り締める。じっと視線を向けられて、目をそらしたくなった。自然と頭が下がってくる。目の前にある机の上の一点を見つめていた。

「フリーターというやつかな」

所長が訊いた。

伸一は意を決して顔を上げた。所長の目を見つめる。

「ぼくは中学三年生のときに人を殺して二年間少年院に入っていました……」

それから伸一は正直に今までの自分の履歴を語った。少年院の中で中学校を卒業したこと。少年院を出てから、多くの仕事を経験したが、どれも長続きしなかったこと。だけど、姉や姪、大切にしたい家族がいるからどうしても仕事がしたい。何か専門的な技術を身につけて、ずっと続けられる仕事がしたい――と。

所長はしばらく伸一の顔と履歴書を交互に見ていた。

「体は丈夫かい？」

所長が訊く。

「はい……」

「うちはけっこう重労働だよ。朝早いのは大丈夫？」

「はい、大丈夫です」

伸一は答えた。

「じゃあ、あさっての七時にここに来てくれるかな」


「おかあさん、どうしちゃったの」

食卓に並べられた料理を見て春奈が驚いたように言った。

それもそのはずだ。食卓に並べられた料理は、普段では考えられない豪華なものだった。

今日、面接の後に奈緒子に仕事が決まったとメールを送った。すぐに、奈緒子から電話がかかってきた。

おめでとう――泣き声に聞こえた。

「毎日こんなだといいのになあ」

家族みんなで食卓を囲んでいると、寿司を頬張《ほおば》っていた春奈が言った。

「今日は特別だからね」

奈緒子が笑いながら釘を刺す。

「けっこうきついらしいけど、給料はいいみたいだから、毎日とは言わないまでも月に一回はこういう食事ができるよ」

伸一は少し得意になって言った。

「よろしくお願いします」

奈緒子と春奈が丁寧にお辞儀をして、ぷっと吹きだす。

呼び鈴が鳴った。

「はーい」

奈緒子が立ち上がろうとしたが、「おれが行くよ」と伸一は玄関に向かってドアを開けた。

ドアの外に立っていた夏目の姿を見て、伸一は溜め息を漏らした。

今はこの男の顔を見たくなかった。せっかくの楽しい団欒《だんらん》を台無しにされた腹立たしさがこみ上げてくる。

「何か用ですか」

投げつけるような口調で夏目に言った。

「夜分遅くに申し訳ないね。お姉さんと春奈ちゃんから少し話を聞かせてもらいたくて」

「どういったことでしょうか」

夏目の言葉を聞きつけて、奈緒子と春奈が玄関にやってきた。

「舞ちゃんのことでなんですが……」

夏目が玄関で腰をかがめて春奈と視線を合わせる。

「ねえ、春奈ちゃん……舞ちゃんから何かお父さんのことで話を聞かなかったかな」

見知らぬ男を目の前にして、春奈は緊張しているのか黙っている。

「たとえば、お父さんからいじめられてるとか」

春奈が奈緒子を見上げる。

「春奈、舞ちゃんからそんなこと聞いたことある?」

奈緒子の問いかけに、春奈は「ううん。何も聞いてない」と首を振った。

「おかあさんは舞ちゃんからそういったことを聞いたことはありませんか」

「いえ、特には……」奈緒子が戸惑ったように答える。「どういうことですか」

「どうやら舞ちゃんはお父さんから虐待を受けていたみたいなんです。児童相談所に匿名の電話で告発があったので、もしかしたら春奈ちゃんから話を聞いたおかあさんが通報なさったのではないかと考えて……」

「わたしではないです。どうしてわたしだと思われたんですか」

「近所のかたの話によると、よく舞ちゃんと公園で話をしているところをお見かけしたということでしたので」

「春奈のお友達ですから、会えば話をしたりはしますけど、わたしはそういうことに気がつきませんでした」

「おかあさんはお仕事されているとのことでしたが、平日の昼間なんかにも何度かお見かけしたと」

「ええ。うちのお店はバイクで配達もやっていますので。この近くもよく通るんですよ」

「そうですか。夜分遅くに申し訳ありませんでした」夏目が伸一を見た。「伸一くん、仕事は決まったかい」

伸一は憮然《ぶぜん》としながら頷いた。

「そうか。がんばって。では、何かお気づきのことがありましたら御連絡ください」

夏目が軽く会釈をして帰ろうとした。

「あの」奈緒子が呼び止める。「舞ちゃんは今どうしてるんですか」

「児童相談所で保護していますよ」

「そうですか……」

夏目が帰って食卓に戻ったが、せっかくのごちそうも、三人とも箸が進まなくなった。


「伸ちゃん、好きな人とかいないの？」

布団に入って薄暗い天井を見上げていると、唐突に奈緒子が訊いてきた。

「な、なんだよ……いきなり……」

奈緒子からそんな話をされるのは初めてだったから伸一は動揺した。

「なんとなく。訊いてみたかっただけ」

「残念ながらいないよ。あまり興味もないし」

嘘だった。自分の経歴のせいで恋人を作ることが怖いとは言えない。

「あねきにいい人ができたら考えるよ」

「ありがとう。でも、わたしはもういいわ……春奈がいてくれたらそれだけでいい」

奈緒子の口調が少し寂しいものに変わった。

磯辺との短い結婚生活がそう言わせるのだろうか。どうして奈緒子は磯辺と別れることになったのだろう。

「なあ、あねき……どうして磯辺さんと別れたんだ？　もしかしたらあの事件のせいで……」

伸一は今まで訊けなかったことを思い切って訊いてみた。

「関係ないわ。彼は子供に愛情を注げるタイプの人じゃなかったの。結婚するまでは優しかったけど春奈が生まれてから変わってしまったわ。しつけだと言ってことあるごとに春奈のことを殴りつけたりして……だから……」

そんなことがあったのか。

「わたしには春奈がいる。それだけで幸せなの。だから、伸ちゃんにも早く自分の幸せを見つけてほしい」

伸一は隣で寝ている春奈に目を向けた。

「おれは幸せだよ」

奈緒子と春奈がいるだけでじゅうぶん幸せだった。

ずっと三人で仲良く暮らしていく。それが伸一の唯一の望みであり幸せなのだ。もしその幸せを手放すときが来るとすれば、それは春奈に新しい父親ができたときだと考えていた。

「おれが春奈の父親になってやるよ」

伸一は呟いた。

「ありがとう……」

涙が混ざっているような奈緒子の声を聞きながら、伸一は目を閉じた。


春奈の泣き声で目が覚めた。

隣に目を向けると春奈と奈緒子の姿がない。どうやら襖の向こうで春奈が泣きじゃくっているようだ。

時計を見ると、まだ六時前だった。

いったいこんな時間にどうしたというのだ。また奈緒子から叱られているのだろうか。

伸一は眠い目をこすりながら起き上がった。襖を開けると、春奈がテーブルに突っ伏すようにして泣いている。

「いったいどうしたんだよ。またあねきに叱られたのか？」

台所を見回したが、奈緒子の姿はなかった。

「おかあさんが……おかあさんが……」

春奈が泣きながら伸一に一枚の紙を差し出す。

伸一はわけがわからないまま、紙に書いてある文字を目で追った。

『春奈へ。お母さんはしばらく遠いところに行かなければならなくなりました。伸ちゃんの言うことをよく聞いて、いい子にしていてね。お母さんより』

「どういうことなんだ……」

この文章の意味がわからない。

「わたしのせいかな。わたしが変なことを言ったから、おかあさんがいなくなったのかな」

「変なことって、あねきに何を言ったんだ?」

伸一は訊いたが、春奈はなかなか話そうとはしない。

「春奈――大切なことなんだ。あねきに何を言ったのかちゃんと話してくれ」

「先週……塾からの帰りに舞ちゃんがこんなことを言ったの。最近、お父さんが舞ちゃんのことをビデオで撮ってるんだって……服を脱がされて、裸になって、あちこち触られてすごく嫌だけど、そうすればお父さんは機嫌がよくなって、わたしのこと殴らなくなるし、おいしいものを食べさせてくれるし、ほしいおもちゃも買ってくれるって……だからがまんしてるんだって」

春奈の話を聞いて胸が詰まった。

「そのことをあねきに話したのか」

からだの底からふつふつと怒りが湧き上がってきたが、なるべく穏やかな口調で訊いた。

「うん。そしたらおかあさんがこのことは誰にも喋っちゃだめよって言った」

仲一は確信した。

横瀬を殺したのは奈緒子だ。いや、殺したというより、何かのはずみで死なせてしまったにちがいない。殺すつもりなら、ナイフなどの凶器を持参するはずだ。

奈緒子はずっと前から舞が横瀬から虐待されていたことに気づいていたのだ。舞と話をしているときに、ほとんどの人間が気づかないであろう痣や傷などの虐待の跡に。

おそらく、匿名で児童相談所に連絡し続けたのも奈緒子だろう。だが、児童相談所はいくら経ってもこの問題を解決できない。そんなとき、春奈からこの話を聞いた。

横瀬の自宅のリビングを物色して、舞の裸を録画したであろうＤＶＤか何かを盗み出そうとしたのではないか。それを決定的な証拠として、児童相談所か警察に渡そうとしたのだろう。だが、部屋を物色している最中に横瀬が帰ってきた――

涙がこみ上げてきた。

同時に、あのときのおぞましい記憶が脳裏によみがえってくる。

中学三年生の冬――学校で体調を崩した伸一は早退していつもより早く木村のマンションに戻ってきた。

玄関に入ると、木村が寝室にしている部屋から女性の泣き声が聞こえてきた。伸一がノックをすると、「入ってこないで!」と奈緒子の声が聞こえた。

伸一は心配になって、かまわずにドアを開けた。

部屋の光景を見て、伸一は初めてすべてを悟った。ベッドの上では裸になった木村が横たわっている。隣で奈緒子が乱暴にはがされた服を集めて素肌を隠した。かたわらには、ビデオカメラや、奈緒子を弄《もてあそ》ぶための玩具が散乱していた――

奈緒子は今どこにいるのだろう。

焦燥感に駆られながら奈緒子の携帯に電話とメールをしてみたが、まったく応答がなかった。

「なあ、春奈……」

仲一が声をかけると、泣きじゃくっている春奈が顔を上げた。

「お母さんに帰ってきてもらいたいだろう？」

春奈が手で涙をぬぐいながら大きく頷いた。

そうだ。春奈には奈緒子が必要なのだ。

「じゃあ、協力してくれ」

仲一は春奈から舞の家に遊びに行ったときのことを訊いた。間取りはどうなっているのか、どこにどんな家具が置いてあったのかなどをできるだけ詳しく思い出させた。続いてここ数日の新聞に目を通して、横瀬家で起きた事件の記事を頭に叩き込んだ。

昨日までは自分に完全なアリバイがなかったことが恨めしかったが、今となってはありがたかった。

大丈夫だ。きっと奈緒子を救うことができる。警察は犯人さえ検挙できればいいのだ。もう一度、自分の人生を懸けて、奈緒子を守ってみせる。

「――あの日は仕事をクビになってやけになってたのさ」

向かいに座った夏目がじっと仲一に視線を据えている。

「それで……横瀬さんの家に空き巣に入ったと？」

「ああ、そうだよ……横瀬の家にはかなりの金がありそうだからな。裏窓を破ってリビングを物色してたんだけど、すぐに横瀬が戻ってきやがった。それでもみ合いになって、近くにあったビデオカメラであいつの頭を殴った。気が動転してたからさ、金を盗ることも忘れて逃げ出したんだ。家の近くでおばさんが立ち話をしてたから遠回りしてアパートに戻ろうとしたら、ばったり舞ちゃんと会っちゃったんだ」

警察署に自首してから一時間、伸一は夏目と取調室で向き合っていた。

供述内容は、新聞に載っていたことと、春奈の記憶を頼りに話している。確信が持てない部分は、気が動転していたのでよく覚えていないとシラをきった。

ひと通り話し終えると夏目が小さな溜め息をついた。そして、ゆっくりと首を横に振った。

「残念だが、きみには横瀬さんは殺せないよ」

「どういう意味だよ」

伸一は訊いた。

「あの日、近所の人は六時二十分に舞ちゃんの家の近くできみたちを見たと証言している。これはかなり正確な時間だそうだ。舞ちゃんと会ったという場所から、子供と一緒に歩いて五分はかかる。きみがゲームセンターでクレーンゲームをやったという時間は六時。その間、十五分——人を殺してからすぐにクレーンゲームをやりに行って、また慌てて現場近くに戻ってくる犯人の心理も理解できないし、現実的に無理がある」

「夏目さんは馬鹿正直な人なんだね」伸一は笑った。「六時にゲームセンターでクレーンゲームをやっていたというのは嘘さ。もっと前にとっていたのを持っていたんだよ」

「何時ごろ？」

「さあ、何時ごろだったかな」

伸一はそう言いながらあの日の記憶をたぐり寄せた。

居酒屋の店長から解雇を言い渡され店を飛び出したのがたしか三時過ぎだ。それから池袋から大塚へとふらふらと歩いていった。

「たしか四時過ぎだったかな」

「あの大塚駅前のゲームセンターで？」

「そうさ。それからしばらく駅の周辺をふらふらしているうちに横瀬の家に空き巣に入ってやろうと思い立ったんだ」

伸一が答えると、夏目の眼差しがかすかに変化したように感じた。

夏目は何を思っているのだろう。

もしかしたら、夏目は自分の更生に期待していたのかもしれない。それを裏切られて落胆しているのだろうか。いや、そうではない――

その眼差しが憐れみだと気づいた瞬間、夏目が口を開いた。

「きみが舞ちゃんにあげたぬいぐるみはその時間にはなかったんだよ」

「ど、どういうことだよ……」

伸一は言葉を失った。

「あの日、六時で仕事を上がるアルバイトが最後の仕事として中の景品を新しいものに入れ替えたんだ。作業が終了したのはせいぜい六時になる一分か二分前だったと証言していた。きみはその直後にあのぬいぐるみをとったことになる。念のためにぬいぐるみについた指紋も調べたよ。舞ちゃんが持っていたぬいぐるみにそのアルバイトの指紋がついていた」

これでも仕事をしているつもりだよ。いくつか確認できたことがあった――

夏目はそれを調べていたのか。遊んでいたわけではなかったのだ。

くそッ――伸一は悔しさに奥歯を嚙み締めた。

ノックの音が聞こえて、取調室に男が入ってきた。夏目に耳打ちをする。

「このまま帰ってもいいし、しばらくいてもいいよ」

夏目が立ち上がりながら言った。調書をとっていた刑事を残して、部屋を出ていく。

伸一は敗北感に打ちひしがれながらうなだれていた。

一時間ほどして、ふたたび夏目が部屋に戻ってきた。伸一の向かいに腰をおろす。

「あねきか……」

虫の知らせがあった。

「そうだ。あの人は自首してくるだろうと思っていた。自首する前にどうしても児童相談所に行きたかったそうだ。どうしても、舞ちゃんを抱きしめてあげたかったと。そして謝りたかったと」

「どうして……あねきが……」

「横瀬さんが舞ちゃんを性的虐待している証拠がほしくて家に忍び込んだそうだ」

リビングを物色してそれらしいＤＶＤを手に入れたときに誰かが家に戻ってきたという。玄関で舞ちゃんを呼ぶ声が聞こえたから奈緒子はすぐに横瀬だとわかった。女の力ではすぐに横瀬に取り押さえられてしまうと思った奈緒子は、ビデオカメラを手にしてドアのそばで様子を窺った。あわよくば逃げられるかと考えたが、リビングに横瀬が入ってきてしまいビデオカメラで頭を殴って逃げたのだと。

「どうしても舞ちゃんを虐待している証拠を持ち帰らなければならないと……ここで捕まるわけにはいかないとそれだけを考えていたとね。殺すつもりはなかったが……横瀬さんに憎しみは感じていたから殺意は否認しませんとお姉さんは言っていた」

「いつからあねきを疑ってたんだよ」

夏目を睨《にら》みつけて言う。

「初めてきみの家を訪ねたとき、同僚の刑事が横瀬さんのお宅で人が死んでると告げると、お姉さんは即座に舞ちゃんが通報したんですかと訊いただろう。死んでいる人間が舞ちゃんであった可能性をまったく考えていないような口ぶりが最初の疑問だった。きみから道で舞ちゃんと会ったことを聞いたのかと思ったがそうではなかった。それに知り合いが亡くなったと聞いたときに、普通ならばどうして亡くなったのかを最初に知りたいと思うはずだ。だけどお姉さんは舞ちゃんのことにしか興味を示さなかった」

あのとき、奈緒子の頭の中は父親の死体を発見してショックを受けている舞のことで占められていたのだろう。それが命取りになった。

「馬鹿だよ……」

呟いたのと同時に、涙があふれ出してくる。

他人事《ひとごと》じゃないか。他人を助けるためにどうして自分や自分の娘が不幸にならなきゃいけないんだ。おれたちがひどい虐待をされているときに、いったい誰が助けてくれたっていうんだよ。

「あいつは何の抵抗もできない幼い子供に、自分の子供にそんなことをするろくでなしじゃないか。どうしてそんなやつのためにあねきが罰せられなきゃいけないんだ」

心の奥にあった言葉を絞り出した。

「どんな理由があっても人を殺してはいけないんだ。人を傷つけてはいけないんだ」

夏目が静かに告げた。

「おれが……おれが代わりたかった。あねきは立派な人間なんだ」

「二度ときみを苦しめるわけにはいかないと、お姉さんは言っていた」

伸一は顔を上げた。

奈緒子はあのことまでも話してしまったのか。

中学三年生の冬――木村の寝室を開けた伸一は初めてすべてを悟った。

ベッドの上では裸になった木村が横たわっている。背中にはナイフが突き刺さっていた。隣で奈緒子が乱暴にはがされた服を集めて素肌を隠した。血で赤く染まったベッドの上には、ビデオカメラや、奈緒子を弄ぶための玩具が散乱していた——

磯辺との交際を知った木村は、別れなければ子供のころから奈緒子を辱《はずかし》めて撮りためた映像を磯辺に見せると脅したそうだ。木村を殺して自分も死ぬつもりだったと奈緒子は泣きながら語った。

奈緒子はいつから木村に弄ばれていたのだろう。幼い伸一を守るためにどれだけの辱めに耐えてきたのだろう——

警察に自首するという奈緒子を伸一は必死に引き止めた。

十八歳の奈緒子が殺人を犯したとなれば少年法が適用されたとしても、かなりの重罪に問われることになるかもしれない。十八歳を超えていれば死刑が適用される可能性があることも知っていた。十五歳の伸一であればそれほど重い罪には問われることはないだろう。

それ以上に、奈緒子にはせっかく訪れた磯辺との幸せを手放してほしくなかった。今まで散々苦しんできたぶん、絶対に幸せにならなければならない。

伸一は自分が身代わりになる決心をして、奈緒子を強引に説得した。

あのときの自分の行動が間違いだったとは思わない。

「少年鑑別所で面接したとき、そのことに気づかなかったぼくのミスだ」

「ミスなんかじゃない……」

夏目の言葉を否定した。

そうだ、そのおかげで春奈がいるのだ。

「春奈ちゃんをよろしくお願いします。きみへの伝言だ。これからきみはちがう形で大切な人を守っていくんだ――」

夏目が熱い眼差しで訴えかけてくる。

わかってる……わかってる……

これから伸一はあのときの木村と同じ立場になるのだ。だけど、絶対にあんな大人にはならない。春奈には絶対に自分たちのような思いはさせない。

そして、春奈とふたりで奈緒子が戻ってくるのを待っている。

「わかってます」

伸一は力強く答えた。


（小説現代　12月号）

堂場警部補とこぼれたミルク

蒼井《あおい》上鷹《うえたか》

1968年、千葉県生まれ。2004年「キリング・タイム」で第26回小説推理新人賞を受賞しデビュー。'05年「大松鮨の奇妙な客」が第58回日本推理作家協会賞短編部門の候補になる。同年、前記２作も収録した初の短編集『九杯目には早すぎる』を刊行し注目される。'08年、本作「堂場警部補とこぼれたミルク」が第61回日本推理作家協会賞短編部門の候補となる。他の著書に『二枚舌は極楽へ行く』、『ホームズのいない町　13のまだらな推理』、『最初に探偵が死んだ』、『人生相談始めました』、『４ページミステリー』など。

〈05／10〉

一足先に火葬場へ向かうという住職を斎場の出口まで見送り、告別式の会場である二階の〈鶴の間〉へ引き返すまで、おそらく五分とかからなかったはずだ。しかし、その、たった五分ほどの間にも、古瀬洋輔《こぜようすけ》は何度となく弔問客たちから僧侶と間違えられた。古瀬が坊主頭だったからである。

「今日はありがとうございました」見知らぬ弔問客から手を合わされる度に、初めは、

「いや、ぼくは——」と否定していたが、きりがない。後は曖昧《あいまい》に笑ってごまかした。

間もなく始まる会社の新人研修に向けて、気合を入れようとスキンヘッドにしたのは、つい一昨日のことだ。矢木道哉《やぎみちや》の死を知ったのは、その直後だった。

まったく矢木のやつ、死んでからも迷惑をかけやがる。

汗が礼服の襟元に流れ込み、それで一層不快感が募った。まだ五月の十日だというのに、真夏並みの蒸し暑さだ。

古瀬はトイレで顔を洗った。その間にも、こんな会話が耳に入ってくる。

「あれ、あの坊さん礼服着てるよ」

「今はみんなそうだよ。行き帰りは洋服で、控え室で法衣に着替えるんだ」

古瀬は呪詛《じゅそ》の言葉を呟いた。

トイレから出ると、ちょうど〈鶴の間〉から矢木の棺が運び出されるところだった。脇で見送る母親は遺影を胸に抱えている。写真は笑顔だが、実際の矢木は、ここ三年間、一度も笑うことなどなかった。あの事件以来植物状態となり、意識が戻らぬまま死を迎えたのだ。そのせいか、両親を始めとする遺族たちも、悲しんでいるというより、看護の苦労から解放されてほっとしているように見えた。

もともと、回復の見込みはゼロに等しいという診断だったのだ。最後は遺族の了解のもとで主治医が生命維持装置を外した——そんな噂も、あながち否定できないと古瀬は思った。告別式が連休明けの土曜日——もちろん友引ではない——という都合のいい日取りになったことにも作為的なものを感じる。

もし前もって葬式の日程を決めていたのなら、こっちにも教えてくれればよかったのに――古瀬は腐った。前もって知っていたら、まさかこんな頭にはしなかっただろう。

こんな感想を持つぐらいだから、矢木の死に対して、古瀬は悲しみをほとんど感じていなかった。矢木とは遠縁にあたるのみならず、大学の学部もクラスも一緒で、どう考えてもつきあいが浅いとはいえないのだが、白状すると、遺影を目にする度、胸のむかつきすら覚えた。歯をむき出しにした矢木の笑顔が、周囲を嘲笑しているかのように見えたのだ。

だからといって、弔問客たちの前で仏頂面をしているわけにはいかない。焼香を済ませた後、古瀬は後ろの方に引っ込んで目立たぬようにしていた。ただでさえ親戚の数が多いので、古瀬一人が座を外しても咎められることはなかった。親族以外の弔問客は、矢木の祖父の経営する矢木興業の関係者が大半で、故人を個人的に知る者はほとんどいないはずだ。むしろ、知らないからこそ、ああも簡単に沈鬱《ちんうつ》そうな表情をつくることができたのかもしれない。

そんなことを考えているところへ、またしても背後から、

「今日はお疲れさまでした」と声をかけられた。うんざりしつつのろのろと振り返ると、古瀬より頭一つ小さい、ショートカットの若い女が目を丸くして立っていた。

「――古瀬？」幼稚園の頃からの習慣で、彼女は古瀬を呼び捨てにした。

「何だマキか」古瀬は息をついた。幼なじみ、大学の同窓生、故人の元カノジョ――

とにかく、多少なりとも心を許せる相手と会えて、やや気が緩んだのだ。

「どうしたの、その頭」

古瀬は手短に説明した。

「――それでマキは、いつ来たんだ。今か？　焼香は？」

矢木の棺を目で捜すと、一階へ下ろすために台車ごとエレベーターに運び込まれ、
ドアが閉まろうとしていた。

「お焼香は間に合わなくて、代わりに棺の中に花を入れてあげた」マキは言った。

「もっと早く来ようかとも思ったんだけど――」

マキは大学を卒業後、この檜垣《ひがき》市を離れて東京で就職した。もっとも、神奈川と東京なら一、二時間で来られる。物理的距離が遅れた理由でないことは、古瀬にも判っていた。

「来ただけでも偉いよ。大学のやつらは誰も来ないと思ってた」古瀬は辺りを見回して声を潜めた。「知ってるやつ、誰もいないだろ？」

古瀬の知る限り、大学時代の知人でここに現れたのは、自分を除けばマキ一人だ。

生前の矢木の交際範囲が狭かったわけではない。むしろ反対だ。矢木は顔が広かった。大学中に知り合いがいた。

その大半が、矢木を恨んでいた。

みんな矢木にゆすられていたからだ。奇跡的な幸運に恵まれ、自分は無事だったという者がいたとしても、周囲を見回せば必ず一人や二人は被害者が見つかったはずだ。

そんな状態が長く続くわけがない。ある日矢木は、自分のマンションの中庭で倒れているところを発見された。自室のベランダから突き落とされたらしい。三階という高さが中途半端だったのか、矢木は即死こそ免れたが、頭を強打して植物状態になり、そのまま目覚めずに亡くなった。

犯人は未だに捕まっていない。警察は矢木にゆすられていた犠牲者や、恐喝の共犯者を捜して奔走したが、今のところ何の成果も挙げられずにいる。

「普通行かないだろ、自分をゆすってたやつの葬式なんか」古瀬は理由を列挙した。「自分がゆすりの被害者だと——ゆすられるような後ろ暗いところがあったと——思われたくない。ゆすりの共犯者だとも思われたくない。そのどちらでもなかったとしても、ゆすり屋と平気でつきあうようなひとでなしと思われたくない。

が。

「おれは一応親戚だからな。最期ぐらい送ってやらないと」それに、と古瀬は心の中でつけ加えた。おれには目的がある。矢木道哉を殺した犯人を見つけ出すという目的が。

別に矢木の敵討《かたきう》ちをしようというわけではない。古瀬にとって、これは純粋な愉しみ、いわば狩り《ゲーム》だった。

「親戚か——そうだったね」古瀬の内心を知る由もないマキは、素直にうなずいた。

「それを言うなら、『私は一応元カノだからな。最期ぐらい送ってやらないと』」

古瀬の口真似をした後、ぎこちない笑みを浮かべる。口元から、真っ白だがふぞろいな歯がちらりと覗いた。

「事件の時には、もう矢木と別れてたんだろう？」

マキは首を振った。「はっきり別れようとまでは言ってなかった。自然消滅——消滅しかけってところ」

最も後味の悪い幕切れだったわけだ。矢木が突き落とされるのがもう少し遅ければ、二人は完全に終わっており、マキが今抱いているようなもやもやを何年も引きずることもなかっただろうに。

「下に行こうか」周囲の視線がマキに集まりつつあるのに気づき、古瀬は先に立って階段の方へ歩き出した。「久しぶりだし、少しロビーで話そう」

「火葬場へ行くんじゃないの？」

「送迎バスの準備ができるのを待ってるところだ。話す時間ぐらいある」

階段を下りながら、背後からの視線をいくつも感じた。おそらくマキを見ているのだろう。マキの顔を知る者は、矢木の家族など数人しかいないはずだが、故人と同年輩の女、それも遅れてきた弔問客ということで、皆の好奇心を刺激したらしい。

ただし、その中に一つだけ性質の異なる視線が混じっていた。私服で紛れ込んでいる、神奈川県警の堂場《どうば》警部補の視線である。捜査本部が解散した後も、独力で粘り強く捜査を続ける警部補は、今の古瀬にとって、頼りになる味方であると同時に、強力なライバルでもあった。

先ほどマキには「誰も来ないと思ってた」と言ったが、実際のところ、古瀬と警部補のどちらも、犯人が様子を探りにくる可能性は低くないと踏んでいた。「犯人は現場に戻る」という通説は別にしても、様子を探りにくるほど不安になってもおかしくない理由が、犯人にはある。

それで堂場警部補は、昨夜の通夜も今日の告別式も、斎場の隅に陣取ってじっと目を光らせていたのだった。

二日とも、ほとんど成果はなかったが。

一階のロビーで、古瀬とマキは互いの近況を教え合った。マキはタウン誌の編集をしているという。

「そうすると、パソコンなんかも詳しいのか？」

古瀬の問いに、マキは怪訝《けげん》そうな顔をした。

「人並みに使う程度だけどね。でも、急にまたどうして」

「いや、ちょっと教えてほしいことがあって。おれ、そっち方面は全然うといから」

「どんなこと」

「あのな、荒木源次郎《あらきげんじろう》って知ってるか――」

しまいまで言えなかったのは、突然背中をどやされたからである。

「何だよ」きっとなって振り返るのと、野球のグラブのような手が古瀬の両肩に置かれたのが同時だった。

「いやあ、どこの坊主かと思った」

（お前こそどこのプロレスラーかと思った）

そう言い返したいのをこらえつつ、古瀬はかつての大学の同級生――井口泰《いぐちやすし》の顔を無言で睨みつけた。

井口は某社の宣伝用ビデオの撮影でずっと「山にこもって」おり、矢木が死んだことも葬儀のことも昨夜初めて知ったそうだ。

「参ったよ。着られる服がなくて」それで遅くなったと頭を下げる。

確かに、レンタルしたという井口の礼服ははちきれんばかりだ。

「で、他に誰が来てるんだ」井口は訊いた。

「他に？　ええと――」

それまで古瀬の陰に隠れる形になっていたマキが、すっと前に進み出た。

「久しぶり」

マキの顔を見た時の井口の反応といったらなかった。人間の顔がここまで急速に赤くなるのを、古瀬は生まれて初めて目撃した。

「あ――マキさん、いたのか」井口は口をぱくぱくさせた後、やっとそれだけ言った。

無言でうなずくマキ。

「元カノだからな」古瀬は笑いをこらえるのに苦労した。

井口がマキに以前から——おそらく矢木の彼女だった頃から——惹かれていながら、アタックすらできずにいることは、仲間内では有名な話だったが、事件後三年経った今でも、状況は全く変わっていないらしい。

おそらく、井口が小さすぎる礼服に身を押し込んで、この告別式に駆けつけたのは、もしかしたらマキに会えるかもしれないという淡い期待があったからだろう。幸運にも、斎場に着いてすぐに古瀬を見つけることができ、さりげなくマキのことを聞き出そうとした——そこへ本人が、何の前ぶれもなく目の前に現れたのだ。

不意を衝かれた井口がどれくらい動揺したか、想像するのは難しくない。

井口にとっては幸いなことに、ちょうどその時、斎場の入り口の前に霊柩車が到着した。あちこちに散らばっていた会葬者たちが再び集まり、あらためて厳粛なポーズを取ろうとする中で、矢木道哉の棺は積み込まれ、火葬場へ向けて出発していった。

「よかった。出棺には間に合って」井口は呟いた。

「お前、そんなに矢木と仲よかったっけ」我ながら意地が悪いと思いながらも古瀬は訊いてみる。

「そういう問題じゃない」予想したことだが、ごく平凡な答えが返ってきた。「こういうことは、後から『行っとけばよかった』と悔やんでも遅いからな」

「矢木にゆすられたやつらは、そうは思わなかったみたいだ」他の会葬者に聞かれないように、古瀬は声のトーンを落とす。「だから誰も来なかった」

「『ゆすられたやつら』って、誰だか判って言ってるの？」マキが眉をひそめた。「矢木くんが誰を何の理由でゆすってたかは、警察でもほとんどつかめなかったはずでしょう」

「『黒ヤギファイル』が見つからなかったからな」

古瀬が「黒ヤギファイル」という言葉を発した途端、井口とマキは身を硬くした。

「――二人とも、ファイルのこと知ってるんだな」

「みんな知ってるって。名前だけは」井口が早口に言った。

「実物を見たことは？」

二人ともかぶりを振った。

矢木は、自分がゆすっているうちの誰かに殺される危険があることを自覚しており、もしそうなった時に犯人をより一層痛い目に遭わせるため、あらかじめゆすりのネタをどこかに預けておき、自分が死んだら一挙に公開するよう手を打ってあった――事件後間もなく、どこからともなく広まった噂だ。「黒ヤギファイル」とは、どこかに預けられ、あるいは隠されているゆすりのネタにつけられた呼称だった。

　この噂のポイントは「死後公開」というところにあった。植物状態は死ではない。もしこの状態で、黒ヤギファイルを世間に公開したら、万が一矢木が回復しても、恐喝の容疑で逮捕されるのは確実だ。だから矢木の命があるうちは、目覚める可能性が限りなくゼロに近くても、ファイルは公開されないのだ——そんなもっともらしい理由づけがなされていた。

　噂が本当なら、ゆすられていた者たちにとっては、時限爆弾を仕掛けられたようなものだ。矢木が死んだ途端に、自分の秘密が——どのような形でかは判らないが——世間に公開されてしまうのだから。

　それに加えて、矢木を突き落とした犯人は——犯人がゆすられていた者ならば——自分に動機があることを警察に知られてしまう。おそらくその時には、現在中断している捜査も再開されるだろう。一度疑われたら、逃げ切るのは難しい。

　だから古瀬は、犯人が葬儀に来ることもありうると考えたのだ。「黒ヤギファイル」の手がかりを求め、公開を阻止しようとするために——危険だが、その他に犯人にできることといったら、ただ息を潜めて幸運を祈ることしかないのだから。

「マキは矢木から何か聞いてないか。どこに『黒ヤギファイル』を隠したのか。それか、誰に預けたのか」

「全然」再びマキは首を振った。「あの人秘密主義で、部屋にもあまり入れてくれなかったから、私はゆすりのことにも全然気がつかなくて——警察にそう言っても、なかなか信じてくれなかったけど」

悔しそうに唇を噛むマキの視線がちらりと動いた。古瀬がそっと窺《うかが》うと、いつの間に移動してきたものやら、堂場警部補がロビーの柱の陰に立っている。どうやらマキも気づいたらしい。今の視線から想像すると、警部補にかなりひどく扱われたことがあるようだ。

今ここで警部補に注意が集まるのはまずい。古瀬は話題を変えることにした。

「実はな、昨日うちに宅配便で変なものが届いた」黒ヤギファイルと関係があるかもしれないと続けると、マキと井口は身を乗り出した。

「CDだ」何が届いたという問いに答えて古瀬は言った。「荒木源次郎とかいう浪曲師のCD。もちろんおれは注文してないし、浪曲なんて聞く趣味もない。それに発送元の名前も住所も架空のものだった。確認したんだ」

「中身は?」井口が訊いた。

「判らない。プレーヤーで聞こうとしても何も再生されないし、パソコンで調べても何のファイルも見つからなかった」

「荒木源次郎」思い出した、というようにマキが手を打った。「さっき言ってた名前だね。それでパソコンがどうとか訊いたんだ」

「ああ」古瀬はうなずいた。「もしそのCDが『黒ヤギファイル』そのものか、そうでなくても何かの手がかりが記録されてるとしたら、警察に持っていくのはちょっとまずいと思うんだ。ファイルの内容をばらされたら、矢木にゆすられてたやつらが困るだろう。そいつらに迷惑をかけたくない。死んだ矢木より生きてるそいつらの方が大事だ」

「でも一応中身は見てみたい――そういうことか？」井口が大きな手で顔をこすった。

「そうだ。おれの思い違いかもしれないからな」

「よし。おれが何とかする」

「え？」古瀬は井口を見つめた。

井口はにやりとした。

「パソコンは得意なんだ。ウィンドウズでもマックでも。仕事でよく使うから」

「大丈夫なのか？　CDったって、音楽や映像が入ってるとは限らないんだぞ。井口が得意なのはそっち系だろう」

大学時代に、自主制作の映画を何度か見せられたことがあるので、映像カメラマンとしての井口の才能なら、おおよそ見当がつくのだが。

「下っ端はいろいろやらされるからな。自然に覚えた」

だからCDの中身を調べることぐらい簡単だと言い張る。

「――じゃあ、頼むよ」ややあって、古瀬は答えた。

そこへ葬儀社の係員が古瀬を呼びに来た。火葬場への送迎バスの準備ができたという。

「とにかく一度集まろう」井口はすっかり乗り気になっている。マキに向かって、「一緒にどう？　気になるだろう、CDの中身」

と、さりげなく誘いをかけた。もちろん、井口にしてはさりげないという意味だが。

「私も知りたい」マキはうなずいた。

一週間後に集まることになった。互いの連絡先を交換しあい、三人は別れた。

葬儀から帰宅した時には夕方になっていた。礼服を脱ぎ、動きやすい服に着替えたところで、まずは井口に電話する。

「さっきのＣＤのことだけど」と予定の変更を提案する。「最初はマキ抜きで調べた方がいいんじゃないか」

「どうして」尖った声が返ってきた。

「だって、マキは矢木のゆすりの実態を何も知らないんだろう？　もしＣＤの中身が本当に『黒ヤギファイル』で、その内容がひどかったりしたら——」

マキがショックを受けると指摘すると、しばらく井口は電話の向こうで唸っていたが、

「それもそうだな。じゃ二人でやろう」と同意した。

「もし中身がおとなしいやつだったら、知らん顔して三人でやり直せばいい」

「ああ」一呼吸置いて、「いつやる？」

「今日はどうだ。おれは夜もずっと空いてる」

七時に古瀬のマンションに集合と決めた。井口が必要な機材をまとめるのに、多少時間がかかると言い出したからだ。古瀬の方も、用事がいくつか残っていたので、今すぐと言われるよりは、その方がむしろ好都合だった。

ベランダの外がすっかり暗くなり、時計が七時を回った頃に、古瀬の部屋のドアチャイムが鳴った。ドアを開けると、ラフなアウターとジーンズ姿の井口が両手にバッ

グを提げて入ってきた。

「途中で電話をくれると思ったのに」

「道はすぐ判ったし、エントランスでも、暗証番号やなんか必要なかったからな。驚いたけど、二階の突き当たりだって聞いてたから、そのまま上がってきた」

「驚かせて悪かったな。どうせしょぼいマンションのしょぼいワンルームだよ」

井口はバッグから出した三台のノートブックパソコンをセッティングした。

「これ全部使うのか」

「ま、念のため」

井口が準備を終えるのを待って、古瀬は問題のCDをケースごと井口に渡した。

「ケースに怪しいところはないな。正規のCDらしい」

井口はケースをひねくり回しながら、ジャケがどうのと呟く。次に蓋を開け、中のCDを取り出して明かりにすかす。

「――うん。傷もないし、変に加工した痕もない」

「ぱっと見は普通の音楽用のCDだろ？　でも再生しても音は出ないんだ」

「まあ待て。調べてみよう」

井口はパソコンにCDをセットして中身を読み込もうとした。

「――駄目だ」

井口は次々にソフトを立ち上げたが、どれもうまくいかないようだ。

「プロテクトがかかってるわけでもなさそうだけどなあ」

「パソコンがおかしいってことはないよな」古瀬がディスプレイ画面を覗こうとすると、

「邪魔するな」すごい剣幕で怒られた。だいたい、ノートパソコンといえば普通でも小さなものだが、井口が使っているとてのひらサイズに見えてくるのだ。とても画面の前に古瀬が入る込むスペースはない。

二台目、更に三台目のパソコンでも同じ結果だったらしく、ついに井口は降参した。

「このCD、持って帰らせてくれ。会社の機材で調べてみる」

そそくさとパソコンをしまいにかかる井口の肩を、古瀬は軽く叩いた。

「CDは置いていってくれ」

「だから、会社の機材で調べると言ってるじゃないか。何か判ったらすぐ返すよ」

「じゃ、せめてケースにきちんと入れていってくれ」

「そんな。このまま運んだ方が安全なのに」

「万が一パソコンが壊れて出せなくなったらどうする」

古瀬が強情を張ると、井口は、素人は手に負えないと、またぶつくさ言いながら、パソコンのドライブからCDを取り出した。

その時、古瀬の手が素早く伸びてCDを奪い取った。

「何するんだ」

井口の抗議を無視して古瀬は立ち上がると、事前のシミュレーションどおり二歩でCDプレーヤーの前まで来た。蓋は予《あらかじ》め開けてある。CDを落とし込んで再生ボタンを押すと、井口が邪魔できないように両手を広げて立ちふさがった。

「――どういうつもりだ」

「いいから聞けよ」

数秒後、喘息《ぜんそく》になったカケスのような声がスピーカーから流れ出した。

「本物は別のところに隠してある。これは普通の浪曲のCDだ。このとおり、普通のCDプレーヤーで再生できる。何のロックもプロテクトもされてない。だから、今お前が本当にパソコンで調べたのなら何にも読み取れなかったなんてことはありえない」

古瀬はテーブルに置かれた井口のパソコンを指差した。

「最初から、ここで中身を読み取るつもりなんてなかったんだろう。うっかり読み取って、中身をおれに見られたら困るもんな。CDを持って帰ってどうするつもりだったんだ？　一人でこっそり調べるつもりか。それとも黙って破棄しておいて、おれには適当なことを言ってごまかすつもりだったのか、どっちだ」

「い、いや、待て待て待て。誤解だ、誤解だって」

伸びてくる井口の手を、古瀬はかろうじてかわした。

「何が誤解だ。それじゃ答えろ。お前は何を見られたくなかったんだ」思い切り声を張り上げる。「お前も矢木にゆすられてたのか？」

井口は息を呑んで立ちすくんだが、やがて肩を落としてうなだれた。

「――ゆすられてたんだな？」

「ああ」井口はうなずいた。「万引きの現場を押さえられた。それで、その証拠写真がこのCDにあったらまずいと――」

「それだけか？」古瀬はポケットから一枚の紙片を取り出した。「さっきは黙ってたけど、実はCDと一緒に、このメモがついていた。何が書いてあったと思う？　お前のことだよ、井口」

古瀬はゆっくりメモを広げ、読み上げた。

「『自分にもし何かあった場合、井口泰の行動に注意してもらいたい。彼は私の協力者、ゆすりの共犯だった。このCDに収められた画像が、その証拠』――」

不意に井口の張り手を食らい、古瀬の意識は一瞬飛んだ。足を踏ん張る間もなく、両手で喉をつかまれ、力任せに絞め上げられた。助けを求めようにも声が出ない。

五センチ先の井口の目は、古瀬を見つめているようでどこか焦点が合っていなかった。それとも焦点が合っていないのは自分の目だろうか。酸素が欠乏して目の前が暗くなり、体中の力が急速に抜けていくのが判る。

読みが甘かった。計画は失敗だ。

諦めかけた時、急に喉に加えられていた圧迫が消えて、古瀬はその場に倒れ込んだ。

「――現行犯で逮捕する」

そんな声を頭上に聞きながら、古瀬は気絶した。

気づいた時には、堂場警部補が、井口の腕をねじ上げ、手錠をかけていた。予め古瀬の部屋のベランダに隠れて様子を窺っていたのだ。

「け、警部補」喉に手を当てて坐り込んだまま古瀬は言った。「こいつ、白状しました。矢木を殺したって、はっきりと」

「違う」堂場警部補の体の下で井口は絶叫した。「おれはただの手伝いだ。脅迫されて、矢木の手伝いをしただけだ。おれは殺してない。やってない。やってない。やってない」

その切羽つまった声を聞いているうちに、古瀬の胸に疑惑が込み上げてきた。確かに、井口が暴れ出したのは、矢木とのゆすりの共犯関係について告発されていた時のことだ。殺人に関しては、井口は何も自白していない。

井口はゆすりの共犯者だった。それを隠すために「黒ヤギファイル」のCDを破棄しようとした。

しかし矢木殺害には全くの無関係である――。

確かにその可能性はなくはない。なくはないが――そんなこと信じられるか？

堂場警部補が諭《さと》すように言った。

「井口。お前が嘘を言っても、本物のCDを調べれば全部ばれるんだぞ」

「ああ見てくれ。そうすれば本当のことが判る。おれはやってない。殺してないんだ。殺したら全部ばらされると知っていて、何でそんな馬鹿なことをするもんか」

警部補は古瀬の方を見て首を振った。その目は「彼は嘘をついていない」と告げていた。

井口はなおも叫び続ける。

「矢木から『黒ヤギファイル』のCDが届いたんだろう。それを見れば、おれがあいつを殺すはずないってことが判る。頼む、見てくれ」

古瀬は力なく呟いた。

「CDなんてない。『黒ヤギファイル』はまだ見つかってないんだ。今夜のことは、全部お前をはめるためのでっちあげなんだよ」

しかしその言葉は井口には聞こえていないようだった。


パトカーが到着して井口を連行していった。古瀬と堂場警部補も署まで行かなければならないが、その前に話すべきことがいくつかあった。

「矢木を殺したの、井口じゃないみたいですね」

「そのようだな」

矢木と関係が深かった者のうち、葬儀に現れたのは井口とマキ。もし井口が犯人でないというのなら——。

「警部補」先ほどから膨らみつつある疑惑を、思い切って口に出してみた。「告別式の時、マキのことをじっと見てたでしょう。あれはもしかして」

マキのことを疑ってたんじゃありませんか。

そう訊こうとした時、ノックもなしにドアが開いた。

「ドアが半開きだよ」驚いたことに、入ってきたのはマキだった。「あとさ、表にパトカーが何台も――」

部屋の惨状に気づいたのか、マキは小さな口をOの字に開けてその場に立ち尽くした。ふぞろいな歯が丸見えになる。

「――どういうこと？」

古瀬は訊いた。「マキ、いったい何しに――」

「どういうこと？」

「え」

「どういうこと？」マキは前髪を払いのけた。「何でここにいるの」

「何でって、ここはおれの部屋――」言いかけて、古瀬はようやく気づいた。

マキが話しかけているのは古瀬ではなかった。彼女の鋭い視線は古瀬を突き抜け、真っ直ぐ堂場警部補へと向けられていた。

「何でって――仕事だよ」警部補は無表情に答え、この部屋で起きたことを説明した。

聞いている間、マキは一言も喋らず、身動きすらしなかった。

だが、二人の間に立っている古瀬ははっきりと感じ取ることができた。堂場警部補とマキは、言葉にならず、目にも見えない激しい感情を、互いにぶつけ合っていた。

そうか、そういうことだったのか。

だから警部補は捜査本部の解散後も事件を追い続けていたのか。

だから警部補は告別式でマキを見つめていたのか。

それにしてもマキのやつ、こんな大事なことをおれにまで隠していたなんて——。

苦い思いを嚙み締めながら、ふと古瀬はこんなことを思った。

井口がこのことを知ったら、いったいどんな顔をするだろう？


〈05／17〉


雨の降る肌寒い午後、警察署の接見室で、井口泰と阿《あ》武《ぶ》隈《くま》晃《あき》男《お》はプラスティックの仕切り板を挟んで向かい合っていた。

「元気か井口——あれ、もしかしてちょっと痩せたんじゃねえか？」

相変わらずの阿武隈の軽口に、井口は顔をしかめた。

井口の体重は、ここ数日むしろ増加傾向にある。三食きちんと食べている上に運動が不足しているせいだ。皮肉なことに、そう言っている阿武隈の方が、しばらく会わないうちに、ストローに服を着せたような貧弱な体つきになっていた。

「いや全然」

井口のつっけんどんな答えにひるむ様子もなく、阿武隈は続けた。

「怖い顔だな――井口、ひげぐらい剃れよ。それじゃもろに犯罪者の顔だぞ」

言葉に気をつけろ。TPOというものがあるだろう――そう言い返したいのをこらえ、井口はパイプ椅子の上で身じろぎした。

接見室にいるのは二人だけではない。隅の方では、係の警官が椅子に腰掛けている。目を合わせないように下を向いているが、時おり何やらメモを取っている。井口たちの話に聞き耳を立てていることは間違いない。下手なことを口走ったらどうなるか、気が気でなかった。

井口の思惑を知ってか知らずか、阿武隈はさかんに唾を飛ばして喋り続けた。仕切り板の穴越しに、井口の顔にまで飛んできそうなほどの勢いだ。

「何だよ。心配なんかすんなよ。こうなっちゃったらじたばたしてもしょうがねえだろう。なるようになるって。大丈夫だよ。別に人を殺したわけじゃないんだから」

「だから、ここでそういうこと言うなって」

「それにしても、判らねえよなあ。本当に『黒ヤギファイル』なんてあるのかね」

「――おれに訊かれても」

一瞬の沈黙の後、阿武隈は噴き出した。

「そうだよなあ。お前に訊いてもしょうがねえよなあ」横隔膜が痙攣《けいれん》しているのか、ひゃっひゃっという息の音が混じる。

「そんなにおかしいか」井口は憮然《ぶぜん》とした面持ちのまま、むき出しの両肘を手でこすった。Tシャツ一枚では、さすがに寒い。阿武隈の着ている暖かそうなパーカーがうらやましい。「おれは全然面白くない。『黒ヤギファイル』のことは、本当に何も知らないんだ」

知っていたら、今のように不安と恐怖で眠れないなんてことはなかっただろうに。デジカメの万引きを矢木に見つかったのがつまずきの始まりだった。映画制作の勉強中で、カメラの扱いに慣れていた井口は、矢木の沈黙の代償として、何度となく怪しげな写真やビデオの撮影に駆り出された。それらの「証拠」を元に、矢木が恐喝を働いていることは、説明されなくても明らかだった。

撮影を断ろうとしたことも何度かあるが、

「もう前も共犯だ」

と矢木に冷笑されると、結局は言いなりになるしかなかった。

そうして撮った写真やビデオが、「黒ヤギファイル」としてどこかに保管されており、矢木の死後、世間に公開される手筈《てはず》になっているという噂に、井口は文字どおり震え上がった。矢木のことだ。撮影者が井口であるという証拠も残してあるに違いない。

何としても「黒ヤギファイル」が世に出るのを防がなければならない。どんな手を使っても――そこまで井口は思い詰めていた。

ところが阿武隈の考えは違った。

「あれさ、もしかしたらデマだったんじゃないの」

「デマ？」

「そ。誰かが流したデマ。ていうか嘘」

「誰が流したっていうんだ」

「決まってるだろう、矢木だよ矢木。あいつが自分で流したんだ」

阿武隈は鼻の頭を掻いた。「だいたいさあ、おれがこんなこと言うのもなんだけど、これだけあちこち捜したのに手がかりすらないなんて、変だろ」

「——でも、矢木がどうしてそんな嘘を」

「単なる意地悪じゃねえの。そういうやつだったろ、矢木って。同じゆするにしたってさ、金に困って仕方なくとかなら、まだ許せる——許せないまでも、気持ちは何とか判る。けど、そういうまともな動機は全然なくて、ただもう誰かが苦しむのを見るのが楽しいからって感じだったじゃん。試験のカンニングとか、万引きとか、援交とか、そういう誰でもやりそうなちょっとしたことをねちねち突っついて喜んで——」

「それは確かにそうだけど」知らず井口は身を乗り出していた。「で、それと『黒ヤギファイル』が嘘だって考えはどう繋がるんだ」

「だからさ、これも矢木の厭がらせの一つなんだって。きっとあいつ、今頃地獄で馬鹿笑いしてる。おれたちが、ありもしない『黒ヤギファイル』を捜して大騒ぎしてるのを見て」

「——地獄は言いすぎだ」

「ま、いいじゃん。それにこれは、おれだけの考えじゃないぞ。警察の人が言ったの。何だっけ名前は、ええと——ああそうだ。堂場、堂場警部だ」

井口も知っている名前が出てきた。

「警部補だろ」

「知ってるのか」

井口はむっつりとうなずいた。

「あの堂場――マキとできてるんだってな」

「らしいな」八重歯を見せて笑っているマキの顔が脳裏に浮かぶ。

「まったく、よくやるよな――」阿武隈の皮肉そうなにやにや笑いがふいに消え、仕切り板越しに井口を覗き込んできた。「おいおい、どうした」

「別に」思わず井口は顔を伏せた。

「――落ち込んでるのか？」

井口は慌てて顔を上げた。

「べ、べべべ別に」

阿武隈はまじまじと井口の顔を見つめていたかと思うと、次の瞬間爆笑した。

「何だよ」

阿武隈はひげを剃りたてのつやつやした頬を両手でぴしゃぴしゃ叩いた。

「いや、まさか、そんな古典的な動揺をするとは――」ふと真顔になって、「重症だな」

「だから違うって」井口は平静さを取り戻そうと努力した。

「井口さあ、どうせなら『堂場はおれのタイプじゃない』ぐらいのこと言ってくれよ」

「何だ、そりゃ」

「そうだよな。お前がマキのこと好きなのはみんな知ってる」阿武隈は、井口が想像もしていなかった事実をあっさり言い放つと、眉間に皺を寄せた。「おい。もしかして、矢木もお前がやっちゃったんじゃないの。マキを横取りしたくて」

もう我慢できない。

「違うって言ってんだろ」井口は椅子を倒さんばかりの勢いで立ち上がり、仕切りのプラスティック板を掌《てのひら》で叩いた。と同時に、

「坐りなさい」部屋の隅から厳しい声が飛んできた。「落ち着いて話ができないのなら、接見を打ち切ります」

警官がこちらを睨みつけていた。慌てた様子もなく坐ったままなのが、かえって威圧感を与えた。

接見室が沈黙で凍りついた。

井口はゆっくりと腰を下ろした。

「——すみません。つい興奮して」

「そうだよ。怒るなって」

阿武隈が余計な一言を囁《ささや》く。

「——判ったよ」井口はどうにか答えた。

依然として、腹の中は煮えくり返っている。他のことならともかく、矢木を殺したなどと言われるのはたまらなかった。

しかし、それをここで阿武隈に言っても仕方がない。

「ところで、そろそろ時間じゃないのか」

接見時間は十五分と決められている。あと数分は残っているはずだが、井口としては、そろそろ終わりにしたかった。

だが、阿武隈の方はまだ井口を解放するつもりはないらしい。

「あ、もう時間か。じゃ、とりあえず話にオチをつけるか」

「オチ？」

「あれが嘘じゃなく実在するとして、ひょっとしてマキが持ってるってことはないか」

「だから、何を」

「『黒ヤギファイル』。その話をしてたんだろ？　忘れるなよ」

「——何も知らないってマキは言ってたぞ。第一、事件の時には、マキと矢木はもう終わってたんだ」少なくとも、ほぼ終わっていたことは間違いない。

『本人が知らずに持っているとしたらどうだ。矢木が『預かってくれ』とか言って、手紙を渡しておく。手紙じゃ怪しまれるから、本かディスクかテープかな。それも、マキが興味を持たないようなジャンルのやつを。で、何かあったら『前に預けたアレを警察に届けてくれ』という伝言が届くようにしておく。どうだ」

確かに阿武隈の話には、井口自身の持つ知識と照らし合わせても、うなずける点がいくつかある。しかし、それについて今ここで説明する気にはなれなかった。阿武隈のような口の軽い男に下手なことを口走ったら、取り返しのつかないことになりそうだ。

それに、マキが矢木に協力しているなどという考えは馬鹿馬鹿しくて真面目に採り上げる気にはなれなかった。そんなことはありえない。

ただ、矢木がゆすりの証拠を隠すために、勝手にマキを利用したという可能性は捨て切れない。もっとも、それをいうなら、井口や阿武隈、古瀬など、あの頃矢木とつきあいのあった全ての人間に、同じ可能性がある——。

井口が自分の考えにふけっているのを見て、阿武隈は無視されたと感じたようだ。

「おいおい、一人にしないでくれよ。どうせなら二人で一緒に考えようぜ。お前だって気になってるから、こんなところで、こんなもの越しにおれと話したりしてるんだろ」

阿武隈がプラスティック板を指で突っつくと、警官が顔を上げて、触ってはいけないと注意した。

「あ、すんません――やば、指紋ついたかな」

阿武隈は赤いパーカーの袖でプラスティック板を拭こうとして、また警官に怒られた。井口は、代わりに仕返しをしてもらったようで、少しだけ溜飲が下がり、気力が甦ってきた。

絶対にこの事件の秘密は守り通してやる。井口はそう自分に言い聞かせた。

〈05／24〉

「泥棒？　今頃どうして。だってあのマンションは警察が隅から隅まで調べたんだろう」

阿武隈晃男は、声が上ずるのが自分でも判った。

「警察が調べて以来、矢木くんの部屋はずっとそのままにしてあるの」説明役になっているのはマキだ。「ご両親が借りっぱなしにして、誰も入れないことになってるんだって」

「金がもったいないな」

マキの隣で、堂場警部補が咳払いした。

「自分で息子の部屋を整理する気にはなれず、かといって他人に処分を頼むのはもっと厭なのだろう。親御さんの気持も理解してあげてほしい」

「そういうもんですか」阿武隈はうなずきながら、向かい側に並んで坐っている二人を交互に見た。

マキと堂場警部補。

この二人がコンビを組んでいることの方が、阿武隈には理解困難だ。初夏らしく水色のカットソーに白い上着を着こなしているマキと、形崩れしたスーツ姿の堂場警部補は、どうやっても似合いのカップルには見えなかった。

ビルの地下にある、やや古びた感じの喫茶店に三人は坐っていた。阿武隈の会社からも檜垣駅からも程近く、コーヒーも軽食も悪くない味なのだが、注文してから出てくるまで時間がかかるのが難点で、昼食時にここを利用する同僚はほとんどいない。

阿武隈がこの店をあえて待ち合わせ場所に指定したのは、知った顔に見られたくないからだった。阿武隈としては、あの事件と関わるのは大学時代だけで充分、社会人になってまで警察の厄介にはなりたくない。

それなのに、またこうして呼び出された。矢木の部屋に何者かが忍び込んだというのだ。

「誰も住んでない部屋なんか借りてるから泥棒に入られるんだ。だいたいさ、矢木の親の本音は、『下手に部屋の中をいじくりまわしたら、まずいものが一杯出てきそうで怖い』だろう？　臭いものに蓋をしてるだけじゃないか。まあ、金があるんだから、どうぞご自由にって感じだけど」

「冷たいね」マキは溜め息をついた。

「だっておれには関係ないから」阿武隈はおしぼりで顔を拭った。ここ数日間、急に暑さが増してきていた。着慣れないスーツが汗で蒸れて、気のせいか厭な臭いがする。「だいたいさあ、何でいつもおれなわけ？」

「他はみんな県外に引っ越したり、社員研修や出張で忙しかったりで」

「おれだってヒマじゃない」

「ごめん」マキが頭を下げた。

「マキさんが謝ることはない。セッティングを頼んだのは私だ」堂場警部補が、マキと競うように頭を下げる。「阿武隈さんには、こうして何度もお時間を取らせることになって申し訳ないと思っていますよ」

「ま、いいけど」阿武隈はアイスコーヒーを啜った。おいおい「マキさん」かよ。容疑者の前で随分馴れ馴れしくしてくれるもんだな、などと心の中で毒づきながら。

阿武隈の呼吸を計っていたのか、自分のアイスミルクのグラスを弄んでいた堂場警部補が、また咳払いをした。

「正直な話、この近辺に住んでる矢木の知人の中では、阿武隈さんが一番親しかった――親しいと言うのが語弊があるなら、一番よく一緒にいたという話なので」

「それは否定しないけど、でも本当にそれだけですか」

睨んでも、堂場警部補は曖昧に笑うばかりで答えない。阿武隈は爆発した。

「ああもう言わなくてもいい。ちゃんと判ってる。今でもおれが一番の容疑者なんだろ？　そりゃね、確かにおれは矢木にゆすられてました。金払うのをケチったら、昔ちょっと遊んでた時のことをカノジョにばらされて、それで頭きて、大勢の見てる前で、矢木に向かって『お前ぶっ殺す』とか言いました。今更否定はしないよ」そんな軽率なことをしたのは自分だけだったと知ったのは、ずっと後のことだ。他の連中はみんなもっと上手に本音を包み隠していたのに——と後悔したが、手遅れである。おかげで、いつまで経ってもこうして警察に目をつけられる。本当はとっくの昔にこの町とはさよならしているはずなのに、それも果たせないままだ。

数年前に両親を亡くした阿武隈は、遺されたアパートの家賃収入を学費に充ててきたが、大学卒業後は土地ごと不動産屋に売却して、東京にマンションを購入しようと考えていた。ところがそこへ矢木の事件が起き、しばらく転居や長期旅行はしないようにと警察から釘を刺されたため、売却のタイミングを逸してしまった。そればかりか、容疑者としてマークされているという悪評が広まったせいか、就職活動も思うようにいかず、当初志望していた東京の大手企業には軒並み振られ、結局、知り合いのつてを頼って近くの小さな会社に拾ってもらう羽目になった。

「でもさ、今のおれを見れば判るでしょう。矢木があんなことになって、一番迷惑してるのは、多分おれですよ。それに、ゆすりのことにしたって、あいつにゆすられてたのは、おれ一人じゃない。少なくとも十人、いやもっといたはずだ。そいつらはどうなんです」

「ご存じのとおり、ゆすりの対象者名簿のようなものは見つかっていない。ゆすりの証拠もね。矢木が身の危険を感じて事前に隠したか、犯人が処分したものと思われる」

「でしょ？　百歩譲って、おれが矢木の事件と関わりがあったとしても、証拠なんてとっくに処分したって考える方が普通じゃないか」喋りながら「黒ヤギファイル」のことが頭に浮かんだが、口には出さなかった。何もこちらからヒントをやることはない。

「とにかくそういうことだから。今更矢木の部屋になんて興味ないね」

口ではそう言いながら、阿武隈は内心気が気でない。

実は、矢木が阿武隈の彼女に明かしたのは、比較的当たり障りのないゴシップだった。どちらかといえば伏せておきたい程度の、ちょっとした恥ずかしい過去、それだけのことだ。現に今の会社に入ってからも、その頃の噂を耳にしたらしく、妙な親近感を示してくるやつがいるが、そんな馬鹿は放っておけばいい。

しかし、阿武隈はもう一つ、絶対にばらされては困るネタを矢木に握られていた。こちらは間違いなく両手が後ろに回る。住居不法侵入と婦女暴行。それも常習だ。一度面白半分でやってみて成功したのが病みつきになり、半ば習慣になってしまった。

その現場を矢木に押さえられ、証拠写真を見せられ、ゆすられた。しばらくして矢木が襲われたが、警察の捜査では、阿武隈の犯罪の証拠写真は見つかっていない。きっと矢木が「黒ヤギファイル」に入れて隠したのだ。いつそれが表に出るかと、常に耳元で時限爆弾のセコンド音が鳴っているような気がしてならない。

そして——認めるのも忌々《いまいま》しいのだが——阿武隈は矢木の部屋を物色した。警部補の推察どおりというわけだ。今までの侵入のノウハウを駆使して痕跡を残さないよう注意したし、矢木の事件からもう随分経つので、簡単には発覚しないだろうと踏んでいたのだが、さすがに警察も馬鹿ではない。しかも真っ先に阿武隈を調べるあたり、怪しい所は最初に衝いてくるというわけか。

その嗅覚を殺人犯の捜査に向けてくれ、と阿武隈は心の中で叫んだ。

今捕まったら完全な捕まり損だ。実際には何の収穫もなかったのだから——。

どこまで本気で疑ってるんだろう、と上目遣いに顔色を窺うと、何を勘違いしたのか堂場警部補は、また咳払いを一つした。

「これは、あくまでも個人的な意見だが——」

「え、何です」

「いや、矢木の部屋が今になって荒らされた理由について」

意外なことに、披露された堂場警部補の「意見」は、阿武隈のそれとほぼ一致していた。

秘密主義で、あまり他人を信用しないという被害者の性格から見て、ゆすりの名簿なり証拠なりを誰かに預ける可能性は低い（警部補は「黒ヤギファイル」の名前は出さなかった）とすると、わざわざ前もって人に頼みごとをしなくても、自分の死後に名簿や証拠が公開される仕掛けを考えたはずだ。

たとえば、重要な書類を書留なり小包なりにして、自分宛に送る。自分の身が無事なら、一定期間後には、その郵便を受け取れる。受け取った郵便は、また自分宛に送る。後は同じことの繰り返しだ。だが、もし自分の身に何かあれば、郵便は受取人不在のために差出人に戻される。

問題はここだ。もし差出人の名を警察にしておけば、戻された郵便物は警察の手に渡る。警察は、そんなものを出した覚えはないので、当然中身を調べるだろう。

こうして、矢木は労せずして警察にゆすりの証拠を送りつけることができる。

もし、こういう手配がされていたとしたら、配達時の不在通知のようなものが矢木の部屋に届いているのではないか。犯人はそれを確認しようとしたのではないか。

「もしかしたら犯人は、今までも定期的に矢木の部屋に侵入し、それを確認していたのかもしれない。誰も気づかなかっただけで」

阿武隈の心臓が跳ね上がる。また図星だ。そこに目をつけられてはまずい。非常にやりにくくなる。

　更に堂場警部補は続けた。

「いずれにせよ、今後は、あの部屋宛の郵便物は全て私の方に転送してもらうことにした。親御さんの了解も得られたので」

　これでは阿武隈は手が出せない。

「――というのが私の考えなのですが、阿武隈さんはどう思われますか」

　急に敬語で訊ねられたからというわけでもないが、阿武隈は返答に窮した。まさか大当たりですとも言えない。うかつに答えるとボロが出そうなので、阿武隈は話題を変え、相手の痛いところを衝くという作戦に転ずることにする。

「さっきから気になってるんだけどさ。これ一応ちゃんとした事情聴取ですよね。何でこいつが一緒なの」わざと皮肉っぽく唇を歪め、マキを横目で見る。「あ、もしかして、これデート？　仕事ってのは口実？　おれは刺身のツマ？　それって公私混同じゃん。ちょっとまずいんじゃゃ――」

　堂場警部補の顔が真っ赤になった。

「あの、それは」

　見かねてマキが口を挟んだ。

「私が来るって言ったの。だって第一発見者だもん」

「へ？」

「矢木くんに貸しっぱなしにしてた画集が必要になったんで、お母さんから鍵を借りて中に入れてもらったの。それが——ええと、五月二十日の朝」

「その時、何で泥棒が入ったって判ったんだ？」

あんなに気をつけたのに、という言葉を阿武隈は吞み込む。ちなみに阿武隈が忍び込んだのは、その前日の五月十九日の晩だった。間が悪いこともあるものだ。

「泥棒かどうかまでは判らないけど、誰かがあの部屋に入ったのは確か。だって、部屋の中に、ピザのメニューが落ちてた。日付を見たら二十一日からの新メニュー」

堂場警部補が手帖を開いた。

「調べによると、そのデリバリー・ピザのメニューというかチラシは、被害者のマンションの各部屋の郵便受けに、五月十八日の午後入れられたことが判った。幸い、その担当者の指紋も採取できた。あそこのマンションはセキュリティが甘いから、ビラやチラシが入れ放題らしい」

「矢木の実家って金持ちなんだろう。もっといい部屋を借りりゃよかったのに」

阿武隈が前から疑問に思っていたことだ。

「皮肉だがご両親も同じことを仰《おつしや》っていた」堂場警部補がうなずく。

「誰にも見張られずに好き勝手したかったんじゃないの。監視されると息が詰まるってよく言ってたから」

と、これはマキ。さすがに一番矢木のことを理解しているようだ。

「ま、それはどうでもいいか。で、とにかくそのチラシだかメニューだかが、最近誰かが部屋に入った証拠というわけか。でも、それはちょっと早合点じゃないの？」

マキの言葉で、阿武隈はすっかり安心していた。こんなことなら簡単に説明がつく。

「どうして」

「たとえば、矢木の部屋の郵便受けの蓋が開いていたとしたら？　チラシはどんどん部屋の中に落ちてくるだろう」

「ほう。確かにそのとおりだった。見てもいないのによく判ったね」

「本職の刑事さんに言うのもなんですけど、ここを使っただけです」

阿武隈は自分の頭を指差した。実際は、かなり前の侵入時に、阿武隈が自分で蓋を開けただけのことだ。郵便受けが溢れるのを防ぐためである。

しかしマキは首を振った。

「違うの。黙ってたけど、そのピザのメニューの上に、矢木くんの帽子が載ってたんだ」

「帽子？」

「そう、黒のニットの。覚えてないかな。私が似合わないっていくら言っても、強情張ってかぶってた帽子なんだけど」

そんなことはどうでもいい。

「メニューの上に帽子――」

「考えられるのは、誰かが部屋に入った時、うっかり帽子を動かしてしまったということ。それか、ドアを開けた時に風が吹き込んだのかも」

「その『誰か』が泥棒だったってことか」

悔しいことに全然記憶がない。阿武隈が忍び込んだのは夜なので、部屋の全体像を見ていないのだ。持参のペンライトで最近の郵便物をチェックしただけである。

「マキがうっかり動かしたってことはないのかな。知らずに蹴飛ばすとかして」

「それはないと思う。ドアを開けて真っ先に目についたのが、その帽子だったから」

これ以上突っ込む箇所が見つからないので、阿武隈は黙って腕組みをした。

「それで阿武隈さん。いつも申し訳ないのですが、五月十八日の午後から五月二十日の朝まで、どちらにいらっしゃいましたか」警部補の口調が再び丁寧になった。

「そんな長い間のアリバイ、すぐには思い出せませんよ。少し考えさせてください」

阿武隈は記憶をたどるふりをした。時間稼ぎに、携帯電話を取り出して着信履歴を見る。

「それにしても、完璧なアリバイがあったらかえって怪しくないですか。だって、犯人が忍び込んだのは夜中ですよね？」

「そうなんですか？」警部補の目が光ったようで、阿武隈は慌てて言葉を補った。

「いや、普通そうでしょう。昼間は誰に見られるか判らないじゃないですか。やるなら夜――それが常識でしょう」

「常識ね、なるほど」

「そんな時間にアリバイがある方がおかしいでしょ？　おれ何か変なこと言ってますか」

「いや、もっともだと思いますよ」警部補はにこやかにうなずいたが、「でも、まあ、一応形式ということで。思い出してみてくださいよ」

何だ、結局言わされるのか。

「夜のアリバイなんてありませんよ。一人で寝てました。カノジョとかいないもんで」

「そうですか」

堂場警部補は、あっさりうなずいて質問を打ち切ったが、だからといって、もちろん阿武隈への疑いを解いたわけではないだろう。

「矢木が突き落とされた時と一緒ですよ。あの時だって、結局アリバイで除外できた容疑者なんていなかったでしょう」

「アリバイに限らず、容疑者の絞り込みはほとんど進みませんでした。せいぜい彼女を外したくらいですか」警部補はマキをちらりと見た。「大人の男を、マンションのベランダの手すりを越えて投げ落とすには、相当な力が必要ですから。小柄なマキさんには無理です」

「マキを除外できてよかったですね。容疑者のままだと、やっぱり気になるでしょう」

「厭味はやめてよ」そう言いながらも、マキはくすぐったそうに笑った。

「いや、まあ確かにそうです」堂場警部補が力強く言った。「これで心置きなく犯人の追及に全力を投入できますから」

そうは言っても、捜査本部は解散したんじゃなかったか？——阿武隈はそう口にしかけたが途中でやめた。これ以上心証を悪くするのはまずいと判断したのだ。また、堂場警部補の目の光がどうも尋常ではないような気がする。こっちの気の回しすぎかもしれないが。

阿武隈が見つめていると、警部補の目の光が突然消えた。

「――氷が解けて、ミルクがすっかり薄くなった。お代わりを頼もうかな」

堂場警部補の声は、夢から覚めた時のように、どこかぼんやりとしていた。その声を聞いているうちに、急に闘志が湧いてきた。こんなくたびれた刑事一人に負けてたまるか。

今後は、こっちから堂場警部補とマキをマークしてやろう。事件に何か動きがあるとしたら、必ずこの二人が関係しているはずだ。矢木の事件の犯人？　そんなものはどうでもいい。とにかく自分の犯罪の証拠を隠滅し、この身を守れさえすればいいのだ。

もしかしたら、こいつらにも何か後ろ暗いところがあるかもしれない。それをつかめれば、いざという時には、それを切り札に使って取引することもできるだろう。とにかく、うまく立ち回っていれば、チャンスは必ず来る。

阿武隈はアイスコーヒーを飲み干した。やはり氷が解けてすっかり薄くなっていた。

自分の恋人を尾行することになるなんて、一週間前のマキなら想像すらできなかった。その時には、男のことが、恋人どころか敵としか思えなくなっているということも。

〈05／31〉

敵は三十分ほど前に、駅の裏手の雑居ビルに入った。それっきり出てこない。もう少しで日付が変わるというのに。この深夜、中小企業の事務所しかないはずのビルに何の用があるのか、マキはまっとうな理由を一つも思いつけなかった。
こんな深夜になるのなら、一人で行動するのではなく、古瀬にでも一緒に来てもらえばよかったと、後悔の念が湧いてくる。しかしマキは、ポケットの中の写真の存在を思い出して独り首を振った。こんなこと、恥ずかしくて誰にも言えない。
写真は、マキと「敵」のありふれたツーショットだ。偶然それを見たマキの後輩が顔色を変えた。問い詰めると、後輩はごまかそうとしたが、やがて諦めて白状した。
話を聞いて、今度はマキの顔色が変わった。

その後輩は、高校時代にある秘密クラブに誘われて援助交際をしたことがあるという。興味本位で一度だけだと強調していたが、その真偽はとりあえずどうでもいい。

その時の相手の男が、「敵」だったのだ。それだけでもマキは呆れたが、まだ先がある。実際に二人が会って「援助額」の交渉がついたところで、敵は黒革の手帖を取り出し、こう名乗った。

「神奈川県警の者だ」

そして彼女を逮捕すると脅したというのだ。マキは自分の耳を疑った。

その後の展開は、もはや陳腐とすらいえる。体の関係こそ強要されなかったものの、数度に亙って金を脅し取られ、放免する代わりに、遊んでいそうな知り合いの名前を挙げさせせられた。おそらく敵は、その中から次の犠牲者を選んだのだろう。

しかも、噂によれば、敵はあちこちで同じような手口のゆすりをしているという。

「神奈川県警の堂場警部補といえば、一部では結構有名なんです」

警察に届けるわけにもいかない。同じ警察官がゆすりを働いているなんて、信じてもらえるはずがないから――と後輩は肩を落とした。

「じゃ、新聞社やテレビ局に言ったら?」

「こっちまでニュースにされたら困ります」それは絶対厭、という子が多いのだった。「堂場はその辺のやり方がうまいから。いやらしいことは絶対してこないし、お金だって一回に一万円程度なんで、そんなに無理しなくても払えるんです。だから、下手に騒いで自分の名前が出たりするくらいなら、がまんした方がましだって——」

問題の秘密クラブの場所を後輩から聞き出し、マキは自分の目で確かめる決心をした。何度か尾行に失敗した後、ついに今夜、敵がクラブの近くに足を運ぶ現場を目撃したのだ。

敵は雑居ビルの階段を上っていった。十階の踊り場から見下ろすと、裏通りに面した秘密クラブの入り口を見張ることができる。おそらく敵は、携帯電話で店内とやりとりしつつ、出てくる女の子をチェックしているのだろう。マキは、ビルの横にある自動販売機の陰に身を潜めている。自分が見つかっては、元も子もない。

ここ十分ほど、通りに人影はほとんどなかったが、不意に、ビルの近くの角を曲がって一人の男が現れた。痩せて背が低く、猫背で、足音を忍ばせるような歩き方をしている。男は辺りを窺うようにして、雑居ビルへ入っていった。入り口の常夜灯に照らされた顔を見た時、マキは思わず声を上げそうになった。男は阿武隈晃男だったのだ。

こんなところに何の用があるのだろう。敵と何か関係があるのだろうか。

新たな疑問が次々に浮かぶが、それを解く暇もなく、五分ほどで阿武隈は下りてきて、また角を曲がって姿を消した。敵と顔を合わせたかどうかも判らなかった。

小雨が降り出していた。マキは傘を持っていない。出直そうかと迷っていると、敵が雑居ビルから出てくるのが見えた。用意のいいことにレインコートを着ている。それともあのコートは、より刑事らしく見せるための演出だろうか。くたびれ加減がいかにもという感じだ。

マキが後をつけると、敵は予想どおり秘密クラブのある通りへと向かった。店の前を通り過ぎて、百メートルほど行ったところにバスの停留所がある。最終バスはとっくに出てしまって、常夜灯ががらんとしたベンチを照らし出している。そのベンチの隅に女の子が坐っていた。Tシャツにミニスカートの軽装で、膝の上にポーチを載せ、少し寒そうにうつむいている。やや栗色の長い髪の毛に隠れて、顔は見えない。

敵は、その女の子に歩み寄ると、一言二言話しかけた。女の子が顔を上げ、立ち上がってスカートの埃を払った。

二人が並んで歩き出したところを狙って、マキは声をかけた。

「堂場警部」

警部という一言に、女の子はぎくっとしたように足を止め、マキの方へ振り向いた。その子には目もくれず、マキは言葉を続けた。

「お取り込み中恐縮ですが、署から緊急の呼び出しが入っています」

「そ、そうか」

さすがに敵の顔にも動揺の色が見えた。

その機を逃さず女の子は早口に言った。

「あ、あたし、これで失礼します。いろいろありがとうございました」

何がありがとうなのか、おそらく本人にも判っていないのだろうが、とにかく女の子はポーチを胸に抱えて全速力で走り去った。

敵は女の子の後ろ姿を見送っていたが、やがてゆっくりと振り返った。

「本降りになってきた。濡れないところへ行こう」

「どこまで知ってる」

例の雑居ビルの十階。薄暗い階段の踊り場にもたれかかって、敵はだるそうな声で言った。目は、遠くのネオンの看板の方へと向けられている。

「堂場警部がやっていることは全部」

「警部補だ」

「どっちだっていいでしょ。どうせニセ刑事じゃない」

マキが声を荒らげると、敵は肩をすぼめた。

「そうだな」

「――簡単に認めちゃうんだ」

「ばれたらしょうがない。で、これからどうする」

「決まってるでしょ。警察に届ける。本物の警察に」

「お前だって、おれが捕まったら厭だろう」

「別に」

この男、マキが見逃すことを期待しているのだろうか。惚れた弱み？　冗談じゃない。

だが、マキの考えは間違っていた。

「門倉友恵《かどくらともえ》って、知ってるか」

いきなり大学の友人の名前を出されて、マキははっとした。

「おれが捕まったら、彼女も無事では済まないぞ」

「どういうこと」

また敵は肩をすぼめる。そのコートの袖をマキはつかんだ。

「ねえ、どういうこと。友恵が何をしたの」

「――本当に知りたいか」

その声の不気味さに、マキは思わず手を離す。

「知らない方がいい。全部知ったら、お前もあの女を違う目で見るようになる」

敵は階段を下り始めた。

その肩が小刻みに震えている。

顔は見えないが、想像はついた。敵は笑っているのだ。マキが全てを知りながら手出しできずに苦しんでいる様を見て、楽しんでいるのだ。

これほど邪悪な人間は見たことがない。この男を敵と呼んだ自分の直感の正しさに、マキは我ながら驚いた。

同時に、つい最近まで、その敵の正体を見抜けず騙されていた自分が情けなくなった。

マキは階段を下りていく敵を追った。

だが途中で足がもつれた。バランスを崩したマキは膝からその場に崩れた。体を支えようととっさに伸ばした手が、敵の足首をつかんだ。

敵の上体が前に泳ぐ。

次の瞬間、敵は、十数段下の次の踊り場へと真っ逆様に転落した。プロレスの「脳天くい打ち《パイル・ドライバー》」を食らったようなものだった。踊り場にはゴムのマットが敷いてあったので、あまり出血はしなかったが、それでも骨の折れる鈍い音が階段中に響き渡った。

敵はそのままぴくりとも動かない。

マキは階段の途中にうずくまったまま立ち上がれずにいた。全身の血が鼓動とともに脈打ち、思うように息ができない。

その時、階段を駆け上がってくる足音が聞こえた。マキは何とか身を起こそうとしたが、体に力が入らない。

足音は次第に近づいてきて、マキのいる階の一つ下で止まった。こちらの様子を窺っているようだ。

遠慮がちな声が下から聞こえてきた。

「どうした、大丈夫か」

聞き覚えのある声だが、今のマキには誰だか判らない。

敵の仲間だったらどうしよう。震えながら必死に手すりを探っていると、また声の主の足音がした。上がってくる。

声の主は、半ばまで階段を上ったところで、倒れている敵に気づいたらしい。残りの段を駆け上がると、敵の傍らにしゃがんで抱き起そうとした。

「おい、しっかりしろ」

外から差し込む街灯の光が、敵のゴムマスクのような生気のない顔を照らし出し、それを見たマキは思わず息を呑んだ。

その気配を感じたのか、声の主がマキの方を見上げた。大きな口がぽかんと開いた。

「——マキさん」

「井口くん」

マキは力なく呟いた。

我に返るのは、井口泰の方が早かった。

「説明は後だ。ここはおれが何とかするから、早く逃げろ」

「何とかするって」

「おれの車で、こいつをマンションまで運ぶ。そこで落ちたように見せかければ、うまく行けば事故で済む」

「でも、どうして井口くんがそこまで――」

「説明は後だ」

井口は、珍しく強い語調で繰り返した。

「井口くん」

「いいんだ。本当は、おれがこうしなきゃいけなかったんだ」

井口は敵の体を抱え上げた。

「さ、早く」

促されたマキは、手すりにしがみついてよろけながら、階段を下り始めた。

それでも敵――矢木道哉――の傍らを通り過ぎる時、最後の一瞥《いちべつ》を送ることは忘れなかった。

(さよなら、堂場警部補。ニセ刑事の真似なんかしなければ、こんなことにはならなかったのにね)

もちろん、矢木が刑事になりすましていたことは誰にも言わないつもりだった。そうすれば、マキと事件の接点も見つからずに済むだろう。

このまま、堂場警部補なんて名前は忘れてしまおう。マキはそう心に決めた。

〈06／07〉

十歳上の兄が、ニューヨークの私の部屋へ予告もなしにやってきたのは、六月に入り、そろそろ夏が始まる頃だった。

「しばらくおいてくれないか」唯一の荷物であるスーツケースを床に置き、兄は首筋の汗を拭った。

「別にいいけど——仕事は？」兄は神奈川県警の警部補だ。勤続二十年のベテランが、こんな時期に長期休暇を取れるとは思えない。

「辞めた」

「何で」予想外の答えに、つい声が高くなる。

「いろいろあってな」兄の顔からは何の感情も読み取れなかった。警察仕込みのポーカーフェイスだ。「心配するな。金なら当分はもつ。お前に迷惑はかけない」

これからどうするのか訊いてみると、またまた意外な答えが返ってきた。警察での経験を小説に書くというのだ。

「そんな呆れた顔するな。これでも報告書を書かせたら、署で一番だった」

小説と報告書は違う、と言おうとしたが、兄は私に口を挟む隙を与えず、

「判らないところは、プロのお前に教われればいい。そうだろう？　だから来たんだ」

真剣な目で見つめられ、私は恥ずかしくなった。

ミステリ翻訳家を目指して修業中の私は、確かに兄よりは「プロ」に近いのだろうが、目下のところ、当地のエンターテインメント情報関連の雑文で生計を立てている身である。人に教えるほどの力はない。かといって、兄の頼みを頭から断ることもできない。

私の困惑を知ってか知らずか、翌日から兄は、持参したノートパソコンの前に坐り込み、かたかたと打ち出した。

その後数日、執筆は順調に進んでいるようだった。たまに気晴らしの散歩に出る時以外は、兄はパソコンの前から離れず、キーボードの音がやむことすらあまりなかった。

「おれに訊くことなんてないんじゃない？」三日ほど経った朝食の際に水を向けると、兄はかすかに照れたような笑いを浮かべた。

「まだ今は、事実関係をそのまま書き出しているだけだからな。他人に見せられる代物じゃない。ネタをどう組み合わせるかが難しいんだ。その辺の知恵を貸してくれ」

更に数日後、外出から戻ると、兄はシャワーを浴びており、パソコンの横にプリントアウトされた原稿の束があった。原稿はいくつかに分けて綴じられており、それぞれ〈05／10〉〈05／17〉などの小見出しが付けられていた。どうやら「ネタ」を日付ごとにまとめたものらしい。

ひょっとして、ここには、兄が警察を辞めた理由が書かれているのだろうか。

シャワールームの水音は続いている。私は一番上の束を手に取った。

☆

「兄さん、これ何だよ」読み終えた私は、憮然として言った。

「何が」

シャワールームを出た兄は、パンツ一枚の上にバスタオルを引っかけ、大きなコップでミルクを飲んでいた。私が原稿を読んでいるのを目にした時は、一瞬ぎょっとしたようだが、結局何も言わなかった。自分でもそろそろ見せるつもりだったのかもしれない。

「何が、じゃないよ。これじゃわけが判らない」

「そうか？　まだ途中で、話は終わってないからな」

「いや、途中とかそういう問題じゃなくて——ありえないことがいくつも起こっている」

私はテーブルの上のメモ用紙とボールペンを引き寄せた。

「いい？　出来事を起こった順番に並べると、こんな風になる」

メモ用紙の上に、私の細かい文字が並んでいく。

《五月十日以前

事件以来昏睡状態だった矢木道哉が死亡する。警察の捜査の結果、矢木がゆすりを働いていたことが判明し、犯人は被害者たちの中にいると見なされる。しかし、被害者の名前も判らず、ゆすりのネタも発見されぬまま、事件は迷宮入りになった。

被害者たちは、矢木が自分の死後、「黒ヤギファイル」と仮称されるゆすりのネタを公開するよう手配していたとの噂に怯えている。

なお、捜査員の一人だった堂場警部補は、事件をきっかけに、矢木の元恋人のマキとつきあうようになり、捜査本部解散後も単独捜査を続けている》

《五月十日

矢木の葬儀。古瀬、マキ、井口ら、矢木の大学時代の友人たちが再会。その夜、古瀬は井口を自分の部屋に呼び、「黒ヤギファイル」が記録されていると思しきCDを見せる。井口のパソコンでもデータ内容は読み取れないが、古瀬は、CDに矢木の手紙が同封されており、井口がゆすりの共犯者だと書かれていたことを告げる。井口はCDを奪い取ろうと古瀬に襲い掛かるが、前もって連絡を受けていた堂場警部補が助けに入り、井口は暴行の現行犯で逮捕される。実はCDは、古瀬と堂場警部補が、井口を罠にかけるためにでっちあげた偽物だった。

井口は矢木のゆすりに加担していたことは認めるが、突き落としたことについては断固容疑を否認する》

《五月十七日

留置場に勾留《こうりゅう》されている井口のところに、友人の阿武隈晃男が接見に来る。いろいろと気を揉む井口は、阿武隈に無神経なことを言われ爆発してしまう。ここでも、矢木が「黒ヤギファイル」をどこに隠したかが話題に上る。阿武隈は、マキが何かを知っているのではないかと勘繰る》

《五月二十四日（と、その前の数日間）
矢木の住んでいたマンションの部屋に泥棒が入る。盗まれたものはなく、犯人の狙いは、例の「黒ヤギファイル」だったと思われる。だが、なぜ今になって？
堂場警部補は、矢木が自室へ手紙を送るように手配していたのではないかと推理。今後、矢木宛の郵便物を押さえることにする。
実は泥棒は阿武隈だった。「黒ヤギファイル」を入手し、自分に関するゆすりの証拠を破棄することが目的だったが、やはり証拠は見つからなかったのだ。阿武隈は、今後マキと堂場警部補をマークすることを決意する》

《五月三十一日
堂場警部補はニセ刑事で、マキの友人を援助交際のネタでゆすっていた。それを知ったマキは現場を押さえる。詰問しても堂場警部補は開き直るばかりだったが、立ち去る途中で階段から転落し重傷を負う》

五枚目のメモを私は爪先で弾《はじ》いた。
「ここまではいいよ。ところどころおっさんくさい言い回しがあるけど、一応辻褄《つじつま》はあってる。問題はこの後だ。堂場警部補の正体が矢木だって？　それで、マキを助けにきたのが井口？　死んだ矢木や逮捕された井口が、なんでここに出てくる？　もう全然判らない」

「――そうか」兄は困惑したように唸った。「そう読んだわけか、お前は」

「誰が読んでも、そうとしか読めないって」

言いつのる私から、兄は原稿を取り上げた。

「まあ、そうかもしれないがな」ぱらぱらめくりながら、小説の内容をメモと比較していく。「でも、おれとしては、こう読んで欲しかったんだ」

兄はミルクのコップをテーブルの上に置くと、私のメモを、反対の順番に並べ替えた。

私は目を丸くした。「――どういうこと」

「まさかこんな誤解をされるとは思わなかったが――まあ、おれの書き方が下手だってことなんだろうな」兄は何度もかぶりを振りながら、メモを数ヶ所消したり書き直したりした。「自分にとって当たり前のことや、よく判らないところをつい省略したから、どっちにも取れる文章になったらしい――よし、できた」

兄はメモの修正を終えると、やはり順番を入れ替えた原稿を私に差し出した。

「実際の事件の流れは、こうだった」

《二〇〇〇年五月三十一日（水）

矢木道哉は、堂場警部補の名で刑事を騙《かた》り、マキの友人を援助交際のネタでゆすっていた。それを知ったマキは現場を押さえる。詰問しても矢木は開き直るばかりだったが、立ち去る途中で階段から転落し重傷を負う。ゆすりの共犯者だった井口泰が、瀕死の矢木を自宅（マンション）の中庭に運び、偽装工作を施す。

マキと井口は秘密を守る約束をする。

警察の捜査の結果、矢木のゆすりは判明したが、それ以上の手がかりがつかめず、捜査本部は解散。

被害者たちは、矢木がゆすりのネタを「黒ヤギファイル」としてどこかに隠し、自分の死後公開するよう手配していた――そんな噂に怯えている》

兄は補足した。

「井口は、後に逮捕された際、自分がゆすりの片棒をかついでいたことまでは認めた。それから、事件当時、矢木の部屋に侵入し、ゆすりの顧客名簿――「黒ヤギファイル」ではなく、矢木が普段使っていたものだ——を破棄したことも。ただ、実際に殺そうとしたことだけは頑として否定している。それから細かい話だが、今だったら矢木は秘密クラブじゃなくて出会い系サイトを狙っただろうな」

「細かいことはいいって」私は開いた口が塞がらない。「これが最初？　話が繋がらない」

「そんなことはない。ちゃんと繋がる」兄は説明を続けた。

《二〇〇一年五月二十四日（木）頃
捜査員の一人だった堂場警部補は、事件をきっかけに、矢木の元恋人のマキとつきあうようになり、捜査本部解散後も単独捜査を続けている。

そんなある日、矢木の住んでいたマンションの部屋に泥棒が入る。盗まれたものはなく、犯人の狙いは、「黒ヤギファイル」だったと思われる。だが、なぜ今になって？

堂場警部補は、矢木が定期的に自室へ手紙を送るように手配していたのではないかと推理。今後、矢木宛の郵便物を押さえることにする。

実は泥棒は阿武隈だった。「黒ヤギファイル」を入手し、自分に関するゆすりの証拠を破棄することが目的だったが、やはり証拠は見つからなかったのだ。阿武隈は、今後マキと堂場警部補をマークすることを決意する》

「阿武隈もゆすられていたから、例の『黒ヤギファイル』については人一倍敏感になっていた。矢木の墜落事件直後は、マキとこっそり話をつけるつもりだったようだが、そうもいかなくなった。なぜなら偶然にも――」

言いよどむ兄の言葉を、私が引き継いだ。

「――偶然にも、マキが堂場警部補とつきあい始めたからだね」あえて「堂場警部補」と三人称で言ってやった。その方が、兄の気恥ずかしさを和らげられそうな気がしたのだ。

「そういうわけだ。彼女に下手なことを言うと――その、何だ、つまり警察に筒抜けになる状況が出来上がってしまった」

「それにしても、マキは驚いただろうな。ニセ刑事でない、本物の堂場警部補が目の前に現れて」私はその情景を想像してみた。「ま、インパクトのある出会いだね」

どちらから接近したのか訊いてみる。

「忘れた」兄はそっぽを向いて黙ってしまった。

まったく、自分のこととなると口が重くなるところは昔と変わらない。兄の小説が、自身の扱った事件の物語にもかかわらず、他者の視点から語られているのも、そのせいかもしれないと私は思った。

しばらくすると、兄は気を取り直したようで、『話、戻すぞ』と説明を再開した。

「阿武隈はマキたちを監視するが、『黒ヤギファイル』の手がかりはつかめない。焦った阿武隈は、マキの部屋に忍び込み、現場を取り押さえられてしまう」

「誰に？　やっぱり堂場警部補に？」

兄は無言でうなずいた。

「馬鹿だな」

「今まで捕まらなかったから油断していたんだろう。それで、この留置場での会話に続く」

《二〇〇二年五月十七日（金）

留置場に勾留されている阿武隈のところに、友人の井口が接見に来る。いろいろと気を揉む井口は、阿武隈に無神経なことを言われ爆発してしまう。ここでも矢木が「黒ヤギファイル」をどこに隠したかが話題に上る。阿武隈は、やはりマキが何かを

知っているのではないかと勘繰る》

　私はメモを指差した。「ここも変だ」

「どこが？」

「留置場に入っているのは井口でしょう。そう書いてある」

「もう一度読んでみてくれ。先入観を持たないで、素直に」

　兄に言われ、〈05／17〉を読み直して驚いた。確かに、阿武隈が接見に訪れたとは一言も書いてない。さっきは、井口が逮捕された場面の後に読んだから、頭からそうだと思い込んでいたが。

「でも、井口の方がむさ苦しい感じだし、雨の日なのにTシャツ一枚じゃないか」

「留置場の中にいる方が、不精なフリーター暮らしよりよっぽど清潔でいられる。毎日ひげは剃れるし、定期的に、しかも半強制的に入浴させられるし、洗濯だって無料でしてくれる。着るものがなければ留置場備えつけの服を借りることだってできる。井口の服装は、うっかり薄着で外出した後で天気が崩れた――そんなところだろう」

「でも、この二人の言い方は何。紛らわしくて、わざと誤解させようとしてるみたいだ」

「実際の二人の会話がこんな感じだったんだから仕方ないだろう。知り合い同士の会話に省略が多いのは当たり前だ。それを赤の他人が聞いて、よく判らなかったり勘違いしたりするのも珍しいことじゃない」

天然の叙述トリックというわけか。そんな天然ものは少しもありがたくないが。

「それに考えてみれば、他の手がかりもある。留置場では土日の接見は弁護士しか認められないから、五月十日が土曜日だった〈05／10〉と〈05／17〉は違う年ということになる。それから、井口の『地獄ってのは言いすぎ』という言葉が『矢木はまだ生きている』という意味だと考えれば、〈05／10〉の矢木の葬儀より前の話だということが明らかだ。とすれば、この時点で井口が留置場に入っているはずがない。だいたい、〈05／10〉で井口が犯した、殺人未遂のような重罪なら、当面、弁護人以外は接見禁止になるのが普通だ。現に、井口の場合はそうだった」

「だから、ここで勾留されているのは阿武隈の方だ、ってことか。で、その阿武隈が自由に動き回っている〈05／24〉は、更に以前のエピソードということになる、と」

「判ってくれたか」兄はほっとしたようにうなずいた。「最後のパートはこれだ」

兄は残ったメモを取り上げた。

《二〇〇三年五月十日（土）
矢木の葬儀。古瀬、マキ、井口ら、矢木の大学時代の友人たちが再会。その夜、古瀬は井口を自分の部屋に呼び、「黒ヤギファイル」が記録されていると思しきCDを見せる。井口のパソコンでもデータ内容は読み取れないが、古瀬は、CDに矢木の手紙が同封されており、井口がゆすりの共犯者だと書かれていたことを告げる。井口はCDを奪い取ろうと古瀬に襲い掛かるが、前もって連絡を受けていた堂場警部補が助けに入り、井口は暴行の現行犯で逮捕される。実はCDは、古瀬と堂場警部補が、井口を罠にかけるためにでっちあげた偽物だった。
井口は矢木のゆすりに加担していたことは認めるが、突き落としたことについては断固容疑を否認する》

「説明は不要だろう」

「一つだけ。古瀬が矢木たちの同期生なら、会社でも、もう新人じゃないはずだね。それなのに新人研修って、何のこと」

「ああ、それか。詳しい部署名は忘れたが、古瀬は会社の研修部門で、新入社員のシゴキを担当してるそうだ。坊主頭にしたのも、新入社員たちへのインパクトを計算してのことらしい」

「――これも天然の叙述トリックか」私は呟いた。

「何が天然だって？」

「何でもない」私は首を振りかけ、「あ、もう一つ判らないことがある。結局、この事件はどんな形で解決したの？　今聞いた話だけじゃ、まだ井口が矢木の共犯者だったことを自供しただけで、マキのことも、矢木のニセ刑事のことも判っていないわけだよね。肝心の〈05／31〉のパートのことは、誰がどうやって突き止めたの」

「そのことか」兄は顔をしかめた。「言ったろ。それはまだ未完成だ。続きがあるんだよ」

「続き？」

「矢木道哉の死んだ一ヵ月後、『黒ヤギファイル』が見つかった」

「――本当にあったんだ」

「ああ。それで矢木のゆすりの全貌が明らかになり、共犯者の井口も自供に追い込まれた。そうなると、マキも、自分のやったことを黙っているわけにはいかなくなった」

「ファイルは結局どこにあったの」

「噂どおり、どこぞの請負サービス会社に——何でも屋みたいに、金さえ払えば大抵のことは引き受けてくれる会社に、死後の投函を依頼してあったんだ。矢木の死後、予定どおり発送された——ある人物宛に」

「誰に？　じらさないでよ」

「驚いたことに、阿武隈宛だった。ところが当時、阿武隈は拘置所に拘留《こうりゅう》されていたため、差出人のところに送り返された」

「判った。その差出人は『神奈川県警の堂場警部補』になっていたわけだ」

兄は黙ってうなずいた。

「阿武隈は馬鹿を見たね。余計なことをしなければ、ファイルを入手できたのに」

「そうかもしれないな」兄は溜め息をついた。

「何で矢木は阿武隈に『黒ヤギファイル』を送ったんだろう。最後に仏心を出したとか？」

「それならいいが、もっと意地の悪い意図があったとも考えられる。矢木が襲われた頃、阿武隈は自分のアパートを土地ごと売却しようと考えていた。もし事件が起こらなければ、あのアパートは取り壊されて別の建物になっていただろう。そこへ『黒ヤギファイル』が送られたとしても、もう阿武隈はいない。結局ファイルは警察行きだ」

「――アパートを売らなければよかった、と阿武隈に後悔させるつもりだったってこと?」もし、そうなら、矢木の意図は見事に達成された。経緯こそ大分異なるが、阿武隈が自分の軽率な行動を後悔したことは間違いない。「悪趣味すぎる。いくら何でも、それはないだろうと言いたいところだけど――でも、判らないな。他人が何を考えてどう行動したかなんて」

「判らないのは他人のことだけじゃない」兄の顔から不意に笑みが消えた。「他人どころか、自分のことだって判らない」

私ははっとした。一番重要なことが、まだ説明されていない。「自分」――すなわち兄に何が起こったのか。たとえば、

「マキ、いや、マキさんとは、どうなったの」

答えは一言だった。「終わった」

私は待ったが、それきり兄は口を開かなかった。

警察を辞めた理由も訊きたかったが、きっと兄は答えないだろう。マキとのことが絡んでいるのは間違いないし、もしかしたら、兄自身にもまだ整理がついていないの

かもしれない。「自分のことだって判らない」という言葉は、それを意味しているとも考えられた。

私が黙って立っていると、兄は「話は終わりだ」と言うように、原稿とメモを揃え、テーブルからミルクのコップを取り上げた。その手が震え、中身が少しこぼれた。

その瞬間、兄の物語にぴったりのタイトルが閃いたが——口にはできなかった。

（ミステリーズ！　21号）

選挙トトカルチョ

佐野《さの》　洋《よう》

1928年、東京都生まれ。東京大学文学部心理学科卒業後、讀賣新聞に入社。記者時代に書いた処女作「銅婚式」が「週刊朝日」「宝石」共催の懸賞に入賞。同社を辞し、'59年に『一本の鉛』を発表。短編の名手として知られ、その数は1000編を遥かに超えている。'65年『華麗なる醜聞』で第18回日本推理作家協会賞を受賞。'98年、第1回日本ミステリー文学大賞を受賞。2009年、第57回菊池寛賞を受賞。また、'73年から3期6年にわたって、日本推理作家協会の理事を務めた。

佐野洋先生。初めてお手紙を差し上げます。いや、佐野先生のみならず、作家の先生方に愚翰《ぐかん》を呈上するのは、六十五歳になる今日まで未経験であり、そのため些《いささ》か緊張し、文章が萎縮する傾向があるやもしれず、予《あらかじ》めお詫び致しておきたいと存じます。

ところで、文筆家でもなく、一介の年金生活者が、敢えて先生に拙文をお目にかける気になったのは、先生が『小説推理』誌上に発表なさっている連作小説を拝読したからに外なりません。

あの連作は、人間の特殊な能力が共通のテーマになっていると愚考致しますが、小生の知り合いにも、それに近い能力を持っていると思われる人物がおります。

素人考えですが、先生なら、その人物に興味を持って下さるのではないか、そして、或いは、彼女を題材に小説を創って下さるのではないかと思い、失礼をも顧みず、これを認《したた》めた次第です。生来の悪筆で、お読み取り難《にく》い個所があるかもしれませんが、ご判読下さるようお願い申し上げます。

少し前に、『彼女』と書きました通り、その人物は女性です。名前は横地《よこじ》俊恵《としえ》といい、年齢は現在三十三歳です。


八年前の春、小生坪内信行《つぼうちのぶゆき》はJ県警J中央署の副署長に就任いたしました（註・原文には実在の県名と都市名が書かれている）。

当時、小生は五十七歳。こう書けばご推察戴けますでしょうが、所謂《いわゆる》ノンキャリヤーの警察官でした。

ご承知の通り、J市はJ県の県庁所在都市であり、地元の新聞などでは『県都』と書くこともあります。

J市には、中央署と北署があり、格は中央署が上とされていました。つまり、ここの副署長を無事勤め上げれば、つぎはどこかの署長のポストに就くことができる、というのが当時の小生の状況でした。

そして、『副署長』というポストは、J中央署に来る前に、二署で経験しているので、まあ無難にこなすことができるだろうと、どちらかと言えば気楽な気分で赴任したのでした。

ところが、着任した当日、重立った署員を前に着任式を行った直後、署長から記者会見をしろと言われ、これは今までと勝手が違うぞ、という思いに駆られ、全身の神経や筋肉までが硬く緊張いたしました。

小生の前任地は、J市に隣接するK市にあるK署でした。ポストはやはり副署長です。しかし、そこに着任したときに、記者会見などはありませんでした。

「記者会見ですか？」

と、戸惑って聞き返した小生に、署長が説明してくれました。

「この中央署には、あんたの前任地のK署などとは違い、全国紙、ブロック紙、地元紙、それから地元テレビ局などの記者が、常時十数人、記者クラブに詰めている。彼らと始終接触して、広報に努めるのも副署長の仕事の一つだ。だから、記者会見を開いてくれという記者クラブの要請には応える必要があるわけでね。まあ、慣例でもあるし、宜しく頼みます」

こうした経緯で、『副署長就任記者会見』が開かれたのですが、警務課員に案内された小生が、設けられた席につくと同時に、

「あっ、タローちゃんのパパ……」

という女性の声がしました。

声は、どうも最前列の真ん中辺りから上がったものらしい。小生は、とっさにそちらに目をやりました。そして、思わず、

「ああ、あなたは……」

と、驚きの声を上げてしまいました。そこには、近所に住むお嬢さんが、座っていたのです。それが、先に名前だけご紹介した横地俊恵さん（以後敬称略）でした。

小生は、前任地のK署に異動になると同時に、J市の南東部に、住居を求めました。

それまでは転任が多いので、一個所に居を構える気にはなれなかったのですが、K署の副署長の次のポストは、概ねJ市内のどちらかの署だろうと予想が立ちましたので、J市内にあって、K署に通勤可能で、しかも結婚した長女一家にも近い地域という条件で物色し、その結果、売りに出されていた築後五年の一戸建てを見つけ、ローンを組んで購入したのです。

K市とJ市、行政区画は異なっていますが、自分で車を運転して、片道三十分足らずでK署に通えましたから、小生が考えた諸条件は満たされたと申して宜しいでしょ

う。

この家の購入も、もともとは妻芙美《ふみ》（当時五十三歳）の希望が強かったのですが、その家に入居すると半年もしないうちに、妻は新しい希望を申し立てました。犬を飼いたいというのです。

これにも小生は賛成致しました。そのあたりは所謂《いわゆる》住宅街で、昼間はあまり人通りもありません。小生の長年にわたる警察官生活の経験からしても、空き巣の被害が多発してもおかしくない環境にあります。

そして、小生の家も、娘が結婚して以来、夫婦二人の暮らしですから、昼間は妻が一人になります。妻にしても、買物や近所の夫人たちとのボランティア活動、さらに娘の家に遊びに行くなど、外出の機会はかなりありますから、その間、家は無人になるわけで、空き巣に狙われる可能性は少なくありません。警察官の家が空き巣の被害に遭ったでは笑い話です。

あれこれ考えて、小生も犬を飼うことに賛成したのです。ただし、小さな愛玩用の犬はやめよう。血統書つきの犬である必要はない。これが、夫婦の間の合意事項でした。

妻は早速、保健所に行き、引き取り手がなく、そのままではやがて処分されることになっている犬を見せてもらい、雑種の中型犬の雄を引き取って来ました。

その犬の名前が『タロー』なのです。

犬を飼う場合、毎日の散歩は必要最低限の条件です。その散歩の付き添い役は、平日は妻でしたが、休日には小生が連れて歩いておりました。

そんなある日曜、小生がタローと散歩していると、ジョギング中の若い女性が、

「あら、かわいい」

と、声をかけて立ち止まりました。「このワンちゃん、何という種類なんですか？」

「雑種ですよ」

と、小生は答えました。

ついでに書きますと、このような質問をされた経験は、妻にもあったそうです。妻の場合は、質問者は小学生の男の子だったとのことですが、その子は、

「雑種なのよ」

という答えを聞くと、すぐに、

「ふうん、ぼく、雑種犬を飼う人の気持ちがわからないな」

と、捨て台詞《ぜりふ》を吐いて、行き去ったそうです。

「どう考えても、あれはこどもの台詞ではないわ。日頃、親たちが言っているのね。

日本人の良いところが、だんだんなくなっていくみたい」

妻は、いつになく怒っていました。

しかし、そのジョギング中の女性は、小生の『雑種だ』という答えを聞いても、先刻来の笑顔を保ちながら、

「お名前は?」

と、聞きました。

「タローです。平凡でしょ?」

「ううん、呼び易くていい名前」

彼女は、しゃがみ込み、タローに手を差し出しました。タローは、ちぎれるほどにしっぽを振っていました。

しゃがんで、目の高さを犬と同じにする。それが、犬に話しかけたりする場合の鉄則だとかねてから聞いておりましたので、その動作によって、彼女が本当の犬好きだ、と小生は判断しました。

それ以後も、日曜日の犬の散歩で、彼女と出会ったことは数回ありました。

一度、引き綱を持たせてくれと言われ、一緒に肩を並べて歩いたこともありましたが、彼女自身に関する質問を、小生は一切しないようにしていました。

これは、後に小生が警察官だと知ったときの相手の気持ちを顧慮してのことです。あの質問は、警察官としての質問だったのか、と妙な憶測をされる可能性があるからです。

それでも、彼女が近所の集合住宅に住んでいることは知っておりました。タローの散歩に付き合って歩きながら、

「あれが、あたしの今いるところ……」

と、三階建てのマンションを指で示し、教えてくれたのです。

しかし、彼女が一人で暮らしているのか、もし一人なら両親はどこにいるのか、などという質問は控えておりました。これも、警察官としてのたしなみのつもりでした。

ところで、「タローちゃんのパパ」という呼び名を最初に持ち出したのは、小生の方です。

二度目に会ったとき、彼女は小生に対し、

「あのう、おじさまは……」

という呼びかけをしました。そして、そのあと、慌てたように、「すみません、おじさまと呼んでもいいでしょうか？」

「ううん、少しくすぐったい感じですな。そんな風に呼ばれたことがないせいか。いっそタローのパパでどうです」

「じゃあ、『タローちゃんのパパ』にします」

こうして、小生は「タローちゃんのパパ」になったのですが、彼女から面と向かってこの言葉でよびかけられたことはありません。二人だけの会話では、「あの花の名前ご存じですか？」とか、「そのこと、どう思います？」というように、二人称を省略しても、十分に意味が通じるためかもしれません。もっとも、タローが話題の場合などに、

「それ、パパとしては……」

などと、前につける言葉が外されることもありましたが……。

そんな事情がありましたので、警察官としての最初の記者会見に臨んだ直後、

「あっ、タローちゃんのパパ……」

と、言われたとき、小生がいかに驚いたかは、お察しいただけると存じます。

しかし、それにもかかわらず、どうにか、しどろもどろにならずにすんだのは、言わば年の功だったのでしょう。このとき、小生がどんなことを述べたかは、もう少し後の方で書くつもりです。

それから数日後の土曜、夜の八時ごろのことですが、玄関先で飼っているタローが、短く「わん」と啼きました。警戒の吠え声ではなく、どこか遠慮しているような、小生があまり聞いたことのない声でした。

不審に思った小生が、リビングのソファーから立ってタローの様子を窺いに行きかけると、ほとんど同時にインターフォンのチャイムがなりました。

「はい」

小生の声は、無愛想だったと思います。仕事関係なら、警察電話を使うのが普通ですし、土曜の夜のこんな時刻の訪問は非常識だという意識があったのです。

「ああ、どうも……」

と気軽そうな女の声が、インターフォン越しに返ってきました。「中央新聞の横地です」

「ああ、夜討ちですか？」

小生は、そう問い返しました。

――ここで、前述の記者会見に戻ります。その席上、小生は次のような趣旨のことを申しました。

「昔聞いたのですが、『サツ回り哀歌』という歌があるそうですな。たしか、『特ダネ書けとデスクは言うが、書けば警察署の署長さんが困る、だけどオイラは書かなきゃならぬ。きょうも行く行くサツ回り』とか……」

実はこれは、署長から記者会見を命じられたとき、ふと思いついた言葉でした。最初に横地俊恵の「タローちゃんのパパ」発言で、出鼻を叩かれた形でしたが、大きく深呼吸をして、用意していた言葉を切り出したのです。

——新聞記者の仕事は、国民の知る権利に則《のっと》った大切なものだ。だから、本来は特ダネを書かれても、署長が云々することではない。わたしはそう考えている。しかし、記事にされ世間に公表されたことで、捜査がし難くなる場合があることも事実だ。その辺を認識して、何かを書く場合には、事前に通告して下さると幸いだ。

こんな意味のことを小生が喋ると、記者たちから一斉に非難の声があがりました。まず、警察の許可がなければ書けないのなら、検閲と同じじゃないか、という声。

もちろん、小生は言い返しました。「許可」とか「不許可」などとは言っていない。しかし、事案によっては、捜査の妨げになる場合があるし、また内容が誤っていることもなきにしもあらずだ。

「皆さんだって、記事は正確な方がいいでしょう。だから、そちらから、『こういう記事を書くよ』と言ってくれれば、わたしの責任において、分かっている限りのことをお話ししたいという意味ですよ」

そして、小生はつけ加えました。

「皆さんの世界では、夜討ち、朝駆けという言葉があるそうですね。わたしは、そういう夜討ちなどには、誠実に対応するつもりですから、ご遠慮なく、夜討ちなり朝駆けなりを仕掛けて下さい」

小生はかねがね、新聞など報道メディアが、事件に関して、被疑者、被害者の実名を報道することに疑問を持っていたのです。

例えば、ある家の息子が、犯罪を犯した場合ですが、彼が成年に達していれば、実名が報道されます。犯罪報道それ自体は、防犯の見地からも必要なのでしょうが、その件に関して意味があるのは、『何歳のどんな職業の男が、これこれのことをした』という事実であって、普段近づいたこともない場所に住む人間の実名を知ったところで、どうということはありません。

それに、家族の一員が、結果的には執行猶予になる程度の軽い犯罪に手を染め、その名前がマスコミによって明らかにされたため、家族全体が、周囲から好奇の目で見られ、場合によっては転居を余儀なくされることもあるでしょう。

小生は、警察官としての経験から、こんな考えを持つようになり、現場の記者の意見を聞きたいという希望を持っておりました。

しかし、記者たちの意見を聞くためには、それなりの場が必要です。いわゆる公式の形ではなく、自由な雰囲気で、ときには愚痴をこぼしあうこともあるといった、まあサロンのような場です。そう考えておりましたので、記者会見の席上において、小生の口から『夜討ち、朝駆け歓迎』の言葉が出たのでした——。

「いいえ、夜討ちではありません。ご近所に住む者としてのご挨拶です」

「ああ、それはそれは。大歓迎です」

と、小生は応じ、玄関の鍵をはずしました。

彼女の最初の来訪に関して、小生の記憶に残っていることは、二つあります。

一つは、彼女と妻の芙美との会話です。

妻は、コーヒーをリビングのテーブルにはこんだあと、別の椅子に座って、小生らの座談に加わったのでした。

「ご両親はJ市に?」

何かのきっかけで、妻が聞きました。

「いいえ、東京です。うちの社、女性でも二年間は地方支局に出されるのですが、今年は地方選挙があるので、もう一年支局勤めをしろという話で、頭にきているんです」

「すると、お好きな男性とは遠距離恋愛？」

「おい、そんなことは……」

小生は、慌てて制止しかけましたが、横地俊恵は、平気で答えました。

「いいえ、以前は付き合っていた彼氏がいたのですが、あたしがJ市に来て一か月も経たないうちに、別れようと言いだして……」

「そう……。じゃあ、もっといい男を見つけて、見返してやらなくちゃね」

「ええ、そのつもりです」

小生は、妻と横地俊恵のやりとりを、半ば呆気にとられて聞いていました。

小生の頭の中には、女性新聞記者について、一つのイメージができていました。理屈っぽく、社会的なことに関心を持ち、世間話などはしない、どちらかと言えば、男っぽい人が多い……。

その頭の中の女性記者像と横地俊恵とが、あまりにも距離があることに、小生は驚いていたのです。

記憶に残っているもう一つは……。

横地俊恵が帰ってから、妻が、

「中央新聞というのは、渋沢さんのいる新聞社でしょう？」

と、小生に尋ねたことです。

渋沢という人物は、小生が駆け出しの刑事時代に知り合った中央新聞の記者です。彼の方も入社してすぐにＪ支局に来たばかりでした。小生が配属になった表町《おもて》派出所の近くに、彼のアパートがあり、ある日、彼が小生の勤めている派出所に遊びに来たことから知り合ったのです。

彼は、二年ほどで東京の本社に帰りましたが、その後結婚した相手が、偶然、妻の芙美が卒業した高校の一年後輩だったという縁ができ、互いに中元や歳暮を贈りあう仲になっていました。

八年前には、編集局次長とかいう肩書がついておりました。

「ああ、そうだったな」

「それなら、俊恵さんのこと、渋沢さんに頼めば、東京に呼び戻してもらえるのじゃないかしら？」

「ばかなこと言うんじゃない」

小生は、意識的に強い口調でたしなめました。「よその会社の人事に口を出すなんて、すべきことじゃない」

これがきっかけで、横地俊恵は、しばしば小生宅を訪ねてきました。ときには、昼間、小生の勤務中に、妻の芙美とおしゃべりをして暇をつぶすこともあったようです。

携帯電話は、八年後の今日ほど普及はしていませんでしたが、彼女は新聞社から貸与された携帯電話を持たされていたので、支局からの連絡には、すぐに対応できる状態だったのでしょう。

「俊恵さんが来たことは、玄関のチャイムが鳴る前にわかるの。タローが嬉しそうに啼くから……」

などと妻は言っていました。

彼女の最初の訪問から、一か月くらい経ったころの土曜日の夕方のときも、タローが「わん」と吠え、ついでチャイムが鳴り、インターフォンに出て妻が、

「ああ、どうぞ、いらっしゃい」

と、歓迎の言葉を述べるという順序で、事が運びました。

しかし、玄関先に入って来た横地俊恵は、妙に深刻な表情をしています。

「どうしたの？」

と、声をかけました。

その小生の顔を、彼女はじっと見つめています。

「何かあったのかい？　まあ、お上がりなさい」

「ええ、でも、あまり時間がないのです。J新報の夕刊に……」

「ああ、あの記事のことね」

小生には見当がつきました。「『死んでやる事件』のことでしょう？」

J新報というのは、J県の地元新聞なのですが、この日の夕刊に、『死んでやると家出』という記事が載りました。

――J市野際《のぎわ》町に住むサラリーマンの家庭（夫婦と長男一人の計三人）で、前日の金曜日の夜、父親と一人っ子で高校生の長男が口論、その際、長男が『親父なんか死んでしまえばいいんだ』と、言ったところ、父親が『よし、それなら死んでやる』と捨て台詞を残し、通勤用の車を運転して家を出た。そして、土曜日の正午過ぎになっても帰宅しないので、その長男が、J中央署に届け出た――というのが、記事の大要です。

「当たりです」

と、横地俊恵は頷きました。「支局長が言うには、仮にその父親がどこかで死んでいたら、全国版の記事になるから、ちゃんと確かめろと……。そこで、地域課の当直の人に聞いたのですが、そんな話は知らないというのです。何か箝口令《かんこうれい》が布《し》かれているみたいなので、これは副署長さんにおすがりする外ないと思ってやって来たんです」

「まあ、とにかく、お上がりなさいよ」

と、小生は言いました。

「あのう……」

彼女は、リビングでいつもの椅子に座るとすぐに、早口で切り出しました。「家出したサラリーマン、無事に保護されたのですね？」

「ほう、どうしてそう思う？」

「さきほどからの副署長さんの表情です。あたしに、『まあ、とにかく上がれ』とおっしゃったり、余裕たっぷりでした。もし、その人が自殺したりしていれば、あんな風に落ち着いてはいないと……」

「まあ、結論から言えばそうだね」

と、小生は言いました。「何でも、学生時代から尊敬していた友だちが市内の北の方に住んでいて、昨夜はその友だちのところに泊めてもらったのだそうだ」

「親子喧嘩の原因は？」

「そこまでは聞いてないのじゃないかな。とにかく、無事に帰って来たのだから、警察の出る幕じゃない。そもそも、あんな記事が出ること自体、おかしいんだよ」

――実を申せば、小生がその家出事件について知ったのは、J新報の夕刊の記事を目にしたからでした。すぐに、地域課に問い合わせたところ、問題のサラリーマンは、すでに自宅に帰っており、事件性は全くないとのことでした。そもそも記事自体が、一種のフライングだったのです。記事を書いたのは、入社一年足らずの新米記者だそうですが、J中央署の受付付近で、おどおどしている少年を見つけ、事情を聞いたところ、

「ぼくが変なことを言ったために、お父さんがいなくなった。自殺するかもしれない」

と、打ち明けたのだそうです。

新米記者は、少年を近くの喫茶店に連れていき、詳しい経緯を聞き出しました。

八年後の最近でこそ、親が自分の子を殺した事件、あるいはその逆のケースなどが、新聞紙上で報じられてはいます。しかし、あの頃はそういうことは、あまりなか

ったと記憶していますが、その話に敏感に反応した新米記者は、ある意味で有能なのかもしれません。彼は少年を地域課の係長に紹介すると、すぐにそれを記事にしました。夕刊の締め切り間際だったこともあって、記事はほとんど、少年の言葉通りだったようです。昔ですと、鉛筆で書いた原稿を、デスクがチェックするのですが、すでに新聞社では電子化が進んでおり、パソコンで打ち込んだ記事が、そのまま記事として印刷されることも、特に締め切り間際にはよくあることなのだそうです。

小生が、こうした事情を説明してやると、横地俊恵は、首を傾げて言いました。

「あたし、男のきょうだいがいないので、わかりませんけれど、男の子って親に向かって、『死んでしまえ』なんて言うものですか？」

「まあ、普通のまともな子なら言わないだろうけれど、すべての男の子が、絶対に言わないとは断定できないでしょうな」

「それから、高校生の子が『死んでしまえ』と言ったくらいで、家を出た父親も、ちょっとおかしい気がするんです」

「そう思うのは……」

と、横から口を挟んだのは、妻の芙美です。

「横地さんのご両親がちゃんとした方だからですよ。あたしの友だちの中にも、娘に反抗的な態度をとられた腹いせに、プティ家出とかをした人もいるし……」

「ああ、プティ家出ですか……」

横地俊恵は、嬉しそうに言いました。「それなら、あたしも学生時代にしたことはあります」


ところで、この手紙の最初の方で、小生は「横地俊恵に特殊な能力がある」という意味のことを書きました。その特殊能力とは、いわゆる「勘」なのです。あるいは物事に関する洞察力と言った方がいいかもしれません。

さて、『死んでやる事件』に関して、横地俊恵が「夜討ち」に来た二、三日後のことです。朝、小生が起き、顔を洗って朝食のテーブルにつくとすぐ、妻の芙美が、

「ねえ、この投書、あの俊恵さんが聞きにきた事件のお父さんじゃない」

と、新聞を差し出しました。その日のJ新報朝刊の投書欄です。

何しろ八年前のことですから、新聞の現物が手元になく、一応の記憶で書かざるを得ないのですが、大体、次のような内容でした。

題は『お詫び』、そして投書者の職業・氏名については『会社員・藤川武雄・36歳』となっておりました。

「私は、過日、長男と口論、売り言葉に買い言葉で、家を飛び出した。車で友人宅を訪れ、相談に乗ってもらった上、その日は友人宅に一泊、次の日に帰宅したが、すでに、長男が警察に相談したとかで、そのため本紙の夕刊に記事が掲載され、結果として本紙読者の皆さんに、多大なご心配をおかけしてしまった。このことをお詫びするとともに、親身になって息子の相談に乗ってくれた記者さんに感謝したい」

それが、投書の内容でした。

「ははあ、これ、この藤川という人に、新聞社が頼んで投書してもらったんだな」

と、読み終わった小生は言いました。

「頼んだって、どういうこと？」

「つまりだね」

小生は、新聞を畳んで、テーブルの横に置きました。「あれは、もともと、新聞に載るようなことじゃなかったんだ。それを検証もせずに記事にしたのは、J新報のミスということになる。本来なら、翌日の紙面で『お詫び』なり『訂正』をすべきなのだろうが、新聞社の体面上、それはしたくない。そこで、この人に頼んで、投書してもらった。そういうことじゃないかと思うな」

「ああ、そうかもしれないわね。普通は、こんな投書、載せないものね」

妻は、小生の解釈に感心しておりました。

その日、署に出勤し、朝礼を済ました直後のことです。横地俊恵が朝の「顔出し」にやってきました。各課から副署長に上がってきた、前夜の処理事件を聞き出すのも、警察回りの仕事の一つです。それを彼らは、「顔出し」あるいは「ご用聞き」と呼んでいました。

副署長席に座り、書類に目を通そうとしたとき、

（※）

小生は、彼女が何も言わないうちに、

「今朝のJ新報読んだ？」

と、聞いてみました。

「何か出ていました？」

「たまには、社会面だけでなく、投書欄などにも目を通した方がいいのじゃない？」

小生は、いささか得意になって、デスクに置かれた新聞を手に取り、例の投書を見せました。

「ああ、これ怪しいですね」

それが、読み終わった直後の彼女の第一声でした。

「うん、大きい声では言えないけれど……」

小生は小声で言いました。「この投書、J新報さんが頼んで書いてもらったものだろうね」

「頼んでですか？」

不思議そうに、彼女が問い返しました。

「うん、例の『死んでやる事件』のとちりを、こんな形で始末した。わたしはそう思うんだが……」

「ははあ……。でも……」

彼女は首を傾げました。

「何だか、納得いかないという感じだね。じゃあ、さっきあなたが言った怪しいというのは、どんな意味？」

「それは、今は言えません。でも、この投書には裏があるというのが、あたしの勘です」

「何だ？　今話せないとは水臭いね。タローのパパにも言えないの？」

小生は、笑って尋ねました。

「ご免なさい。今のところは、勘弁して下さい。具体的な動きが見えたら、ちゃんとお話ししますから……」

「具体的な動き？　つまり、この投書が何かの暗号だという意味？」

小生は、昔聞いたことを思い出して質問しました。

「え？　暗号って、この投書の中に、何かが隠されているという意味ですか？」

「いや、それほど難しいものじゃない。昔聞いたことだが、例えば、新聞の『三行広告』欄に、『人探し』の広告が出たとする。それが、実は犯罪者仲間の暗号である場合などもあった」

「ああ、そういう意味ですか。でもそれ古いですよ。通信手段が発達した現在、そんな方法が使われる可能性は少ないと思います」

「それもそうだね」

変な連想ですが、小生は結婚して近所に住んでいる娘を思い出しました。

この娘は、口癖のように、

「お父さん、古いのね」

と申すのです。

「とにかく、あたしの勘が当たったたら、真っ先に報告しますから……」

横地俊恵は、そう言うと、副署長席のデスクを離れました。

小生には、日記をつける習慣はありません。それでも、現役の警察官時代には、手帳にメモ程度のことは記入していたのですが、退職と同時に、それら手帳類はすべて返納してしまいました。いまになってみると、コピーを取っておけばよかったと悔やまれます。

そのような事情のため、正確な日時などを書くことはできませんが、たしか、前述の投書が掲載され、横地俊恵が「この投書は怪しい」と予言めいたことを言った半月ぐらい後のことだと思います。

地方選挙の告示日でした。

午後七時ごろ、小生が帰宅すると、玄関先に明らかに女性用と思われるスニーカーが揃えて置かれています。

妻の友だちでも来ているのかと思い、ネクタイを整えながらリビングに入ると、テーブルを挟む形で、妻と横地俊恵が、談笑していました。

「あら、お帰りなさい。玄関のドアが開いたの気がつかなかった」

と妻が言い、横地俊恵も、

「本当、泥棒じゃなくてよかった。お邪魔しています」

と、笑いながら頭を下げました。

「やあ、しばらく……」

小生も、軽く右手を挙げて挨拶を返しました。『しばらく』と言ったのは、彼女とは一週間以上、顔を合わせていなかったからです。

選挙となると、警察でも『選挙違反取締り本部』を作りますから、人員配置が通常とは変わりますが、それと似た状況が新聞社でも見られたのです。まあ、これは当然のことでしょう。具体的に言うと、横地俊恵は、しばらくは警察担当からはずれ、選挙取材班に組み込まれたため、中央署に姿を見せていなかったのです。

小生は、着替えを済ますと、リビングの自分の椅子に腰かけました。

「きょうは、自慢に来たのです」

彼女は、小生の顔をのぞきこむようにして言いました。

「ほう、特ダネでも物にしたの？」

「まあ、直接特ダネとは関係ありません。記事に書くわけにはいかないのだから……」

「じゃあ、どんな自慢なんだろう」

「あたしの勘のこと。勘が当たりました」

「勘というと？」

「ほら、この前話題になった『死んでやるお父さん』……。やっぱり裏がありました」

横地俊恵の小鼻が、ちょっと脹《ふく》らみました。

「ははあ、何か真相が摑めたの？」

「真相らしきものです。ほら、あの記事のあと、そのお父さんの投書が、Ｊ新報さんに載りましたよね。その投書を副署長さんに見せられたとき、あたしが何と言ったか、覚えていますか？」

「それは覚えているよ。ちょっと怪しいと言ったので、わたしが、どこが怪しいのかと聞いた。しかし、あんたは意地悪して、教えてくれなかった」

「意地悪なんかじゃありませんよ」

小生の冗談に、横地俊恵は笑いながら言い返しました。「あのときは、まだ怪しいというだけだったので、口にするのを遠慮したのです」

「まあいいや。そろそろ本題に入ろうよ」

「ええと……」

横地俊恵は、ちょっと考える表情をしてから言いました。「きょう、選挙の告示があったでしょう？　それで、市内の雰囲気を記事にまとめるため、市内を回ったのですが、J駅前の広場に行くと、選挙カーの上で、あの『死んでやる』のお父さん、つまり藤川武雄さんが演説しているのです」

そこまで話すと、彼女は小生の反応を楽しむかのように、顔を覗き込みました。

「待ってくれよ」

と、小生は口を挟みました。「あんたは藤川さんを、前から知っていたの?」

「いいえ、きょう初めて見たんです」

「じゃあ、それが『死んでやる』の人だとどうしてわかったの?」

「本人が、そう言っていたのです」

「すると、その人、立候補したの?」

「違いますよ。県議会議員の立候補者の中に、安井《やすい》勝太《しょうた》という人がいて……。その人の選挙カーなんですが……」

横地俊恵の話によりますと……。

――駅前には、選挙カーが三台集まっていた。さて、だれの演説を聞こうかと迷っているとき、

「安井君は、私の命の恩人なのです」

という叫びが、彼女の耳に入って来た。

その言葉に、興味を持った彼女は、聴衆をかき分けて、その選挙カーの前に出た。選挙カーは軽トラックで、その荷台に赤いジャンパー姿の男が二人立っている。その中の一人が、選挙管理委員会で配布した白い襷《たすき》をかけているが、マイクで話をしているのは、もう一人の方であった——。

「その人の声の質がマイクに合っているのか、とても聞き易いんです」

横地俊恵の口調には、どこか弁解の響きがありました。

「それで耳を澄ますと、『安井君は、私の命の恩人なのです。この新聞にも書かれているように、私は高校生の息子と口論し、思わず〈じゃあ死んでやる〉と叫んで、家を飛び出し、車に乗り込みました。目的地は決めていなかったのですが、ふと、安井君の顔が頭に浮かびました。安井君つまりここにいる安井候補者ですが、彼なら相談に乗ってくれるのじゃないかと思い……』と演説していて、あたし、それで、彼が例のお父さんだと知ったわけです」

「それで、その話に耳を傾ける人はいたの？」

と、小生は聞きました。お恥ずかしながら、選挙の応援演説というのは、何でもいいから、候補者の名を叫ぶものだ、というのが小生の常識でしたから、例のお父さんの言葉をゆっくりと聞く人がいるとは思えなかったのです。

「ええ、そこにいる人たちは聞いていましたよ。耳の後ろに手を当てている人なんかもいましたし……。それに、J新報の記事や投書欄を拡大コピーして板に貼ったものを左手で掲げながらの話なので、それが聴衆の好奇心を惹きつけたのかもしれません」

「すると、J新報の投書にあった『友人』というのが、安井候補者なんだね?」

「ええ、『安井建設』という名前はご存じですか?」

「ああ、知っていますよ。J市内の建築会社としては、一応名前も通っている」

実は、その会社の社長は安井浩一《こういち》といって、小生の高校時代、同じ柔道部の一年先輩に当たるのですが、そのことは横地俊恵には隠しておきました。

「安井社長には、息子が二人と娘が一人いて、下の息子が、今回立候補したのだそうです。大学を出たあと、東京の広告代理店に勤めていたのですが、県議になるために、こちらに帰って来た……。そして、候補者のお姉さんは、印刷会社の跡取りと結婚しているそうですが……」

「ちょっと待って……」

小生は彼女を制止しました。「要するに、あなたは、あの『死んでやる事件』も、安井候補の応援に使うために、仕組んだものだと言いたいの?」

「言いたいというよりも、そう考えた方が面白いし……」

「しかしだね」

小生は、思いついたことを、そのまま口にしました。「『死んでやる事件』が選挙のための狂言だとするよ。しかし、それがJ新報で報道されなければ、選挙に使うわけにはいかない。そして、報道されるためには、息子がうちの署に届けに来る必要があった。となると、高校生の息子が、狂言に一役買ったことになるね。その辺のところは、あなたの勘はどんな風に働いているの？」

「副署長さん、さすがですね。実は、そのことも、いずれ調べてみるつもりなんです」

横地俊恵は、言い終わると、唇を固く締めました。八年後の現在でも、あのときの彼女の表情は覚えております。

そのおよそ一週間後の日曜日が、県議選の投票日でした。そして、即日開票によって、翌日の朝には、全選挙区の当選者が決まりました。

J市を選挙区とする県議の定員は六名でしたが、そこでトップ当選したのは、安井勝太氏で、これは小生には意外でした。彼は、どこの政党にも属さず、推薦も受けていない文字通りの新人です。高校まではJ市にいて、いわゆる地縁も一応ありますから、J市に割り当てられた議員六人の枠の中に滑りこむかもしれない、とはひそかに考えておりましたが、トップで当選するとは、予想もしていませんでした。

翌日、中央署に出勤して、副署長の椅子に座ると同時くらいに、J新報の警察担当キャップが、小生の机の前に立ちました。

「ほう、珍しいね。キャップじきじきに、どんなご用かな?」

小生は、曾根《そね》というそのキャップに、冷やかしの挨拶をしました。

地元新聞の警察担当キャップともなると、普段は県警本部の記者クラブに腰を落ち着け、配下の記者を飛び回らせ、自分から所轄署に顔を出すようなことは、滅多にないのです。

「選挙の結果をどうお感じになったか、ちょっと伺いたくて……」

曾根は、一癖ある笑顔を小生に向けました。

「どうって聞かれても、警察は不偏不党だから、何とも言えないよ」

「まあ、表向きはね。でも、安井氏がトップ当選することは、予想していたのでしょう?」

「どうして? 正直のところ、下位で当選はしても、トップとは思わなかった」

「ところが、記者クラブのトトカルチョでは、見事にトップ安井、二位田中の連単を当てた奴がいるんですよ。当たったのは一人だけ。トトカルチョの投票総数三十二票だから、三万二千円が、その一票の投票者である彼女のポケットに入ることになる」

「わたしは警察官なんだよ。その前で、トトカルチョの話をするとは、大胆だな」

小生は、笑いながら応じました。

「おや、何か不都合でもありますか？　選挙には、偶然の要素は全くないから、その予想を競いあっても、賭博罪は適用されないと思いますが……」

現在では、刑法の賭博罪の条文から、『偶然ノ輸贏《しゅえい》ニ関シテ』の文字は消えていますが、八年前には、それがあったのです。

「ははあ、さすが曾根ちゃん、ちゃんと心得ているのか……」

と、小生は笑いました。「ところで、さっき彼女と言ったね。それ、だれのこと？」

「やはり気になりますか？　副署長のお気に入り、中央の横地君ですよ」

「横地俊恵さんが？」

小生は、驚いて聞き返しました。

「またまた、白ばっくれて……。横地君が副署長にぴったりと張り付いているのは、われわれの間では評判なんですよ」

「うん、彼女がときどき夜討ちに来ることは事実だけれどね」

「でしょう？」

曾根は小生を上目遣いで見ました。「だから、安井氏がトップ当選するという情報を、彼女は副署長からもらったのではないか。わたしは、そう睨んだのですが……」

「変なこと言わないでくれよ。彼女は、選挙班に回されたとか言って、実際に選挙戦が始まってからは、ずっとわたしのところに来ていないよ」

「ああ、選挙班だという話は、ぼくも聞いています。そう言えば、しばらく彼女の顔を見ていないなあ……。じゃあ……」

曾根は、手を軽く挙げると、小生のデスクを離れました。

横地俊恵が、小生の席にやって来たのは、そのすぐ後でした。恐らく一分と経っていなかったでしょう。

「こんにちは。また、警察に戻りました」

「やあ、トトカルチョで儲けたらしいね」

小生は、からかい気味に言いました。

「もう、知っているんですか？　驚いた。さすが警察、情報収集力はすごいものですね」

「うん、あなたも、警察をばかにしない方がいいよ」

「え？　どんな意味です？」

一瞬、彼女の表情が引き締まったようにみえました。

「まあ、一般論さ。それより、安井氏のトップ当選、よく当てたね。驚いたよ。どんな根拠でそう推理したの？」

「へへへ……」

彼女は肩をすくめました。「勘ですよ」

「また、お得意の勘か……」

「本当に勘なんです。土曜日の一時ごろ、県警の記者クラブに顔を出したら、『トトカルチョは、土曜の午後二時締めきり』と、白板に書いてあったので、一票投票する気になったんです。そのとき、最初に安井さんの名前がひらめいたんです。そして、その次には、候補者リストの中で、一番簡単な名前の田中さんとの組合せに投資したら、偶然当たってしまったんです」

「それから、あの『死んでやる事件』についてだが、藤川という人の応援演説は、聴衆を惹き付けるだけの何かがあったのかな」

「さあ……、何と言ったらいいか」

横地俊恵は、首を傾げました。「ちょっと情報を集めたんですが、あの藤川さんは、高校時代、弁論部にいて、大勢の前で話すのが得意なんですね。その上、自分の家庭の問題、主として息子との断絶状態などを紹介していたので、応援演説にストーリー性があって、ちょっと立ち止まった人が、そのまま聞き続けるような傾向があったのかもしれません」

「ああ、その息子のことだけれど、この前、息子についても調べてみると言っていたね。何かわかった？」

「ううん、まだです」

横地俊恵は首を振りました。「相手は高校生で、おまけに選挙期間ですから……」

そのとき、小生のデスクに置かれた警察電話が鳴りました。

「ああ、ちょっと……」

小生は、電話機に手を伸ばしながら、

「今晩でも遊びに来て下さい。かみさんもタローも会いたがっているから……」

と、誘いの言葉を口にしました。妻の芙美が、彼女に会いたがっているというのは事実でした。

小生の誘いの言葉は、横地俊恵にとっても嬉しかったらしく、その日の午後七時ちょっと前に、小生が帰宅すると、すでに彼女が来ていて、リビングのテーブルを挟んで、妻の芙美と談笑していました。

「お言葉に甘え、早速、お邪魔しております」

彼女は軽く頭を下げました。この言葉からも、彼女が自ら進んで来てくれたことが窺われます。

小生は、着替えを済ませ、リビングに急ぎました。そして、テーブルの上に目をやると、広告らしいものが、テーブルの上に広げられています。

「ははあ、買物の相談か……」

「そうじゃないの。俊恵さんに、この広告から何を思いつくかと質問されていたの」

そこに置かれていたのは、『スーパー赤井』の広告でした。当時J市には、スーパーマーケット・チェーンが二つあり、『赤井』はその一つでした。

『選挙記念・特価サービス・全店二割引き』『投票を済ませたら、赤井に！』

たしか、こんな広告だったと記憶しています。この二つの文章のうち、『選挙記念』『二割引き』『投票』の文字が赤く印刷され、『赤井』の部分は、赤い丸の中に、白く片仮名の「イ」の字が抜かれておりました。この「赤丸にイ」は、スーパー赤井のマークです。

「これが？」

と、小生は聞きました。

「金曜日つまり投票日の前々日にね」

妻が、説明してくれました。「全新聞の朝刊にこの折り込み広告が入っていたそうなの。あたしは、こういう広告、あまり注意して見ないので、気がつかなかったけれど……」

「しかし、それが何か問題なの？」

と、小生は尋ねました。

「これ『赤井』の広告だから……」

横地俊恵が、妻に代わって説明してくれました。「お店のマークを目立つ赤にするのは、まあ普通の感覚ですが、選挙記念とか投票という言葉まで赤く印刷したのは、特別な意味があるのではないか。あたし、自分の経験からみて、そんな解釈をしたんです」

「自分の経験？」

「ええ、あたしが選挙トトカルチョに参加したのは、土曜日の午後です。そのとき、

『選挙』という言葉で、真っ先に連想したのが、赤い色だったんです。そして、安井候補者本人や、運動員が着ていたジャンパー、その背中に白抜きで書かれた『安井』という文字が頭に浮かび、安井さんの名前を、トップに書いてしまった。そんな気がするんです」

「ははあ、そんな経験があったの」

小生は、改めて、その広告を手に取ってみました。「そう言われてみるとそうかもしれないね。さらに、赤く書かれた『二割引き』から受けるのは『安い』という感じだ」

小生は、頭の中で公職選挙法の条文を、次々に浮かべてみました。しかし、『選挙記念』『投票を済ませたら、赤井に！』にしても、別に特定の候補者名とは無関係なのですから、違反文書とは言えません。

「どうでしょう？」

横地俊恵が、じっと小生の目に見入りました。「この広告は、スーパーの宣伝担当者、広告代理店などが案を練ったのだと思いますが、印刷を安井候補者の義兄の会社が請け負っていたとすると……」

「そんな場合でも、印刷屋さんが、勝手に色を決めるわけにはいかないだろう。それに、赤い色を使ったからと言って、咎《とが》められる筋合いもないだろうし……」

「実は、こういう本があるんです」

横地俊恵は、いつも持っている黒い大型バッグから、一冊の本を取り出した。

表紙に『非言語《ノンバーバル》コミュニケーション』とある（マジョリー・F・ヴァーガス著、石丸正訳、新潮選書）。

「ええと……」

彼女は、その本の付箋がついたページを開いた。「ここのところを、読んで下さい」

そこには、「熟女の好きな赤・紫・青」という小見出しがあった。

人間はすべて同じ色を同じ程度に好むものではないし、状況が変われば、個人の色の好みも変わることがある——リュッシャー博士の色彩テストは、この前提を自明のこととして、それにもとづいて考案されたものである。しかし、いつも変わらず好かれる色があることも、調査研究の結果、明らかなのである。（中略）
別の一連の調査によると、男性と女性とでは色彩の好みが異なる。成人女性の好きな色ベスト・スリーは、赤、紫、青の順、男性は青、赤、紫の順になる。四、五、六位は男女共通で、緑、オレンジ、黄の順になる。

「このように……」

と、横地俊恵は言った。「赤というのは、人間に好まれる色なんですね。そう言われてみると、地球上の国の国旗では、どこかの部分に赤が使われていることが多いし……。それだけに、安井候補やその応援の人たちが着ていた赤いジャンパーは、有権者、ことに女性に強く印象づけられたと思うんです。そこにもってきて、この折り込み広告です。選挙と赤を結びつけ、しかも特売という言葉で、『安い』を連想させる。実に賢明な選挙戦術だと思うんです」

「それから……、藤の花は紫に近いしね。紫は男女とも好きな色のベスト・スリーに入っているのだから……」

小生は、ふと浮かんだ連想を、そのまま口にしました。

「え？　何ですか、それ？」

「いや、安井候補を応援していたという『死んでやるお父さん』は、藤川という人なんだろう？」

「ああ、そこまでは考えなかった。でも、それって、少し強引ですよ」

「強引なことは認めるよ。しかし、藤川という人の応援、実際のところ、どのくらい効果があったのだろう?」

「あたしは、効果があったと思います。だって、道を歩いているとき、いきなり『死んでやる』というマイクを通した大声が聞こえてくれば、だれでも、何だろうと振り向きます。そして、選挙演説だと知っても、ちょっと続きを聞いてみる気になる。違いますか?」

「なるほど、大きな声で、『死ね』とか『死んでやる』とか叫ばれたら、そうするかもしれないな」

「あ、ちょっとご免なさい」

彼女は、小生ら夫婦に断ってから、携帯電話にでました。

「はい、そうです。え? ええ……」

しばらくの間、彼女は黙って聞いている風でしたが、やがて声のトーンを変えました。

「そんなこと、あなたにお答えする義務はありません。ええ、どうぞ、電話切りますよ」

横地俊恵は電話を切ると、「変な電話」とつぶやきました。

「どうしたの?」

妻の芙美が心配そうに聞きました。

「あたしが、トトカルチョのときどんな根拠で安井候補をトップにしたのか……と、名乗りもしないで、そんなの失礼ですよね」

横地俊恵は、一時間ほどいて帰りましたが、その姿が玄関から消えると同時に、

「あなた、渋沢さんに、頼んであげた方がいいのじゃない？」

「うん……」

小生は、曖昧な返事をしました。前に書きましたように、妻は渋沢に頼んで、横地俊恵を東京本社に異動させたいという希望を持っていましたが、小生はそれを無視しておりました。

しかし、今度ばかりはちょっと事情が違うという考えが、小生に浮かんでいたのです。

選挙告示の日のことを書いた際、安井建設の名前が出たついでに、軽く触れましたが、新しく県議に選ばれた安井勝太氏の父親・浩一という人物は自分が柔道好きなためか、社員にも柔道の有段者を集めています。

それはいいのですが、その中には、問題を起こして警察のブラックリストに載って

いる者もおります。

安井浩一としては、『そういう問題児は、俺が面倒をみないで誰がみる』という気持ちなのでしょう。

小生は、だから、横地俊恵に変な電話がかかってきたと知ったとき、真っ先に安井浩一の顔を思い出しました。

恐らく、浩一にしても、ずっとJ市を離れていた息子が、県議にトップ当選するとは考えていなかったと思います。

従って、それを予見した形の横地俊恵が、どういう人物なのか、またどんな根拠でトップ当選を推理したのか、怪しんだとしても不思議はありません。

さらに、彼もしくは彼らが、仮に不正な手を選挙期間中に打っていたとすれば、不思議どころか、不気味に思ったはずです。それで、探りの電話を横地俊恵に入れてきた。小生は、そんな可能性を考えたのです。

当時は、携帯電話を持っている人も、現在に比べて少ないし、自分の番号を教えることにも、今ほど神経質になっていませんでした。現に、横地俊恵は名刺の隅に、ボールペンで携帯電話の番号を書き、

「緊急の場合は、こちらに電話して下さい」

などと言っていました。

小生の目から見て、横地俊恵はかなり鼻っぱしらの強い女性です。そして、自分の勘を信じ、おかしいと思ったことは、追及しないではいられない性格です。

その横地俊恵が、選挙に関して、最初に疑いを持ったのは、『死んでやる』の藤川でした。従って、彼女が藤川に接触する可能性は高いと思われます。

そのとき、相手がどう出るかですが、喧嘩別れにでもなり、さらに藤川からそのことが安井に報告されたら……。

小生は、そうした事態が起きるのを恐れたのです。

現に、彼女の携帯電話に、妙な問い合わせが入っている事実。これは彼女に対する攻撃と見てもいいのではないか。

今回だけはしかたがない。渋沢に頼んで、東京に呼び戻してもらおうか……。

結果を先に書きます。横地俊恵は東京の本社に戻りました。むろん、渋沢が力を貸してくれたのでした。

と言っても、渋沢が二つ返事で、小生の希望に添ってくれたわけではありません。

「変だな、坪内さんらしくない」

小生が電話で趣旨を述べると、渋沢からそんな言葉が返ってきました。「取材先から脅かされたからと言って、記者を異動させたりすれば、言論の敗北になる」

「それは承知していますよ。しかし、部下が無茶な戦いを計画しているとき、やめろと命令するのが、有能な指揮者じゃないかな。一時的にその部下に帰還命令を出すとか……」

「しかし、何か暴力事件の匂いがあったら、事前に警察が手を打って……」

「もちろん、手は打ってある」

小生は、はったりを口にしました。「しかし、上手の手から水が漏れることもある。彼女が殺されたり重傷を負ったりしてからでは遅いと思うんですよ。検討して下さい」

二人のやりとりは、こんな調子でした。

そして、横地俊恵は、その一か月後に、本社文化部に異動したのです。

このまま、この手紙の筆を置いてもいいのですが、あと、二、三付け加えます。

その三年後、衆議院議員の補欠選挙が、J県第一区で行われました。驚いたことに、あの安井勝太氏が、県議を辞職して衆議院に打って出て、当選してしまったのです。

小生は、当時、J県警管内でも北部に属するD署の署長になっておりました（それが、小生の警察での最後のポストです）が、J中央署副署長時代の部下に聞いたところ、その補欠選挙でも、『選挙記念特売』のビラが新聞の折り込みに入っていたそうです。

さらにもう一つ、気になることがあります。例の安井勝太氏が衆議院議員になって、約一か月後に、横地俊恵から印刷された挨拶状が来たのですが、それには、彼女が安井議員の公設秘書になったと書かれておりました。

「あたし、利用されたのかもしれない」

と、妻は言っております。妻は小生のいないときの雑談の折、渋沢編集局次長と知り合いである事実を、横地俊恵に話していたのだそうです。横地俊恵は、それを頭に入れて、自分が東京に帰るための作戦を立てたのではないか。また、あの『死んでやる事件』は、彼女が発案したものであり、さらに不審な携帯電話事件が、彼女の自作自演だと見ることもできなくはありません。

彼女が、本当に勘や洞察力に優れていたのか、それとも計算の上の結果なのか、先生のご判断をお待ちします。長々と失礼しました。

（小説推理　6月号）

その日まで

新津《にいつ》きよみ

1957年、長野県生まれ。青山学院大学卒業後、商社勤務などを経て、'88年『両面テープのお嬢さん』で作家デビュー。'98年「殺意が見える女」、'99年「時効を待つ女」で、第52回日本推理作家協会賞短編部門の候補になる。サスペンス、ミステリーなどで活躍を続け、特に女性ならではの感性で人間心理を巧みに描いた作品は、高い評価を得ている。著書に『女友達』、『巻きぞえ』、『スパイラル・エイジ』、夫君である折原一氏との共著『二重生活』などがある。

1

「時効まであと四十日です。この顔にピンときたら、ぜひこちらの警察署まで連絡してください。電話番号は、画面の下に出ているとおりです。それから、もし、番組の放送中に何か情報が得られた方がいましたら、局までお電話ください。お願いします。繰り返しますが、この事件には懸賞金がかけられています。容疑者逮捕につながる重要な情報をお寄せくださった方には、二百万円さしあげることになっています。……では、次の事件にまいります。五年前に札幌で起きた女子学生殺人事件です。指名手配されているこちらの容疑者は……」

増岡涼子《ますおかりようこ》は、テレビにリモコンを向けて電源を切った。

速まった心臓の鼓動がなかなかもとに戻らない。

脳裏に一人の女の顔が消えずに残っている。

ポスターにあった女の目がまっすぐに涼子をとらえていた。鋭い視線が画面を通り抜けて、自分にだけ注がれているように思えて、涼子は思わず身震いした。その身体《からだ》の震えが、テレビを消したいまも続いている。

　今晩、一人きりで過ごすことになってよかった、とは思っていた。夫や娘が同じ空間で夜を過ごすとなれば、事件ものやノンフィクション好きの夫や娘のことだ、『公開捜査・未解決事件の指名手配容疑者を追え！』というタイトルの番組に気づけば、絶対に見逃さないだろう。夫の博之《ひろゆき》は出張中で、娘のさゆりは林間学校で信州に行っている。

　ついさっき、指名手配犯として大きく顔の出た女の名前が消えた画面にくっきりと浮かぶ。あと四十日で時効を迎える殺人事件の容疑者の名前である。顔は整形手術で変えられても、戸籍の名前と指紋は変えられない。

　――富田《とみた》秀美《ひでみ》。

　忘れようとしても忘れられない女。

　富田秀美は、ＯＬ時代の涼子の同僚だった。

　十五年前。涼子が二十五歳のときだ。秀美は涼子と年齢が同じだったが、高卒で入社したので、職場では涼子の先輩にあたった。

　入社当初、涼子は秀美に敬語で話していたが、「同い年じゃない。そういうの、やめてよ」と秀美に言われてからは、少なくとも社外では友達として接していた。

涼子は、それほど相性がいいとも思わなかったが、帰る方向が一緒だったし、残業のあるときもないときも、会社を出る時間が同じだったので、自然と二人で飲食店に入ったり、デパートに寄る機会が多くなった。だが、それぞれの家を行き来するような親しい間柄ではなかった。

涼子は、当時、自宅から通勤していたが、秀美はアパートで一人暮らしをしていた。「わたしの部屋に寄らない？」と、一度くらい誘ってくれてもいいのにとは思ったが——一人暮らしというのをのぞいてみたい気持ちもあった——、涼子は友達に甘えたり、強引に頼みごとをするタイプでもなかったので、会社帰りに二人でどこかに立ち寄るだけという関係を続けていた。

「あんな子とよくつき合えるね」

ある日、給湯室で、同期入社の友人に言われて、

「どうして？」

と聞くと、

「あの子、仕事はやる気がないし、人の悪口は言うし」

友人は眉《まゆ》をひそめた。

「そういうところはあるけど」

確かに、秀美は、自分から仕事を見つけてきびきびと動く性格ではなく、決められた仕事をのんびりとこなしているような感じだった。うわさ話も大好きで、店に入ると、すさまじい悪口を必ず言った。対象になるのは、会社の上司だったり、同僚だったり、まったく関係のない芸能人だったりと、さまざまだった。

涼子は聞き役に徹し、ときには聞き流していた。

秀美にとっては、涼子がストレスのはけ口だったのかもしれないが、涼子はそれでもいいと思っていた。

なぜ、親友だとも思えないのに、退社後は一緒に過ごしていたのか。

いま思えば、理由は一つしかなかった。

富田秀美は、恐ろしくくじ運がいい女だったのである。

一緒に入ったレストランの店頭で、「引いてください」と言われたくじを引き当て、その場で食事券をもらったこともあれば、デパートに備えつけの応募ハガキに必要事項を一緒に記入し、二枚投函したのが、秀美だけ「松阪牛詰め合わせ」が景品で当たったこともあれば、ドラッグストアの福引きで涼子が四等のポケットティッシュだったときに、秀美は一等の高級化粧品セットを見事ゲットしたこともあった。そのほか、「土鍋セット」というのもあった。

涼子が知るかぎり、各種のくじや景品つきのクイズの応募などで、秀美が空《から》くじを引いたり、何も景品をもらわなかったことは一度もなかった。

そして、秀美は、職場では気がきかないくせに、なぜか気前がいいところがあって、分けられる景品は必ずきっちり半分涼子に分けてくれたし、「松阪牛詰め合わせ」などは、「わたし、一人暮らしで食べきれないから」と、涼子の家に届くように手配してくれた。

――この子といると、何だか得しそう。

――ツキがいいみたいだから、何かお裾分けしてもらえそう。

――彼女の運のよさがわたしに伝染するかもしれない。

涼子は、その程度のちゃっかりした気持ちでつき合っていたにすぎなかった。

秀美という女は、仕事嫌いで、少しばかり人の悪口が過ぎるかもしれないが、涼子の目には、どこにでもいるごく普通の二十代のOLとして映っていた。まさか、あんな大それたことをするとは夢にも思わなかったのだ。

涼子の知らないところで秀美は恋人を作っていて、三角関係に悩んだ末に、恋敵《こいがたき》の女性を相手の部屋で発作的に殺害してしまったのである。その場にあった包丁を使っての刺殺《しさつ》だった。

それが、十五年前。

それから現在に至るまで、日本各地で目撃され、手配写真を更新されながらも、秀美は捕まらずに逃げ続けているのである。

——いま、彼女はどこにいるのかしら。

——何を思っているのかしら。

自分が指名手配されている番組が、さっきテレビで流れたのを知っているだろうか。

電話が鳴り、涼子は身体を硬直させた。

ついさっき、何か情報があったら、局に電話してください、とバラエティ番組にもよく出る男性アナウンサーが深刻そうな表情で呼びかけたばかりである。

しかし、すぐに緊張がほぐれた。出張中の夫からかもしれないし、旅行先の娘からかもしれない。

「はい」

だが、受話器を取った涼子に、相手は何も言わない。

「どなたですか？」

聞いた途端に、電話は切れた。

待ってみたが、ふたたび電話が鳴る気配はない。

――まさか、彼女が？

逃亡中の富田秀美がどこからか電話をかけてきたのだろうか。あと四十日で事件は時効を迎える。そしたら、彼女に刑事責任は問えなくなる。

――大丈夫。彼女がここの電話番号を知っているはずがないわ。

涼子はそう自分の胸に言い聞かせて、大きく息を吐いた。

十五年前、涼子は旧姓の小林《こばやし》涼子で、まだ独身だったのだ。その後、結婚して増岡涼子となり、博之の数度の転勤に伴って転居を繰り返し、ここにマンションを買って落ち着いた。一人娘のさゆりは小学五年生に成長した。

十五年という歳月を改めて振り返って、涼子は気が遠くなる感覚に襲われた。

その長い歳月を、秀美は捕まらずに逃げ延びているのだ。

まさに奇跡としか思えない。

「やっぱり、すごく運のいい女なんだわ」

人を殺しておいて捕まらずに逃げ延びている。場違いな感想かもしれないが、涼子はそうつぶやいた。

秀美がすばらしい運に恵まれた女であることは、涼子がいちばんよく知っているのかもしれない。

しかし、秀美が時効まで逃げおおせたらいちばん困る人間もまた、涼子自身なのだった。

2

台所に立とうとした涼子を「ああ、いいよ。あなたは座ってて」と手で制して、澄《すみ》子《こ》はお茶をいれるために台所へ足を引きずりながら向かった。今年七十二歳になる澄子は、膝を痛めていて立ったり座ったりがつらそうだが、「身体が動くうちは何でもする」と言い張って、七十五歳になる夫と二人暮らしを続けている。

「博之さんには感謝してるわ。雨漏りしなくなって、すごく快適だもの」

と、涼子が持参したクッキーを皿に載せて、澄子がお茶と一緒に持って来た。クッキーは、さゆりの林間学校のおみやげだった。

「あ……ああ、それはよかったわ」

涼子は、ひと呼吸遅れて応じ、微笑《ほほえ》んだ。

夫の博之が、涼子の実家の屋根の補修費用を出してくれたことになっている。

「でも、お母さん。博之さんには絶対にそのこと、言わないでね。あの人、早くに両親を亡くしているから、お父さんやお母さんを本当の両親みたいに思ってるし、大げさに感謝されるのが苦手な人だから」

「だけど、いいのかねえ。お礼の一つくらい、きちんと言ったほうがいいんじゃないのかしら」

「いいんだって」

「外壁を塗り直すときも出してもらったし」

古い家のひびの入った外壁を塗り替えたのは、七年前だった。

「その前にも、床下の点検のあとに換気扇を取り付けてもらったり、家のことではいろいろとお世話になっちゃって。本当に一度くらい、お母さんから直接お礼を言ったほうがいいんじゃないの？　それがだめなら、せめて礼状くらい……」

「だから、いいんだってば。お母さんの気持ちは娘のわたしから伝えているんだから。本当にいいの。そういうのが嫌いな人なの。家族のつき合いに関しては不器用な人なのよ。絶対にやめてよね」

口調がきつくなってしまい、涼子はハッとした。

澄子が困惑したような顔で、娘を見つめている。

「とにかく、いいのよ。本当の息子だと思って、思いきり甘えてくれれば。子供が年取った親の面倒を見るのは当然でしょう？　お父さんもお母さんも年金暮らしで、あんまり余裕がないんだもの」

「悪いわねえ」

と、澄子は言い、目頭を押さえた。年を取って涙もろくなった母だ。

「涼子、つくづくいい人と結婚したもんだねえ」

「ああ、うん。本当にそう思う」

涼子もそう受けて、笑った。

まじめに仕事はするし、時間があるときは子育てに協力してくれるし、浮気もしなければ、ギャンブルもしない。お酒は適度にたしなむが、煙草は吸わない。われながら、いい夫だと思う。

「もう一人、男の子が生まれていれば、言うことなしだったのにねえ」

澄子は、つい言い過ぎた、という顔をして、「でも、そこまで望むのは贅沢ってものか」と、すぐにつけ加えた。

さゆりが生まれた三年後にふたたび妊娠した涼子だったが、三ヵ月目で流産してしまった。性別はわからなかったが、涼子も流れてしまった子が男の子だった気がしてならない。それ以来、子供には恵まれない。

「わたし、すごく幸せよ」

声に出して言うと、現実以上の幸福感に包まれるような気がした。すると、それに対応するように、一人の女の顔が脳裏に浮かび上がった。

富田秀美の顔だ。

「そう言えば、このあいだ、あなたの友達がテレビに出てたよ。友達って言っても、ずっと昔の話だけどね。会社で一緒だった子。ほら、人を殺《あや》めた子」

まさに、その富田秀美の話題に澄子が触れたので、涼子は顔をこわばらせた。

「いまごろ、どこでどうしているんだろうねえ。まあ、捕まらずにいるってことは、逃げているんだろうけど。それにしても、不思議だよね。逃げるにしてもお金がかかるだろうし、住むところも必要になるだろうし。生活しながら逃げているわけだからねえ。どこかで働いたり、男を騙《だま》して貢がせたりして生きているのかしら。二十五歳だったあの子もいまじゃ四十歳。もうあの子って呼ぶ年齢じゃないねえ。涼子と同い年だったよねえ。女の二十五歳から四十歳。女盛りのいちばんいい時期を逃げるだけで過ごすなんてねえ。かわいそうだけど、人殺しなんだから同情するのも変かしら」

湯飲み茶わんを持って、澄子は世間話のようにしんみりと語り続ける。「もしかしたら、もう死んでいるのかもしれないねえ。病気になったりする可能性もあるわけだし。あなたから聞いたかぎりじゃ、罪を悔いて自ら命を絶つような女じゃなさそうだけどね。そういう性格だったら、とっくに死を選んでいるか、自首しているでしょう」

——死んでてくれたらいいのに。

涼子は、何度そう願ったことだろう。

しかし、少なくとも、三年前まで秀美が生存していたことは警察がつかんでいる。新潟の造り酒屋に住み込み家政婦として入り込んでいた。酒屋の親戚に「おかしい」と勘づかれて、警察に通報される寸前に着の身着のままでそこを飛び出している。

それ以降の情報がぱったり途絶えた状況だ。

「事件のあと、何度も週刊誌やテレビで取り上げられたけど、秀美さんっていったかしら、あの人の評判はよくなかったみたいだねえ。いいことを言う人はいなかったもの。それなのに、涼子にはなぜか親切にしてくれたよね。お母さん、憶《おぼ》えてるよ。松阪牛の詰め合わせを『ご家族でどうぞ』ってくれた人だろ？　土鍋セットもくれたっけねえ。どこかの景品で当たったとか言ってて」

「そんなこともあったわね」

と、そっけなく返事をしたが、涼子には絶対に忘れられないエピソードだ。

「まさか、あの子が人を殺すなんて。時効まであとちょっとだって？　社会に与える影響の大きい事件なんだろうねえ。公に懸賞金を出すのは珍しいとか。懸賞金、二百万だってね。そのお金で、うちみたいに外壁を塗り直したり、屋根を修理したりできるわねえ」

澄子の話がそこに戻ったので、

「ねえ、帰りに、お姉ちゃんのところにも寄って行こうと思うんだけど。元気かしら」

涼子は急いで話題を転じた。

涼子には三つ違いの姉がいるが、実家から歩いて十五分ほどの場所に住んでいる。サラリーマンから自営業に転職したばかりの夫と子供三人の五人家族だ。

「ああ、智子《ともこ》ならこのあいだ会ったとき、あなたに話があると言ってたけど、何だろうねえ」

澄子は、語尾をいつもより長く伸ばしてから、「どれ、せっかくだから、さゆりがおみやげに買って来てくれたクッキー、食べますかねえ」と、牛の形のクッキーを一枚手に取った。

3

姉とは長いつき合いである。姉の性格は把握していたつもりだった。

「このあいだ、涼子の友達だった富田秀美のこと、テレビでやってたね」

智子がそこから話し始め、「懸賞金、いくらだったかしら。二百万円？」とおどけたように目を丸くしたとき、涼子には姉の〈目的〉が読み取れた。

「涼子のところには、富田秀美から電話とかきてないの？」

「くるわけないじゃない」

先日の無言電話の件が頭に浮かんだが、あれから似たような無言電話はかかってきていない。あれは、やはり、秀美からではなかったのだ。

「だけど、あんなに仲がよかったじゃない。会社が引けたあとは、いつも二人でつるんでたし」

涼子が実家から通勤していたとき、智子もまだ実家にいたのだった。涼子が博之と結婚する一年前に、「こういうのは年齢順よ」と言わんばかりに、智子はさっさと見合いで相手を見つけて結婚した。

「だからって、人を殺して逃げている人間が、そうそう電話できるわけないでしょう？」

「まあね。逃亡直後ならいざ知らず、いま電話したら足がついて危ないものね」

智子の言葉に、涼子はドキッとした。

「でも、仲のよかったあんたが何か情報を持っていたら、と思ってね。警察に情報を届けたら、二百万円もらえるんでしょう？」

「事件解決につながる重要な情報だけよ」

「そう。……ところで、涼子、実家の屋根の補修費用、出してあげたんだって？」

ちょっと残念そうな顔をしてから、智子は声のトーンを変えた。が、話の中身はほとんど変わらないのに、すぐに涼子は気づいた。

どちらもお金の話題だ。

「あのひどい雨漏りを見たら、見かねて直してあげたくなるわよ。わたしたちが育った家だしね」

「悪かったわね。うちは出せなくて」

「誰もそんなふうに言ってないじゃないの」

「お母さんから聞いたけど、今度も、博之さんが快く出してくれたんだって？」

「あ……うん、まあね」

「あんた、つくづくいい人と結婚したわね」

姉の智子は、母親の澄子とまったく同じことを言った。「床下に換気扇を取り付けたときも、外壁を塗り替えたときも、博之さんが黙って出してくれたんでしょう？　いいわね。それだけ、あんたのところは余裕があって」

「違うわよ」

涼子は、あわてて手を振った。「堅実につつましく生きてきただけのことよ。贅沢しないで貯金してたし。それに、ほら、うちはお姉ちゃんのところと違って子供が一人だけだもの」

「それにしても、ずいぶん余裕がありそうね」

「ないってば……」

前にも増して激しくてのひらを振ったとき、

「貸してくれない？」

と、智子が腹から絞り出すような低い声で言った。

涼子は息を呑んだ。

――やっぱり、そうだ。お姉ちゃんのところは、お金に困っているのだ。

「祐介《ゆうすけ》のやつ、早期退職に応じて会社を辞めたのはいいけど、新しい仕事がなかなか軌道に乗らないのよ。家を改装するのや開店資金で銀行からは目いっぱい借りているし、もう借りるところがなくてね」

智子は、細く描いた眉を寄せた。初対面で「姉妹でよく似ているわね」と言う人も、少しつき合ううちに「性格は全然似てないわね」と必ず言う、そんな姉妹である。

智子の夫の祐介は、中堅商社のサラリーマンだったが、昨年会社を辞めて、自宅を改装してオーダーメード専門の靴屋を開いた。靴屋を出すのは、長年の夢だったという。

「二百万あれば、何とか急場をしのげるんだけど」

二百万。富田秀美の事件にかけられた懸賞金と同じ額だ。それから、外壁の塗り替えと屋根の補修と床下の換気扇取り付けの合計費用と。

「屋根の修理に出したばかりだもの、また二百万なんてきついわ。わかるでしょう?」

「博之さんに頼めない? あそこの会社、ボーナス、いいんでしょう?」

お願い、と智子は両手を拝む形に合わせた。「何だったらわたしから頼んでもいい？　祐介も一緒に頭を下げるから……」

「やめてよね」

ほとんど叫ぶように、涼子は遮った。「あの人に直接頼むのは、絶対にやめて。博之さんは、何ていうか……ちょっと変わった人で、わたしの家に関する問題はわたしを通さないと誤解が生じやすい人なの。早くに両親を亡くしているし、親戚も少ない人だから、親子の関係に疎くて、親戚づき合いがすごく下手《へた》な人なの。これから、お姉ちゃんとうちの関係が険悪になったりしたら困るでしょう？」

「博之さんがどういう人なのかはよくわからないけど、夫婦のことは涼子がいちばんよくわかってるのよね」

面食らいながらも、智子はうなずいた。

「わたしから頼めば、何とかなると思う」

二百万くらいは何とかなるだろう。いや、何とかするのだ。

「よかった。涼子、ありがとう。やっぱり、持つべきものはきょうだいね」

パッと明るい顔に切り替わった智子は、妹の手を固く握り締めた。

4

銀行の前で涼子は迷っていた。バッグに預金通帳が入っている。自分の名義の誰にも見せたことのない通帳だ。夫の博之も知らない。

二百万円を智子に用立てたのは、ほんの二週間前だった。そのときは、抱きつかんばかりに「ありがとう。これで助かるわ」と、感謝の気持ちを全身で表した智子である。

それなのに、昨夜、沈んだ声で電話をかけてきて、

「このあいだは、遠慮してわざと少ない額を言ったのよ。本当は、あと八百万。全部で一千万、必要だったの」

と言うではないか。

「そんなの、絶対に無理よ」

最初はつっぱねたが、

「博之さんに頼めない？　このままだと、わたしたち一家心中だわ。わたしたち夫婦で、博之さんに土下座してお願いしてみるから」

と泣き声で言われて、涼子は仰天した。

「それだけはだめよ。博之さんには会わないで。絶対に会わないで」

と強い口調で接触を禁じ、「わかった。わたしがどうにかするから」と仕方なく請け合った。

合計一千万円。高額だが、用意できない額ではない。涼子の預金通帳にはそれだけの額は入っている。

しかし、すべて自分の自由にできるお金ではないのだ。

——これは、彼女のお金でもある。少なくとも半分は。

どうしよう。姉の家族を窮地から救ってあげたい。だが、このお金を使えば、涼子自身が窮地に立たされるかもしれないのだ。

——わたしにツキがあれば、運がよければ、何とか切り抜けられるかもしれない。

だが、涼子は、ツキがない女であるのを自覚している。懸賞クイズで豪華な景品が当たったためしもなければ、さゆりの小学校のPTA役員を決める会合では、ジャンケンで負けて、面倒なだけで苦労が多く、誰もやりたがらない委員長の座を獲得してしまった。

——わたしが彼女くらい運のいい女だったら……。

そんなふうに考えている自分に気づいて、涼子は苦い笑いを口元に浮かべた。殺人犯の女を羨《うらや》んでいる自分が滑稽《こっけい》に思えた。

富田秀美。すばらしくくじ運のいい女。

ATMの前のソファに座って、涼子は〈最後の彼女の幸運〉を思い返していた。

あれは、事件の起こる一週間前だった。

あの日、いつものように一緒に会社を出た。その朝、澄子が体調を崩していたので、涼子はまっすぐに自宅に帰らなくてはいけなかった。駅で「じゃあ」と別れようとしたとき、秀美が「ちょっと待って」と改札口に身体を向けた涼子を手招きした。

「何?」

「いま、ひらめいたの。あれ買わない?」

秀美が指さした先には、宝くじ売り場があった。

くじ運のなさを嘆いていた涼子は、買ってもどうせ当たらないだろう、と宝くじの類《たぐい》は買わずにいたのだった。秀美もそれまで懸賞は好きだったが、宝くじには食指を動かさずにいた。

「お金を出し合って、連番を十枚買うの。どう?」

「いいよ」

涼子は、秀美の話に乗った。彼女の運を試してみたい気がした。しかし、心の片隅では、どうせはずれるだろうけど、と思っていた。半分の出資であれば、はずれても惜しくはない。

「まずは、当たるように、念を送るね」

そう言って、購入した宝くじの封を切って、秀美は一枚一枚数字を確認するようにめくった。そして、「涼子が持ってて」と、こちらに十枚とも預けてよこしたのだ。

事件が起きたときも、宝くじは涼子が持っていた。

事件後、その宝くじがジャンボ宝くじであることを、涼子ははじめて知った。智子には「くるわけないじゃない」と言ったが、実際には、殺人を犯したあとの秀美から電話をもらっていたのだった。

あとにも先にも一度きり。

事件が公になって五日目。夜遅く、涼子の自宅の電話が鳴った。電話に出たのは、涼子だった。

「涼子……でしょう？」

「そうだけど」

「ああ、涼子でよかった」

「いま、どこにいるの？」

「そんなこと、言えるわけないじゃない」

「大変なことになってるよ」

「自分がいちばんよくわかってるよ」

秀美は早口で言って、「それより」と声を落とした。「ジャンボ宝くじ、当たってたでしょう？」

「そんなの、知らない」

身近で殺人事件が起こって、気が動転していた涼子だった。

「とぼけてもだめよ。当たってたんだから。逃げてても新聞くらいは読めるし、くじの番号、ちゃんと記憶してるんだからね」

「本当に当たったの？」

だったら、わたしもあとで調べてみる、と一瞬、重大な事件のことなど頭から抜け落ちて、涼子は言った。

「当たったよ。一等じゃなかったけど、前後賞の片方がね」

「一等は……いくらなの？」

「六千万円」

「六千万円？」

その高額さに驚いて素っ頓狂な声を上げたのを、「だから、一等じゃないって言ってるでしょう？　長話はできないのよ」と秀美はたしなめて、「二千万円」と数字だけ続けた。

二千万円。それでも充分高額で、涼子の胸は脈打った。

「いまのわたしの立場、わかるでしょう？　半分受け取りたいけど、出て行けないの。だから、いいわね。使わないで取っておいてね」

「えっ？」

「聞こえなかったの？　時効までわたしの分、一千万円、保管しておいて。そう言ってるの。一銭も使わないでね。でないと、あとで大変なことになるわよ。使ったら、涼子、あなたも共犯だからね」

そこで、電話は切れた。この電話のこと、誰にも言わないで、という懇願の言葉も、言ったら殺す、という脅迫めいた言葉も添えずに。

だが、涼子には、「使ったら、涼子、あなたも共犯だからね」という言葉が充分威嚇になった。

事実、涼子は、その電話の件を誰にも話していないし、宝くじに当せんしたことも誰にも話していない。

電話のあとですぐに調べてみたが、秀美が言ったとおり、購入した宝くじの一枚が一等の前後賞の前のほうに当せんしていた。

当せんしたくじを持って銀行に行き、換金したのはひと月後だった。半分ずつ、違う通帳に分けて入れておくことも考えたが、管理が面倒なのでまとめて入れておいた。

――これは、自分の分だから堂々と使ってもいい。

結婚費用のたしにするとき、出産後、さゆりにブランドもののベビー服を買ってやるとき、夫の誕生プレゼントを奮発するとき、涼子はそう自分に言い訳して、通帳からお金を引き出した。だが、あまり大きな買い物をしては、出所を夫や両親や姉に疑われてしまう。「結婚前の貯金やへそくりの範囲だろう」と、周囲が納得するようなものしか買えなかった。

床下の換気扇の取り付けや外壁の塗り替えや屋根の修理費用など、実家にかかった修繕費用はまとまった金額だった。それで、「博之さんが出してくれた」としか言えなかったのである。だが、出所を博之が知ったら、妻を追及するだろう。彼には絶対に知られてはならなかった。

十五年間、涼子は〈秘密の貯金〉に少しずつ手をつけてきた。しかし、秀美の分には決して手をつけずにきたのだ。秀美が殺人犯だから、という理由ではなかった。この〈幸運〉をもたらしてくれたのは、あのとき、「宝くじを買おう」と気まぐれを起こした秀美だから、という理由だった。秀美に恩義を感じ、心の中で静かに礼を言い続けてきたのだ。それは、秀美が殺人犯であろうとなかろうと関係ない。

だが、事件後に秀美から電話がきた事実を警察に隠していることに、後ろめたさは覚えている。事件解決への重要な手がかりの一つに違いないのだから。

——時効まで逃げ通したら、彼女はどうするだろう。わたしの前に現れるだろうか。そして、「わたしの分、ちょうだい」と手を差し出すだろうか。

涼子は、その日その瞬間、を想像した。そのとき、彼女はどんな顔をしているだろう。

幸運に恵まれている秀美である。

残りあとわずか。逃げ延びる可能性は高いだろう。

三十分も逡巡して、ようやく涼子は立ち上がった。やはり、姉の家族の窮状を見て見ぬふりはできない。

預金通帳と印鑑を持って、涼子は窓口へ向かった。

5

「二百万、ほしいよね」

相手の出方を見るために、思いきって客は言ってみた。

「もらえるかも……しれないね」

と、カウンターの中でママが言った。

客は、自分の勘が当たったことを喜んだ。それで、「似ているよね?」と、さらに一段階踏み込んで聞いてみた。

「うん、わたしもそう思う」

ママがはっきりと意思表示した。

それが、一週間前で、今日はそのあいだに練った二人の〈作戦〉を実行に移す日だった。

二人の計算に狂いがなければ、今日、彼女はこの店にやって来る。毎週、同じ曜日に彼女は店に顔を出すのだ。それが二か月続いていた。

富田秀美という名前を、二人は口にしないと決めていた。

富田秀美によく似た女は、「中井真紀《なかいまき》」という名前で通って来ていたからだ。テレビの公開捜査の番組で、富田秀美という女が殺人事件の容疑者として指名手配されており、「中井真紀」名で顔を出している女に顔立ちが非常によく似ているのに気づいたのは、ほぼ二人同時だった。つまり、二人とも同じ番組を見たのである。

しかし、ママのほうは、店の顧客を疑ってはいけない、と遠慮していた。だから、一年前から通うようになった男性サラリーマンの客のほうから、「中井真紀」の正体を探るような言葉を切り出してくれて、ホッとしたのだった。

もし、あの女が富田秀美であり、指名手配犯だったら、二人の通報が逮捕につながり、重要な情報の提供者として二百万円をもらえる。

サラリーマンにとっては、家族には秘密のちょっとしたこづかいになるし、ママにしてもあまり流行《はや》らないスナックに百万円のプレゼントはありがたい。

利害が一致して、〈静かに彼女を追い詰めよう〉と作戦を立てたのだった。

まずは、警察に指紋を検出してもらうために彼女が使ったグラスを入手する。彼女の声をひそかに録音する。その二つを決めていた。集中力を高めるために、今夜はカラオケは歌わない、とも決めていた。

「もうじき来るわよね」

と、ママが壁の時計を見た。

「そのはずだよな」

と、客も自分の腕時計を見た。

ちょうどさっき、二人連れの客が帰ったばかりだった。

ママと客。作戦の計画者、二人だけのほうが都合がいい。事情が呑み込めずに騒ぎ出す者がいては作戦はうまくいかない。

刻々と時間が過ぎていく。

「来ないわね」

と、ママがイライラしたようにふたたび時計を見上げた。

「勘づかれたのかなあ」

と、客も心配になって腕時計の文字盤を指先で軽く叩いた。「テレビで言ってたけど、彼女はすごく勘がよくて、何度もすんでのところで捕まらずに逃れているんだって?」

「そうみたいね。そうやって、運に助けられて、時効まで逃げおおせるのかしらね。『最後までうまく逃げてくれ』と応援している人も、世の中にはいるみたいね。だけど、それじゃ、被害者が浮かばれないし、遺族もお気の毒だわ」

「時効まで逃げられたって、そのあと普通に生活するのは大変だろ？　世間の目って
ものがあるしなあ」

「そうよね。……あっ、ちょっと静かに」

と、ママが唇に指を当てた。

店の外で足音がした。扉に誰かが近づいて来る。

「彼女、来たみたい」

緊張が店内に走った。

客は小さく咳《せき》払いをして、スツールに座り直した。

だが、木の扉は開かない。

「どうしたのかしら」

ママが様子を見るように客に目で促した。

客は席を立ち、扉に近づいて、そっと開けた。

表には誰の姿もなかった。

「逃げたんだわ」

と、ママが言い、チッと舌打ちをした。

二百万円が逃げた、と客は思った。

6

「あーあ、危ないところだった」

新しいカプセルホテルの部屋に落ち着いて、中井真紀——戸籍名・富田秀美は、声に出してつぶやき、胸を撫《な》で下ろした。

同じ店に二か月も通ったのは、はじめてのことだった。

——あと残りわずかだから、大丈夫。わたしはツキに見放されていないから。

そんな自信が油断につながったのだろうか。

店の前に立ったとき、扉の奥から漂ってくる不吉な空気をわずかだが嗅《か》ぎ取った。

静かすぎる、と秀美は思った。

いつもはカラオケの音楽が流れているのに。カラオケ好きなサラリーマンがいる曜日のはずだった。

スツールの脚が床をこする音がかすかに聞こえた気がしたので、秀美はあわててその場を離れた。いつでもすぐに逃げられるようにハイヒールは履かない。そして、定宿にしていたビジネスホテルを急いでチェックアウトすると、電車に飛び乗って、降りた駅の周辺で見つけたカプセルホテルに飛び込んだのだった。

——こんな生活を続けていたら、寿命が縮まるわね。

そう思って、ふっと小さい笑い声を漏らした。人を殺した自分が寿命のことを考えているなんておかしい。だが、この十五年間、心臓が縮むような日々を送ってきた。

もうそろそろ終わりにしたい。

もうそろそろ終わりになる。

あと少し、我慢すればいい。

「あと一週間か」

一週間は七日だとわかりきっているのに、秀美は指を折って数えてみた。時計を見ると、日付けが変わろうとしている。あと六日だ。六日、警察に捕まらずに逃げればいい。いままでそうできたのだ。六日などあっというまだ。

しかし、いままでの六日間とこれからの六日間は、まったく違う。

秀美は、少しでも表面積が小さくなるようにと、体育座りをして両手で足を抱え込むようにして丸まった。

誰にも見つかりたくない。

誰にも気づかれたくない。

不安を追い払うために、なるべく楽しいことを考えよう、と思った。

楽しいこと。それは、時効を迎えたあとの生活だ。

――指名手配されながら、十五年間逃げ延びた女なんて、わたしくらいしかいないでしょう？　そのあいだ、どこでどんなふうに逃亡生活を続けていたか、知りたくない？

新聞社、いや、大手出版社に、そう言って企画を持ち込むのだ。そして、わたしの半生が本になる。

――わたし、記憶力は抜群にいいのよ。記録に残しておくと証拠になって危ないから、書き残すことはできなかったけど、細かなところまでよく憶えてるわ。自分が逃げ回った土地、泊まった場所、食べたもの、かかわった人、関係を持った男――このあたり、興味あるでしょう？――それから、そのときどきに思ったこと、感じたこと。逃げている女の心理って不思議なものよ。わたしの事件、テレビや週刊誌でかなり目にしたでしょう？　なるべく見ないようにしたの。心がかき乱されるのを恐れてね。自分のことを書いたら、サスペンスとしても、心理小説としても、恋愛小説としても、もちろん、実録ものとしても、おもしろい読み物になる自信はあるわ。

そう持ちかけて、興味を持たない編集者はいないだろう。

時効は過ぎている。世間に何を言われようと、大きな顔をしていればいい。

民事的に問題になるかもしれないが、そちらは本を出した印税で何とかすればいい。

それまでの生活を支えるのは、あの宝くじの当せん金だ。十五年前で二千万円。一等六千万円の前後賞の片割れの二千万円。わたしの取り分は半分の一千万円。全額はもらえなかったかもしれないが、手数料等で差し引かれたとしてもかなりまとまった額だ。当分、それで生活できる。

——涼子は忘れてないわよね。使ったりしてないわよね。

ちらりと不安が心をよぎったが、彼女にかぎって大丈夫だろう、と思った。うそをつかず、堅実でまじめな性格の女だから、友達に選んでつき合ってやっていたのだ。

——だけど、問題はどうやって受け渡しの場を設定するかね。

秀美は、結婚後、増岡涼子となった彼女が住んでいるマンションの電話番号を口の中で唱えた。

ちゃんと暗記している。慎重にしたので時間はかかったが、彼女の身辺を調べることはできた。十五年間、逃げるあいだには、人間、いろんなノウハウを身につけるものなのだ。殺人を犯しているのだから、度胸はつくし、ある意味で怖いものはない。

あれは、ひと月ほど前だったか。涼子の住むマンションに電話してみた。受話器を取ったのは本人だった。秀美は無言で電話を切ったが、少なくとも、涼子があの場所できちんと生活していることが確認できた。

――時効が成立した翌日にでも、涼子に電話してみよう。

涼子、驚くだろうなあ。そのときの彼女の顔を想像して、時効直前の緊迫した状況に置かれているというのに秀美は頰《ほお》を緩めた。

人が驚く顔を見る楽しみを持つのも、時効までは絶対に捕まるもんか、と士気を鼓舞することにつながる。

それまで目立たないように行動し、体力を温存しておこう。

秀美は目をつぶり、浅い眠りに入った。

二時間以上は眠れないように、この十五年間で身体ができあがってしまった。

二時間ずつに分けて合計四時間眠り、狭い部屋を出てロビーで缶コーヒーを飲んだ。甘ったるくておいしくない。

本物のコーヒーが飲みたい。たまらなく飲みたい。それで、頭をすっきりさせたら、六日間、無事乗り切れそうな気がした。

秀美は表に出て、駅へ向かった。構内においしいコーヒーを飲ませるコーヒー専門のチェーン店があるのに気づいていたのだ。

一杯飲んで、すぐにカプセルホテルに戻ればいい。

自動扉が開いた瞬間だった。

「おめでとうございます」

と、いきなり大きな音とともに店員に迎えられた。

クラッカーの音だった。

「な、何なの？」

思わず、秀美はあとずさりした。

「当店、本日が開店一周年ですが、お客さまが十万人目の記念すべきお客さまになりまーす」

若い女性店員が、暗記したセリフみたいにたどたどしく声を張り上げる。

そして、カメラを持った店員が近づいて来た。

「やめて、撮らないで」

秀美は、腕で顔を覆った。目立ちたくはない。だが、すでにさっきのクラッカーの派手な音で店内の客たちの注目を集めてしまっている。

「十万人記念として、ラッキーなお客さまに当店のコーヒー一年分のチケットを贈呈いたしまーす」

女性店員が店内に響く声でそう告げた。

「ごめんなさい。辞退するわ。じゃあ」

きびすを返そうとしたとき、

「待ちなさい」

と、男の声が端のほうで上がった。

男と視線が合った。こういう視線には見憶えがある。

鋭い視線。心の中を見抜くような目つき。つねに人を疑っているような目の色。

——刑事の目だ。

非番の日でも、つねに周囲に目を光らせている。

そう思い出した瞬間、その男に腕をつかまれていた。

（問題小説　7月号）

点と円

西村《にしむら》　健《けん》

1965年、福岡県生まれ。東京大学工学部卒業後、労働省（当時）に入省。作家になる夢を捨てきれず、フリーライターに転身。'96年『ビンゴ BINGO』で作家デビュー。ノンフィクション、エンターテイメント小説を次々に発表する。2006年『劫火』で第24回日本冒険小説協会大賞、'11年『残火』で第29回日本冒険小説協会大賞を受賞。著書に、『脱出 GETAWAY』、『突破 BREAK』、『ゆげ福　博多探偵事件ファイル』、『マネー・ロワイヤル』などがある。

天神《てんじん》の大丸《だいまる》前、『赤《あか》のれん　節《せつ》ちゃんラーメン』の軒先を通ると思わず、店内に引き込まれそうになってしまう。古い博多《はかた》っ子ならどこか郷愁に近いものを覚えつつ、俺と同じ思いにとらわれるはずだ。ここは今に引き継がれる博多ラーメンの源流、と言われる店なのである。

もともとの『元祖　赤のれん』は箱崎《はこざき》にあり、店を始めた先代が、中国北部で食べた屋台そばを思い出しながら白濁スープを煮出した。それに、今は馬出《まいだし》の九大病院前に店を構える『博龍軒《はくりゆうけん》』の、初代が打った平麺《ひらめん》を入れた。昭和二十三年のことである。これがいま多種多様に花開く、博多ラーメンのルーツとなったという。ちなみになぜ「赤のれん」かと言えば、大量の豚骨を煮出すため白い暖簾《のれん》をかけていてもすぐ煤《すす》けてしまい、汚れが目立たないように暖簾を赤に染めたため、だとか。

白湯《パイタン》スープと言ってもここのものは、他より赤褐色に濁っている。そう言えば昔のラーメンはこんなだったな、今よりずっと赤く骨髄を思い出させる色をしていたな、と思い出す。そうして遠い昔、なけなしの金を握り締めて路地裏のラーメンを啜《すす》った、少年時代に思いを馳《は》せる。古い博多っ子なら同じはずである。

俺も実際、週に一度はこの店に足を運ぶ。独特の平打麺とスープに懐かしさを覚えるため、ばかりではない。そうした伝統ある店にもかかわらずメニューは豊富で、野菜炒《いた》めから丼《どんぶり》ものまでそろう飾らない雰囲気が好き、というだけではない。何と言ってもここは、西中洲《にしなかす》の我が事務所から歩いて間もない距離にあるのだ。

考えていて、ハッとした。次いで日ごろ俺が、週一以上のペースで行く店を指折り思い浮かべた。これは、してやられたかな……と脱帽した。

「地理的プロファイリングという奴、なかなかどうして捨てたものでもなさそうだな」

素直に認めた俺に対し、田所《たどころ》は「当然だ」と飄々乎《ひょうひょうこ》と言い放った。

日陰の穀物よろしくひょろひょろに伸びた痩身《そうしん》に、毛糸玉を放り投げたようなボサボサ頭。今では逆にレトロブームに乗りそうな黒縁眼鏡に、土左衛門《どざえもん》さながらの生《なま》っ白《ちろ》い肌。昔の漫画に出てくる学者のような見てくれのこいつに、胸など張られたのでは再びムッと腹の虫がうごめき出す。やっぱりこんな奴に、素直に敬服の意を表すべきではなかったか――

そもそも田所を俺に引き合わせたのは福岡県警に勤める幼馴染み、宮本《みやもと》警部補だった。部屋から出るのは一歩たりとも嫌がる男だ、ということで奴と連れ立って、彼の研究室を訪れた。

「こいつは元ウチの犯罪分析班にいた奴で、その頃からの知り合いなんばってん、くさ」と宮本は紹介した。「今度ウチが独自に特別科学捜査研究所ちゅうモンを鳴り物入りで立ち上げて、そこの犯罪行動科学部に研究員として引っ張られたんよ。ここはその分室で。それである程度の予算も取って、こいつがある研究に従事しよるとばってん」

「君も聞いたことがあるだろう」それが田所正義《まさよし》の第一声だった。黒板をタワシで、触れるか触れないかくらいに撫《な》でるような声だった。「欧米では既にかなり研究の進んでいる、犯罪者プロファイリングという分野だ」

「プロファイリング、ねぇ」そもそも学者が研究室で導き出すような論説を、俺は昔から信用しない。始終室内に閉じ籠《こも》っているような人間に、社会の機微を理解できるわけがない、と堅く信じるからだ。しかして犯罪とはまず、ほぼ全てが人間社会の機微に端を発している。つまりそんな連中の犯罪分析に信を措《お》くことはできない、という三段論法になる。

しかし学者の論説うんぬん以前からとうに、目の前の奴を不愉快に思っていた。声のせい、ばかりではない。聞けば生まれも育ちも福岡というのに、このツヤつけた（気取った）言葉遣い。俺だって普段は過去の経緯《いきさつ》もあって、対人関係に一定の距離を保つため敢えて標準語を使ってはいるが。それでもわざと挑発する場合を除けば、初対面の相手に向かっていきなり「君」などと呼びかけることは決してない。室内育ちのこいつには分からないかも知れないが——そもそも博多っ子で「君」と呼び掛けられて不快感を覚えない人間は、まず一人としていないのだ。

だがまぁ研究費として予算がつき、彼を補佐すれば調査補助料として応分の報酬が支払われる、という。れっきとした仕事である。ならば断る、という選択肢は俺にはない。相手への好悪で仕事を選別している余裕もない。しかも他でもない、幼馴染みからの頼み、ということもあるではないか。

「トマス・ハリスの小説や映画なんかで有名になった、あれだな？」無理して話題をひねり出した。なんとか会話を続けるため、だけの話題だった。それじゃぁ、そういうことで……最初の紹介が済むと宮本は、苦笑を浮かべつつサッサと席を外してしまい、室内は田所との二人きりになっていたのだ。

「そう。一般的にはあのようなフィクションの影響で、プロファイリングの存在が周知されたこと自体は好ましいと評価すべきだろう。ただしフィクションの場合、どうしても筋立ての悦楽度が優先されるためその分、正確さがなおざりにされがちだ。それゆえ真のプロファイリングが正しい形で認知されたか、についてははなはだ疑問と言わざるを得まい」

相手の顔を見ないよう目を逸《そ》らし、俺は肩を上下させて激しく貧乏揺すりをした。身体のあちこちを動かすことで怒りを紛らわすのに専心した。

「そ、それじゃぁ俺の知っているプロファイリングとやらは、小説の受け売りであまり正確なものじゃない、ということか」

「君がどのように理解しているか、私は詳《つまび》らかに聞いていないのだから知識が不正確か否か、検証することも不可能だ」と田所は言った。俺の貧乏揺すりが振幅を増した。「また正確なプロファイリング全般についてここで講義している暇もない。ただこれだけは言っておきたいのだが、今般私が研究しているのはその中の一分野、地理的プロファイリング理論の進展、ということだ」

「地理的プロファイリング？」

「そうだ。当該理論を最初に現地捜査に導入したのはそもそも、カナダのバンクーバー市警なのだが……」

地球の裏側の警察が何をどうやって捜査しようが俺の知ったことではない。カナダのバンクーバーと神田《かんだ》の飯場とがどう違うかについても、どうでもいい。ただ彼の説明によると地理的プロファイリングとは、連続して起こった事件現場の地理的位置に着目して、犯人の拠点を推察する手法だ、ということだった。

事件がどこで発生したか、は犯罪捜査に多大な示唆《しさ》をもたらす重要な情報だ。犯人、しかも突発的ではなく連続してコトを起こす犯罪者は、全く土地カンのない場所で犯行に及ぶことはあまりない。普段の人通りは多いか、少ないか。夜でも車はよく通るか。付近にどんな施設があるか。周辺の住民の行動時間帯は概《おおむ》ねどの辺りか。近在の店は早く閉まるか、深夜営業か……。そうした情報を全く持たずに犯行に踏み切れば、不慮の事態が発生し目撃される恐れも高くなってしまう。だからある程度、馴染みのある場所で犯罪者は実行に移る。

だが一方、自宅のすぐ近所、というわけにもいかない。一度だけならまだしも、連続して犯行に及べばお隣さんの目に留まることにもなり兼ねない。ここのところ近所で変な事件が続いているけれど、そう言えばいつも起こる前日、あの家に遅くまで明かりがついているんだよねぇ。そんな風に知らず知らずの内、周囲の不審を買っているかもしれない。ましてや目撃されたら一発。あっ、あいつだ。それで一巻の終わりである。

だから犯行現場は犯人にとって、自宅から一定の距離があり、なおかつそれなりに土地カンのある場所、ということになる。つまり連続して事件の起こった地点をトレースし、相応の分析を加えれば、犯人を示唆する何らかの情報にたどり着く可能性がある、というわけだ。かいつまむとこういう説明になるが、田所の実際に使った表現はこれとは程遠く、難解文言と婉曲《えんきょく》表現との雨アラレだった。その間《かん》終始、俺には貧乏揺すりが不可欠だった。

「そこで現在、当該理論を応用するべく私が注目しているのが、この事件だ」畳二枚分はありそうな市内地図を広げて、彼は言った。図のあちこちに赤い点が記され、それらをつなぐような円が三つ描かれていた。円に囲まれているのはそれぞれ、概ね博多区の吉塚《よしづか》界隈、中央区の小笹《おざさ》界隈、早良《さわら》区の高取《たかとり》とその近辺だった。「各警察署に依頼し、どれだけ小さなものでも構わぬから報告のあったものは全て網羅してもらった。ここ半年間に発生した、不審火の現場だ」

「不審火？　すると放火事件ということか」

「共同住宅の入り口付近で何かを燃やしたような、大した被害にも至らなかったものが大半だが――中には駐車中の自家用車の下に火のついた布を放り込まれるなど、一歩間違えれば類焼の惨事を引き起こし兼ねなかった事例もある」

「これらの赤い点は各現場、というわけか」

「むろん報告された全ての事例が同一人物によるもの、と判明したわけではない。ただこの半年間にあまりに集中して発生していることと、焚焼《ふんしょう》の場所こそ違え手口は似ていることを考え合わせれば、同一犯と類推しても無理があるとは言えまい」

「なるほどね。じゃぁ、この丸は？」

「これこそがリバプール大学のデビッド・カンター教授らが提案した、円仮説だ」

またもリバプールだろうがプールバーだろうが知ったことではないが、田所の解説をかいつまむと以下のような話だった。

同一犯の手によると見られる犯行地点を全て地図に書き入れ、最も離れている二点間の距離を直径として、全ての点を内包するような円を描く。するとこの円の内部、しかも中心部に近いところに犯人の住居なり拠点がある、というのが円仮説の概略だ。前述したように連続犯罪に走る犯人は、自宅の直近で事件を起こすことは少ない。しかし一方、全く知らない土地ではなく馴染みのある場所を自然と選択する。更に一度事件を起こした現場は警戒されている恐れがあるから、意識的に前とは違う場所を次の犯行地点に選ぼうとする。このためいつの間にか、犯行を続ける内その現場は、自らの拠点を同心円上に取り囲む傾向に収束していく、というのである。

思わず口を挟んでいた。「まさか、そんなに上手《うま》くいくものかね」

「無論これは、極めて単純化されたモデルではある。実際には自宅から等距離地点の全てに土地カンがあるわけではないから、当該モデルの円は若干歪《ゆが》んだ形で現出せざるを得ない。ただ人間行動学的観点から言えば、カンターらの考え方は妥当と評することはできよう。人間とは無意識の内に、自らの拠点を中心に一定距離の、狭い範囲内でばかり動き回りがちなものだからだ」

「それじゃぁここに、三つも円があるのはどういうことだ」研究室から出たこともないような奴に、人間とはかく動くものなり、などと曰《のたま》われるのはあまり気分のいいものではない。「この犯人は三つも家を持つ大金持ち、とでも言うのか」

「そこなのだ。今般事件においては犯行地点の偏向が、顕著にある。円仮説をそのまま適用してよいものか、私も逡巡《しゅんじゅん》している理由はそこにあるのだよ」田所は相見《あいまみ》えて初めて、弱音を匂《にお》わすような言葉を吐いた。これまでは世の中の全ては自分に分析可能、という言い方だったのが、初めて自分にも分からないことがある、と打ち明けたようなものだ。「全ての点を包括するような円も描けないではないが、それではあまりに範囲が広くなり過ぎる。しかも、各々の円に内包される地点の事件は、めいめい時期的に集中して起こっているのだよ。点の脇に発生日時を書き込んであるので、よく見てほしい」

なるほど言う通りだった。最初に発生したのは小笹界隈の不審火。去年の年末から今年頭にかけて計七件、集中して起こっている。次が吉塚周辺で今年の三月、計六件の不審火が発生。最後が五月に発生したばかりの高取界隈、計十件である。小笹に続いて吉塚で起こり、再び小笹に戻って発生する、というような例は一つもない。ある地点で発生したら集中して近辺でばかり起こり、一定期間を措いて次の場所でまた連続発生する、という具合だ。そしてそれぞれの場所では円仮説に従うかのように、犯行地点は円の中にほぼすっぽり収まっているのだった。

「これじゃぁ犯人はまるで、引っ越し魔だな。円仮説とやらの通り、この円の中心に犯人の家があるとするなら。犯人は家を転々とする奴で、移り住んだ場所ごとに犯行を重ねている。そんな風にも見えるじゃないか」

「あるいは各々別の犯人か、だ。ともあれ私は地図を見詰めるばかりで、現場がどのようなところか情報がなくそれ以上の判断材料がない。そこで実地に足を運んでレポートしてくれる人材が必要となった、というわけだ」

その、実地に足を運んで靴を履き潰《つぶ》すべく雇われた人足が俺、というわけか。そもそもくだんの円仮説とやら自体が、どうにも信頼性に乏しい眉唾物《まゆつばもの》のように思えてならないのだが……

ところが本日、『赤のれん』でラーメンを食べていてハッと思い至った、という次第だった。週に一度以上のレベルで頻繁に通うラーメン屋。一つ一つを脳裡《のうり》に浮かべてみた結果、俺はまさに円仮説通りの行動を採っていたのだ。そう。好きな店の度合いと通う頻度とは必ずしも一致しない。呑《の》んだ後によく行く、春吉橋《はるよしばし》たもとの屋台ラーメン『一竜《いちりゅう》』。天神の地名の元となった水鏡天満宮《すいきょうてんまんぐう》の、境内脇にある『トキハラーメン』。昼飯時にちょっと歩いて喰いに行こうかと思う、あの店、この店……。全て西中洲の事務所を中心として、ほぼ同心円上にあるものばかりだったのである。

「それで、ラーメンを喰いながら考えていてもう一つ、思いついたことがあったんだ」せっかく『赤のれん』考察で地理的プロファイリングの信憑性《しんぴょうせい》に得心がいったというのに、「当然」の一言で片づけられて終わりではたまらない。少しでも高慢ちき学者野郎の、鼻を明かしてやらねば気がすまない。「ずっと以前、あるラーメン屋と話をしていて出前を断るケースの話題になって、な」

「出前、が……どうしたと？」

「今はスクーターだから関係ないが、昔は注文が坂の上の家からだと断っちまうこともあった、と。当時の出前は自転車だったからな。坂を上るのはただでさえキツいのに、何杯も注文されれば重さだってバカにならない。だから出前の電話が殺到したら、坂上からの注文はあれこれ言い訳を並べて断っていた、とそのオヤジは言うんだな」

説明しながら昨晩、屋台の引き屋を長年やっている、黛《まゆずみ》のオッサンと話した中身も思い出していた。

博多の夜を彩る名物、屋台は昼間は小さく折り畳まれ、近くの契約駐車場あたりに駐《と》めてある。それを一定の時刻になると、いつもの営業場所へ引いていくのが引き屋さんだ。博多の屋台は客を探してウロウロ動くことはまずなく、たいていは毎晩決まったところに腰を据えて店を開く。周囲を幕で覆うどころか、壁まで立てて囲ってしまうところも多い。一見、掘っ立て小屋の店舗かと見紛《みまご》うばかりの店構えである。壁を立てるのにちょうどいい突起が路面のどこどこにあるかまで、あらかじめ織り込みずみ。店ごとに正確に屋台を据えるべき場所、壁の組立て方が決まっているのだ。べテランの引き屋さんなら店ごとの情報が頭に叩《たた》き込まれており、引いて来たと思ったらあっという間に組立てまで完了してくれる。閉店後に店を畳み、駐車場まで戻すのも彼らの仕事だが、プロの手際はまさに、見惚《みと》れるほどと言って過言ではない。

中でも黛真斗郎《まとろう》のオッサンは、「脱兎《だっと》のマトさん」の異名を持つプロ中のプロで、俺の親父の信頼も厚く、ずっと契約を交わしていた仲だった。そのオッサンがいつも通り、春吉橋を渡って屋台を引いてくるのにばったり出くわしたのだ。

「いよぉ匠《たくみ》やないか。最近会わんやったな。元気しよったか」言われてみれば春吉橋などお互い、一度も通らない日はないくらいのはずなのだが、会うのは久しぶりのことだった。

「あぁお陰様で、元気だけは相変わらずよ。オッサンも達者のごたるやん」

「いやいや。さすがにワシも、身体はきつぅなってきたばぃ」とオッサンは言った。

「まぁ博多の繁華街は平らやけん、まだ何とかなりよるばってんが。坂道ばかりやったらとっくに、廃業しとるよ。ほんなこつ（本当に）歳にだけは……」

それからふと那珂川《なかがわ》の上流に目を遣《や》り、遠くを振り返るように「そこいくと、お前の親父は、なぁ」と言った。橋の上のそこからなら、かつて親父が屋台を出していた清流《せいりゅう》公園がよく見えるのだ。「博多一うまい」と言われた〈ゆげ福〉が明かりを灯していた場所が。

「お前の親父は祭り好きで、縁日の時はあちこちの境内まで屋台引きよったけんなぁ。やけん往生《おうじょう》したばぃ。神社ちゃ高台にあることも多かけんな。もちろんそん時ゃお前の親父と、二人がかりで引いたばってん。あの重か屋台ば引いて坂道上がるんはほんなこつ、往生したぞ。坂道分の追加料金もらわな、とてもつり合わん仕事やった。あれを今やらされるならもう即、廃業ばぃ」

つまり同じことだ。出前も、黛のオッサンの言うことも。

「なるほどそういうことか」と田所は頷《うなず》いた。さすがに出前の例えだけではわけが分かるまいから、詳しい解説を加えてやろうとした、その機先を制されたようなタイミングだった。「唐突に出前などと言い出すから面食らったが——つまりは平面上では同じ距離でも、実際に動く人間からすれば高低差がある。地図では平らに見えても現実には斜面もあり、坂を上がるような行動は忌避《きひ》されがちなのが自然だ、というわけだな」

「お、俺は三つの現場すべてに、それなりに土地カンがあるからな」説明しようとしていたことをさっさと見通され、戸惑いと悔しさ混じりで俺は言った。「この小笹周辺というのはかなり、急な坂があるところなんだ。自転車ではとても上る気になれないくらい。高取だって高台で、特にこの犯行地点は結構な坂を上ったドン詰まりにある」

一年だけ通った西南《せいなん》学院高校は、今も百道浜《ももちはま》にはあるが、当時はより西新《にしじん》に近い場所に校庭があった。西新は今でもオバチャン達が野菜や乾物などをリヤカーに載せて売りに来る、古い商店街が残る賑《にぎ》やかな町だ。老舗《しにせ》のラーメン屋『しばらく』もある。店の軒先から漂う香りを楽しみつつ、リヤカー部隊のオバチャンの売り声を聞きながら散策するだけで楽しい。

だから一年だけとはいえ、学校の帰りに西新をしょっちゅうブラついたもので、紅葉八幡宮《もみじはちまんぐう》のある高取まで足を伸ばすことも多かった。このため高取界隈には特に、馴染みがあったのだ。

「なるほどなるほど」と田所は再び頷いた。「坂の存在まで考慮に入れれば、地図上に単純に円を描くだけでは実態にはそぐわない、というわけだ。そうなると坂上の犯行現場は平らな場所より、拠点からの水平距離を長めに修正して勘案する必要がある」

どの地点がどれだけの坂の上にあるか。実地見分してみる必要があるだろう、と思った。田所が自ら足を運ぶとは思えないから、やるのは当然この俺になる。引き受けた仕事の内だ。今にもその指示が、田所の口からもたらされるもの、と思っていた。

「そこの書棚だ」と彼は言った。「ＧＩＳと標記した、ＤＶＤ－ＲＯＭを取ってくれたまえ」

手渡したＤＶＤをコンピュータに突っ込むと、田所は何やらキーボードをパチパチ叩き始めた。すぐに画面に地図のような絵が現われた。俺のよく使う町中のエリアマップと違い、道路や敷地と思しき箇所を細かい曲線がいくつも横切っているような図だった。脇に押しやられた地図同様、犯行現場を示す赤点とプロファイリングに基づく円も既に図には描き込まれてあった。

「これは何だ」

「国土地理院の提供する電子国土地図上に、等高線や地図記号など自分の望む情報だけを取捨選択して、重ね合わせられるようにしたアプリケーションだ。私が作成した」等高線については学校で教わった覚えがあるから、基礎の基礎なら分かる。等高線が集まっていれば急坂《きゅうはん》、間が空いていれば緩やかな傾斜、という理屈も分かる。だが田所の場合この図を見るだけで、当地の凹凸の模様をリアルに脳裡に浮かべられるようだった。俺ならこんなソフトを作る手間ひまがあれば、さっさと現地へ行ってしまう方がずっと好み、なのだが。「なるほど。これによるとこの現場は、かなり急坂の上にあるな」

田所がキーボードを叩いている内に、いくつかの赤点が円の中心部から遠退《とおの》き始めた。そうして動いた点を新たに結ぶべく、円も微妙に横移動し始めた。何をやってるんだ？　と訊《き》くと、

「坂の上下にある地点は、真上から見れば水平に等距離でも実際は違うだろう。だから縦の高さを勘案して現実に、犯人の動いた距離に修正する。しかし赤点が動けば円も動く。中心部が動くから他の点との距離もズレる。それら全てを調整して、最も合理的な円の位置に移動させているわけだ」

という。更に、

「なるほど。しかしこうなると単に距離だけではない。急坂を上る心理的敬遠度まで考慮に入れる必要があるな。正確にどれくらいが妥当かは今後の研究によるしかないが、まぁ経験則上、仮にこれくらいのパラメータを当てはめておくか。下りは逆に敬遠度が低いはずだが帰りのこともある。帰りには上って戻らねばならないわけだから、敬遠度は水平地よりはあるはずと考えるべきだろう。すると、上りをこれくらいのパラメータとすれば下りはこの程度、と仮定してみるか」

ブツブツ言いながらキーボードを叩いていると、赤点のいくつかは更に遠ざかり、

それに伴って円も移動した。

「まぁ当面、こんなところか。それではプリントアウトだ。地図の縮尺に合わせて、そこに、と。あぁ弓削《ゆげ》君、プリンターの用紙を取り替えてくれたまえ。白紙ではなく、そこにあるOHPフィルムを。あぁそれではない。もっと大きな、A1の用紙だ」

かくして打ち出された三枚の透明フィルムには、赤い点とそれらをつなぐ円だけが印刷されていた。等高線などのよけいな情報は、プリントの段階で消し去ったようだ。こいつの自作したというアプリケーションとかいう奴、こんなことまでできるのか……。しかし感心した弁を漏らすとまたぞろ見下されるのがオチだから、何も言わずに当人に手渡した。

田所は三枚のフィルムを、例の畳二枚分もある精密な市内地図に重ね合わせた。坂を勘案した修正のおかげで、最初に描き込まれたものとは赤点と円の位置が、思いの外ズレていた。

「坂の位置と斜度を計算に入れた、円仮説の加重修正図というわけだ。もちろん推計の部分が非常に大きいため、正確と呼べるものには程遠いが」

「それでもあんたの説によると、この円の中心に近いところに犯人の拠点がある、ということになるわけだな」

「そうだ。しかも今回のケースの場合、幸いなことに円が複数、三つ存在する。各々の円の中心付近に同じ施設でもあれば、犯人の拠点である可能性は高いと期待することができよう」

なるほどそれはよく分かる。俺は素早く視線を横滑りさせ、三つの円の中心部に共通するものがないか目を凝らした。

すぐに見つかった。

どの円の中心部にも、近年九州への進出が著しい関西のスーパーストアチェーン『ショーエイ』の大型店舗があった。

「どういうことだ？　この犯人は『ショーエイ』の従業員か何かか。あるいは常連客」

「ならば各個の地域ごとに、時期的に犯行が集中している説明がつかない」

「そんならやっぱり引っ越し魔か。しかも偏執的な『ショーエイ』ファンで、各店の近くにばかり引っ越して回ってる？」

「そのような、可能性にもとる仮説ばかり立てていないで、弓削君」と田所は言った。次の言葉も何となく、予測がついた。だからこそ俺も、愚にもつかない仮説ばかり並べていたのかもしれない。嫌な時間を先延ばしにしていたのかもしれない。

「各々犯行の集中している時期にめいめいの店舗で、何か特別の催しがなかったかどうか。それを調べるんだ」

「そんなもの、どうやって調べる？　部外者がのこのこやって来て何の理由も説明せず、この時期に何かありませんでしたか、と尋ねても店が答えてくれるわけがない」

「どうやって調べるかなど、私は知らぬ。まさに君の専門分野だろう。そうしたことを考えるために今回、君は雇われたのではないかね」


小笹、吉塚、高取近辺に住んでいる知人を片っ端からリストアップし、電話をかけてスーパー『ショーエイ』を利用していないか、店員と会話が交わせるくらい親しくなっていないか、尋ねて回った。はなはだ心もとない、雲をつかむような作業だが、他にいい方法も思いつかないのだから仕方がない。

「『ショーエイ』ねぇ。確かに距離的には近くばってん、ウチとの間に国道のあるやんね。やけん正直、あまり行かんとよ。ほとんどは国道のこっち側の『ハニー』ばっかり。それに休日で時間のあったら、姪《めい》の浜《はま》に出来たばかりの『マリナタウン』に車で行くことが最近は多か。知っとぅ？　あそこホントに広くて、何でも売っとぅとよ。美味《おい》しいうどん屋さんも、スポーツクラブもあるし」

「おぉ『ショーエイ』ならよぅ行くぜ。母ちゃんに言われて仕事帰りに、夕食の材料のお遣いばかりたぃ。ばってん、店員さんと言葉まで交わすことはなかなぁ。店が広うてレジもいっぱいあるけん、くさ。おまけに夕方で客もいっぱい並んどるけん。とても、知り合いになるごたる感じやなかばぃ」

「あぁ、あそこはもぅ絶対行かんことにしとるんよ。いっぺん行った時、店員の態度が物凄《ものすご》ぉ悪ぅてくさ。もぅ、今思い出しても腹の立つ。ねぇねぇ弓削さん。せっかくやけん、ちょっと聞いてんね。あたしがちょっと、下着買おうとしたら、くさ……」

幾日もかけてそうした言葉をさんざん聞かされたあげく、ついに、

「『ショーエイ』？　あそこ遅くまで開いとるけん、よぅ行くよ。仕事柄いつも遅い時間に使うけん、遅番のレジ係ともすっかり顔見知りになってしもぅた」

という御言葉《みことば》に拝謁《はいえつ》が叶《かな》った。旧知の、高取在住の女性デザイナーだった。脳裡に浮かぶ彼女の顔が、みるみる弥勒菩薩《みろくぼさつ》に変化《へんげ》した。受話器から後光が差していた。

「それでこの五月、『ショーエイ』で何か変わったことはなかったかな。これまでしょっちゅう使っていて、何か最近、気づいたようなことは」

「そう言えばちょうど五月頃やったかね。商品の陳列がガラリと変わって、店全体がとても使いやすぅなったんよ。近所の人ともその話題になると、みんな同じこと言い

よった」

「それじゃぁすまないが、今度『ショーエイ』に行った時、店員に尋ねてみてくれないかな」と俺は言った。思わず身を乗り出してしまっているのが、自分でもよく分かった。「こんな風に話を持っていってくれ。最近ずっと思ってたんだけど、五月くらいから店内の陳列がすっかり変わって使いやすくなった。近所でも評判になっているけど、何かあったのか？　と」


眼鏡のあるとなしではずいぶんイメージが変わるんじゃないか、というのが羽村《はむら》しのぶを見ての、第一印象だった。短くまとめた黒髪にヴァイオレットのチタンフレーム眼鏡、ベージュのパンツスーツという今のスタイルは、いかにもやり手のビジネスウーマンといった感じだが――あれで眼鏡を外し、若々しい服に着替えればたちまち「ミス・キャンパス」風に豹変《ひょうへん》してしまうのではないか。ことによるとコスプレ風の格好をすれば、メイド喫茶にいても違和感はないかもしれないぞ。女の跡を尾行《つ》けながら頭の中では、どうでもいい考えばかりが去来していた。

羽村しのぶは経営コンサルティング企業『キャリア・マネジメント』社に勤めるシニア・コンサルタントだった。

連続不審火事件の起こったちょうど同じ時期、『ショーエイ』高取店の商品陳列がガラリと変わった理由を店員に尋ねてもらったところ、浮上したのが『キャリア・マネジメント』の存在だった。今年の五月、同社による営業視察と戦略提言、さらに店員を集めての集中セミナーが『ショーエイ』高取店で行われていたのだ。

具体的な名前が明らかになれば、残る店舗への質問は簡単である。何かありませんでしたか？　のような曖昧《あいまい》な質問では相手も警戒してしまうが、個別の名前を挙げて具体的に質問すれば「事情を知っている人」と向こうも胸襟《きょうきん》を開いてくれる。この時期、おたくが受けた『キャリア・マネジメント』のコンサルティング・セミナーの件で、確認したいことがありまして……。カマをかけて聞き出してみたところ案の定、『ショーエイ』小笹店は昨年末から今年頭にかけて、吉塚店は今年の三月、いずれも当地での不審火集中時期に、同社のセミナーを受けていたことが判明した。

そもそも『キャリア・マネジメント』は『ショーエイ』の関連企業であり、同社の営業戦略部門が独立して出来た、という経緯を持つらしい。スーパーのような小売店舗の経営コンサルティング企業としては既にかなりの実績を積んでおり、九州地方への定着と拡張を目指す『ショーエイ』が業績精査と戦略調整を重視し、定期的な外部からのリサーチとサポート、ソリューション・アドヴァイスを仰ぐのは極めて自然な話と言えた。羽村しのぶは九州地方担当を拝命して博多に赴任してきたシニア・コンサルタントであり、小笹、吉塚、高取店のマネジメントは全て、彼女が担当していたのである。

『キャリア・マネジメント』九州支社は香椎《かしい》の町にあった。仲哀《ちゅうあい》天皇と神功《じんぐう》皇后を祀《まつ》る古社、香椎宮で知られ、松本清張《まつもとせいちょう》の名作『点と線』の舞台となったことでも有名なところである。漫画『クッキングパパ』の舞台もこの地であり、主人公の荒岩《あらいわ》家で作られるパパの手料理の数々が、どこかほんわりした町の雰囲気を端的に表しているように思う。

もっとも俺に関する限り、探偵稼業《かぎょう》に入る直前に勤めていた『多和《たわ》行政書士事務所』のあった地であり、あまり美しいとは表しがたい数々の思い出が詰まっている。

久しぶりに訪れた香椎は、西鉄香椎駅が高架化され、記憶とはずいぶん違った町並みになっていた。もっとも古い商店街が前後左右に延びる、雑多な空気は昔通りだ。国道3号線から駅前の細い道にバスが次々入ってくるため、車がいつも鈴なりになっているのも同じ。もっともあの頃は西鉄が地上を走っていたから、踏切で更に渋滞していたものだが。いずれにせよなかなか動けない車の間を抜けて、通行人が頻繁に行き交っている様も昔ながらのものだった。

午後六時半になっていた。ＪＲ香椎駅と西鉄香椎駅の間に立つ、『キャリア・マネジメント』九州支社の入るビル前に、羽村しのぶは姿を現わした。さぁ、どちらの駅に向かう？　ＪＲ（当時は国鉄）、西鉄の両香椎駅が離れていることは有名で、歩いて何分かかるかが小説『点と線』のストーリー上、重要なポイントとなっていた。今日は彼女の跡を尾行けてみる初めての夜である。これから自宅に直行するか。あるいはまだ早いこんな時刻、友人とどこかで待ち合わせて食事にでも行くか。何とか今夜中に自宅を突き止めることができれば、今後の調査もかなり楽になる、のだが。

ターゲットは西鉄香椎駅の方向へ歩き始めた。俺も人混みの合間をぬって、後ろ姿を追った。

地上を走っていた頃の西鉄の線路跡は、今はまだ長く延びた更地のまま残されていた。おかげで香椎名店街の古ぼけた長屋の背中が、やけに目立って見えた。

ターゲットはその更地沿いに高架下を歩き、西鉄香椎駅舎に歩み入っていく。自宅に直行するつもりか、博多の町中へ出るつもりかは分からない、まだ。香椎から新宮《しんぐう》方面へ向かえば、博多湾に面した古い町並みが続く。民家が連なっており、自宅がそこという可能性は多いにある。しかし逆に町中へ向かっても、繁華街で食事と限ったわけではない。西鉄貝塚《かいづか》線は始点の貝塚駅で市営地下鉄に直結しており、地下鉄は中洲や天神といった繁華街へ向かうが、通り越せば先は再び住宅街だ。福岡市西部か南部の住宅地から、東部の会社まで通勤しているとしても何ら不思議はない。香椎は福岡の東の交通要所である。どの方向にも容易に行ける。つれづれに思いつつ女の跡を追って、駅舎に入ろうとした。その時だった。

羽村しのぶがつと立ち止まり、振り向いた。

眼鏡は既に手に取られていた。そのためそこにあったのは——勝手に想像していた通り——やり手のビジネスウーマン風の容姿ではなくなっていた。ただ一方だからと言って、その形相からミス・キャンパスや、メイド喫茶の店員を連想するのも困難だった。

「何コソコソ尾行けて来よんねん、こらストーカー。ええ加減にさらさんとドタマかち割って、脳みそで赤出しこさえたんぞボケ、カス!!」

「いやぁ参ったよ。人混みの中でいきなりストーカー呼ばわりだもんなぁ。痴漢の濡《ぬれ》衣《ぎぬ》を着せられた男の気持ちが、よく分かった」

「しかし痴漢の濡衣の場合は実際に触ってはいないのに対し、君は現実に女性の跡を尾行していたのではないか」どうして田所という男が口にするのは、いちいち癇《かん》に障《さわ》るようなことばかりなのだろう。「そこを勘案してみれば、客観的に濡衣だったと強弁することは難しかろう」

「しぇからしか（うるさい）」思わず博多弁が飛び出てしまっていた。「やけん駅員なんぞの駆けつけてくる前に、慌ててその場を逃げ出すしかなかったっちゃなかか！」

実際、大事《おおごと》だった。周りは人混み。いきなり大声を上げた女と、睨《にら》みつけられている間抜けな男とを大人数が取り囲んでいる。ヤジ馬が我に返ってよけいな良心に目覚め、ストーカーを取り押さえようなどと正義漢を気取ったら面倒だ。人垣を破って脱出するのが不可能になってしまう。誤解だ、俺はストーカーじゃない、などと言い訳している暇はない。俺はとっさにきびすを返し、未だ呆然《ぼうぜん》としているヤジ馬の間を縫って駅舎の外へ駆け出した。

最近の再開発で駅前は多少変容していても、勝手知ったる町並みだ。商店街の中を走り抜け、あちこち路地を折れてJR香椎駅に達し、ホームへ駆け上がって、ちょうどやって来た列車に飛び乗った。方向は逆だったが仕方がない。こういう時はなるべく時を措かず、その場から距離を稼いでおくのが肝要なのだ。逃げたストーカー容疑者を、列車に乗ってまで追跡しようという善意の第三者はいない。再び戻ってくるのを待って、じっと張り込みしている酔狂もいない。いったん現場から離れて、一晩でも時間を措けばもう大丈夫。再び香椎の町に戻っても、当時の目撃者で俺を警察に通報する奴などいやしない。そもそも一晩経てば顔など覚えている者はない。あの、女以外は。

「それで、どうなのだ、その女は」

「コンサルタントとしてはかなりのやり手らしいな。だから『ショーエイ』九州進出の要として、関西から送り込まれてきた。『キャリア・マネジメント』は関連会社だからな。九州進出の重要性を知った上で人選されたわけだから、腕も信頼されているということなんだろう」

「だからそうではない。連続不審火事件の犯人と見なし得ると君は思うか、と訊いているのだ。我々のプロファイリングと状況証拠からすると、疑惑の対象として追及するに足る不審さ、と私は思料《しりよう》するが」

「見た目にいい女で、な。丹念に灰汁《あく》を取った上品な味わいの豚骨スープという奴。一見、男勝《まさ》りのやり手風だが素顔はなかなか可愛い女なんじゃないか、と思った。連続放火なんかする女にはとても見えなかったよ」もっともそれは、ストーカー呼ばわりの罵声《ばせい》をぶつけられるまでのことだったが。

「いい女か否か、人間の見た目など何の判断材料にもなりはしない」

「何言ってやがる。研究室に引き籠ってばかりだから、そんな枯れ枝みたいなことしか言えないんだ。女を見て可愛いかどうか、一瞬たりとも考えないような奴に、人間社会の何が分かるってんだ」

「罪を犯しそうな人間かどうか、見た目で判断するのは危険だと言っているのだ。そうした第一印象は往々にして、人を誤った方向に導きやすい。見るに耐えないような残虐な犯罪を、見目麗《みめうるわ》しき美女が犯してきた実例が歴史上にどれだけあると思っている?」

この男の口から「見目麗しき美女」などという言葉が、飛び出てくるとは思わなかった。そのような主観的な形容表現はこいつの語彙《ごい》に、端《はな》からないものと思っていたのだ。

「まぁ確かに、人間は見た目じゃぁなかなか分からないな」と認めて言った。「ラーメンならだいたい、見ただけで美味いかどうかの見当はつくが」実際には同時に匂いがするから、瞬時に判断がつくのだが。

「全てをラーメンに例えて語ろうとする、君の話法はもう沢山だ」と田所は言った。

本当にどこまでいっても癪《しゃく》に障る男だ。「兎《と》も角《かく》その女が、状況的に疑わしいことは論を俟《ま》たない。見た目がどうあろうと、仕事がどれだけできようと同要素が判断に影響を及ぼす余地はない。逆に仕事に熱心であればあるだけ、今回の犯人像の条件には適合しているようにも思われる」

「確かに店の客筋や、周辺の状況を調べて営業戦略を立て直すのが役目だろうから。仕事の前段階で店の周囲は十分歩き回ったはずだからな。臨時の土地カンができたとしても不思議はない。そして事前調査に則り、人気《ひとけ》の少ない場所と時間帯を見計らって火をつけて回った。考えられない話じゃぁないな」

「しかも職種一般と比較すれば、ストレスも溜《た》まりそうな仕事のようではないか。放火犯の大半が、犯行の動機はムシャクシャしていたから、などと心理的要因によるものと認めている。店舗の営業戦略を職員と話し合う中で、衝突するような事態もるる生じよう。溜まったストレスを仕事の後、放火して回ることで解消していた。仮説としては十分に成り立ち得ると私は思料するが」

「まぁ待ってくれ」と俺は言った。「実は既にこの女の、業務予定を突き止めている。次は『ショーエイ』の那珂川町《まち》店に視察に行くことになってるんだ。そこで、仕掛けようと目論んでいる罠《わな》がある。もう半年近くもこの事件を追っかけてきたんだろ。もうちょっと結論を待っても遅くはないだろうが、なぁ」

福岡県筑紫《ちくし》郡那珂川町は、福岡市の西南部と隣接する自治体である。中洲を縁取る那珂川の源流がこの町の南端にあり、町名の由来となっている。

町域のほとんどは山地で、自然が多く残されているが、福岡市と接する北部の平地はベッドタウンと化しており、住宅が近年ドッと立ち並ぶようになった。また東部の春日《かすが》市との境界部に新幹線の車両基地があるが、ここを行き来する列車を一般にも開放するべく、博多南駅が設けられた。不粋な車両基地周辺が博多駅へ十分で通勤できる駅前と化したわけで、これまた人口増を呼ぶ。

かくして那珂川町の北東部は近年、大型の商業施設が続々進出してくるようになり、福岡市南部の住民が逆にこちらまで買い物に出かけるようになっていた。『ショーエイ』那珂川町店もそうした客の流れを読んでオープンしたものであり、店舗の目の前の県道を十分少々も北に歩けば、もう福岡市南区の鶴田《つるた》に入ってしまう立地にあった。

尾行は慎重の上にも慎重を期さなければならない。警戒されたら終わりだ。だから事前に何度も周囲を歩き回って、土地カンを得ておいた。これまでの事件を田所に綿密に分析させ、犯行パターンも深く読み込んだ。拠点が移って最初に、犯行に及ぶ場所はどこか。過去の三ヵ所にも実際に足を運び、拠点からどれくらいの距離の、どのようなところを好むかを分析しておいた。だから概ねこの辺りではないか、と見当はつけていた。

　思った通りだった。黒い人影は天神までの直行バスが走る、県道を北に歩いていく。夜の十時を越えた時刻でも車通りはかなりのもので、通り沿いの大型店舗もまだ煌々《こうこう》と明かりを放っている。だから尾行には細心の注意が不可欠だった。こちらは複数いるのだから、なおさらだ。幸い最初の犯行地はほぼ見当をつけていたし、既に土地カンも得ていたため、不用意に近づき過ぎて作戦を危険にさらす冒険は必要なかった。

　信号を越えるともう福岡市内に入っていた。左手に見える赤い看板は、九州地区にチェーン展開する焼き肉屋『なべしま』だ。道向かいの角地には、既に明かりを落とした歯科クリニックがあった。

　黒い人影はその、『西耕作歯科《にしこうさく》』の建物脇の路地に入っていく。昼間歩いたからよく分かっている。クリニックの裏には未舗装の駐車場があり、建物の陰となるため県道からは全くの死角なのだ。周りは民家ばかり。いかにも放火犯の好みそうな場所、と思ったからよく覚えている。

　表通りの喧噪《けんそう》から外れ、人目の全くなくなった駐車場に入ると人影は、早速行動を開始した。一台の車の脇にうずくまるとリュックを下ろし、中から何かを取り出し始めた。やがてポッと、橙《だいだい》の焔《ほむら》が上がる。真っ暗だった車体の下部が、赤黒く染められる。

「止《や》めろ、そこまでだ！」宮本が突然大声を上げたため、人影の背中がびくりと伸びた。火のついた布が取り落とされ、小さな火花がパッと散った。

「観念しな、この放火魔め」続きを言うまいか一瞬迷ったが、傍らの羽村しのぶの横顔をちらりと見るとついつい、言葉が先に口を突いていた。我ながら少々、悪乗りが過ぎた実感はあったが。「こらストーカーが。それ以上やると脳天カチ割って、脳みそで赤出し作っちゃるぞ、あぁ⁉」

「もぉ。あのセリフは堪忍してぇな、言《ゆ》うたやないですか」しのぶが、頬《ほお》を膨らませて言った。「あんな大事な局面で、ホンマにもぉ。せっかく犯人捕まえたえぇとこやったのに。あたし、居たたまれん思いやったわ」

「いやぁゴメンゴメン。あのフレーズで罵倒《ばとう》された時は、これで結構ショックだったモンだから。代わりに誰かにぶつけてやらなきゃ、気が収まらない思いだったんだ」

「だから、あれから何度も謝っとるやないですか。知らんかったとはいえストーカー呼ばわりなんかして、堪忍して下さいって」

「いやいやだから、もう貴女《あなた》を恨みには思っちゃいないよ」

「ホンマですかぃな、全くもぉ」

「それで、宮本君。犯人はもう自供を始めているのか」

田所の質問に対し、「あぁもぅすっかり、ペラペラたぃ」と宮本は答えた。「ちょっと取調室で脅したら、すぐに身許《みもと》も何もかも。まぁ決定的な犯行現場押さえられたんやけんな。シラを切ったっちゃどうもならんとは、確かばってん」

宮本によると我々が取り押さえたストーカーは、あっという間にこれまで全ての連続不審火も、自分の仕業《しわざ》であると白状した、ということだった。現在二十二歳、大学二年生。二年の浪人生活を耐え忍んで、やっと花のキャンパスライフを送れる身の上になった。なのに現実には、暗い性格が災いしてか女子大生たちは、彼を無視するか小馬鹿にしたような態度を採るばかり。ムシャクシャが募りすっかり毎日が嫌になっていた時、通学電車でしのぶを見かけ、以来頭から離れないようになってしまった、という。

ところが打ち明けようにも勇気が奮い起こせない。そもそも本来それだけの度胸があるなら、とっくにキャンパスで恋人の一人や二人くらい出来ていたはず。かくしてよく聞く話の通り、ただ彼女の跡を尾行け回すストーカー行為が始まった、というわけだった。

当初はそうして周りをウロウロしていれば、いつか気づいて向こうから声をかけてくれるのでは、などと夢のようなことまで考えていたそうである。しかし当然、いつまで経ってもそんな事態は起こらない。しかも彼女の仕事の性格上、いったん現場視察のため『ショーエイ』店舗に入ってしまえば、長時間にわたって出てこない。その間ずっと外で待っているのにも、飽きてきた。

どうせ仕事が終わって出て来る時刻は、だいたい分かっているのだ。それまでの時間つぶしに、と周囲を歩き回っている内ふとした思いつきで、マンションの集積所に出されたゴミに火をつけてみた。陰で見守っていると、次にゴミを出しに来た住人が火を見て大騒ぎになり、集まって来た人たちが右往左往する様を楽しむことができた。

「幸いすぐに火は消し止められて、見届けた上でその場は離れたとばってん。気がついてみたら普段のムシャクシャが、胸からすっかりかき消えていた、というんやな。以来病みつきになってしもぅて、あちこちで放火を繰り返すようになった。言わばストーカーと放火行為の取り合わせが、奴にとって日頃のストレスを晴らす格好の解消法になってしもぅたわけよ」それから田所を向いて、宮本。「まぁとにかく、この事件のおかげでお前のプロファイリング研究とやらも、一定の成果を上げたわけたぃ。来年の予算要求は少し大胆に出ても、上手いこと通るんやないかと俺は思うじぇ」

「その点では弓削君、君の協力に感謝している」田所が口にするとは想像すらしていなかった言葉に、大いに面食らってしまった。思わず奴に向けた表情は、恐らく相当間抜けなものになっていたろう。「しかしどうして分かった？　犯人は羽村女史ではなく、彼女を尾行け回しているストーカーがいて、連続放火もそいつの仕業ではないか、と」

「いやぁだから例の、彼女から俺が浴びせられた罵声だよ」もぉまたその話題!?　と口を尖《とが》らせる彼女をよそに、俺は言葉を継いだ。「いくらついつい気を抜いていたとしても、まさか一発で素人に見抜かれるような間抜けな尾行を、俺がしていたわけがない。してみると実は、彼女を尾行け回しているストーカーが本当にいて、彼女も薄々勘づいていたんじゃないか、と思ったんだ。おかげで背後に敏感になっていて、俺の尾行も簡単に見抜いた。そう考えれば説明がつくだろ。だから次からは慎重にも慎重を期して、彼女の周辺を探ってみた。するとやはり跡を尾行けている奴がいたんで、宮本に頼んで警察経由で彼女に事情を打ち明け、奴を罠にかけるのに協力してもらった、というわけさ」

「なるほどなるほど」と田所は頷いた。本心から感服しているような表情だった。

「極めて明瞭な解説だな。かように語ってもらえれば素直に納得がいく。いつもの、何でもラーメンに例える君の話術にはほとほと閉口するが。あれを控えてくれるのであればこれからも、機会あるごとに私の研究助手として依頼することもやぶさかではない」

やっぱり嫌な野郎だ。一瞬でも奴を見直した自分を、改めて恥じていると——

「へぇ。弓削さんて、何でも話をラーメンに例えるんですか？」しのぶが、素っ頓狂《すっとんきょう》な声を出した。

「そうなのだ。あれには本当に鼻白《はなじろ》む。またその例えが、どうにも見当外れとしか思えないような代物ばかりなのだ。そもそもあのような下手《げて》味《み》な食品を、好んで口にしようという不粋人の心理が私には理解し兼ねる」

しかし実際、出前からの連想で地理的プロファイリングの補完ができたんじゃないか。反論しようとしたのを、

「あたしも分からんわぁ」しのぶの声に再び制されてしまっていた。例の罵声を何度も話題に持ち出した、復讐《ふくしゅう》代わりの意味もあったのだろうか。「何でこっちの人、あ

ないな脂ギトギトのラーメンを好まはるのか。あんな身体に悪そうな食べモンより、ダシをじっくり味わえるあっさり味のうどんの方が、なんぼもえぇと思うんですけどねぇ」

　思わず宮本と顔を見合わせた。九州ラーメンの素晴らしさを理解しないような人間が、立て続けに、二人も……

　今回の事件ばかりは胸を張って、探偵料をいただける結末に落ち着いてくれたというのに。今夜は晴れて祝いのラーメンを満喫しにいこうと気張っていたのに——どうやらつき合ってくれるのは相変わらず、この宮本だけということになりそうだった。


（IN★POCKET　10月号）

傍聞《かたえぎ》き

長岡弘樹《ながおかひろき》

1969年、山形県生まれ。筑波大学第一学群社会学類卒業後、団体職員を経て、2003年「真夏の車輪」で第25回小説推理新人賞を受賞。'05年に短編集『陽だまりの偽り』で単行本デビュー。巧妙な伏線と人間ドラマを融合させた作品で、高い評価を得ている。'08年に本作「傍聞き」で第61回日本推理作家協会賞短編部門を受賞。著書に『線の波紋』、『傍聞き』などがある。

1

改札口を出て、シャッターの下りた売店をいくつか過ぎると、コンコースの片隅に、今日も段ボールハウスが見えてきた。

全部で五戸だ。一つ増えたのは、たしか一週間ほど前からだったか。こけた頬に無精髭。年齢は六十ちょっと前。案外小ざっぱりした身なり……。新しくやって来たホームレスの外見を勝手に想像しながら、羽角啓子《はずみけいこ》は先を急いだ。

コンコースの出口でサラリーマンふうの男とすれ違った。男は小さな端末を耳に当てていた。九十年代も半ばになり、最近、こういう人が増えてきている。

そろそろ自分も携帯電話というものを持ってみるか。いや、わざわざ自腹を切らなくても、いずれは署の方が支給してくれるかもしれない。だとしたらポケベルはもう用済みだ……。

そんなことを考えつつ、駅から数分歩き、自宅の近くまで来たときだった。啓子は、何やら騒がしい気配を感じた。

街灯の少ない暗い路地に建つ民家。その門前にワゴン車が停まっている。鑑識課の車両だった。そして普通乗用車も一台。こちらは盗犯係の覆面パトカーだ。

鑑識課員が忙《せわ》しなく動き回る様子を、近所の住人が七、八人ほど遠巻きに見ている。

そこは羽角フサノの家だった。

警備にあたる制服警官に身分を明かし、啓子は敷地の中へと入って行った。

足音に気づいたのか、玄関のドアにアルミの粉末を振りかけていた課員が振り向いてくれた。名前は覚えていないが、顔は知っている男だ。

彼は帽子の庇《ひさし》に手をやりながら立ち上がった。

「主任が、なんでここへ？」

「家が近いの。すぐ裏手」

「そうでしたか。……あれっ、たしか」彼は地面を指差した。「ここも羽角さんですよね。もしかして、ご親戚ですか」

啓子は首を振った。

「昔から多い苗字なのよ、この辺りではね。――ところで何があったの」

「イヤキです」

寒さで口がうまく回らなかったようだ。その返事が「居空《いあ》き」だと理解できるまでに、やや手間取った。

(また?)

つい先日も、この駅西地区では、高齢者の家が空き巣に狙われている。

「やられたのは、やっぱり現金です。十万と少しってところですか。戸棚の中に置いていたらしくて」

「目撃情報は?あるの?」

係が違うから捜査に首を突っ込むわけにはいかない。だが自分の近所なのだ。やはり、できるだけ情報は得ておきたい。

「ちょうど犯行のあった時間帯に、怪しい奴を一人、近所の人が見たようです」

「怪しい奴って、どんな」

質問しながら、啓子は玄関のドアに視線を走らせた。

ノブの中央から、ボタンがでべそのように突き出ている。モノロックと呼ばれるタイプの安い錠前だ。防犯性は最低の部類に入る。

「さあ、詳しくは知りません。ただ、そいつの目の下に大きな傷があったとか、なかったとか……。デカさんたちはそんなことを言ってましたよ」

（まさか、ネコ崎《ざき》？）

いまの返事に、啓子が思い描いたのは、かつて自分が手錠をかけた男だった。

目の下に大きな傷。杵坂《きねさか》署の所轄内で、そうした外見の犯罪傾向者は、横崎宗市《よこざきそういち》
——ネコ崎とあだ名されるあいつしかいない。

だが奴の犯歴は、元妻へのストーカー行為と傷害だけで、窃盗に手を染めたことはなかったはずだ。

いや、そんなことよりも、もし横崎がこの付近にいるとしたら……。

「ところで主任。どんな調子ですか、例の殺しの方は？」

「進展なし」

短く答えて腕時計に目をやると、もう午後十時半を回っていた。

フサノに顔を見せておくか、それともここで立ち去るか。菜月《なつき》の顔を思い浮かべたら迷いが生じた。

結局、「お邪魔します」と小声で断ってから、靴脱ぎ場に足を踏み入れた。

そこを上がってすぐの茶の間に、フサノは正座していた。新聞紙で穴を塞いだ障子戸を背に、盗犯係の刑事から質問を受けている。八十過ぎの丸く曲がった背中が、弱

い照明の下で微かに震えていた。

啓子は、鑑識課員の邪魔にならないよう、立ち位置を微妙にずらしながら、その質問が終わるのを待った。

2

帰宅すると、菜月はリビングのテーブルに向かっていた。目の前に算数の教科書とノートを広げている。

この子はたぶん「オカエリ」と鉛筆で書いたメモを突き出してくるだろう。そう予想しながら啓子は声をかけた。

「ただいま」

「おかえり」

ショートカットにした頭をテーブルに向けたまま、菜月がそう口で答えた。

「……ただいま」

思わず繰り返していた。

「なに驚いてんの?」

「……菜月の声、久しぶりに聞いたから」

「もう怒ってないよ」菜月は鉛筆の先を台所の方へ向けた。「夕飯作っといたから。麻婆豆腐《マーボー》。電子レンジん中だよ。勝手に食べて」

「ありがと」

これで今回の親子喧嘩も終戦だ。

四日前の朝、菜月がいきなり口を利かなくなったときは、よくあることとはいえ、少々焦ったものだった。彼女が何に怒り出したのか、皆目《かいもく》見当がつかなかったからだ。

母親が台所の掃除当番をサボったこと。それが立腹の原因だったとは、昨日、一通のはがきを郵便受けの中に見つけるまで分からなかった。

【キッチンにクモの巣なんて、サイテーだと思わないの？】

裏側一面に、菜月の字でそう書かれたはがきを見つけるまで。

首筋に溜まっていた疲れが、少し抜けていくのを感じつつ、和室に入り、仏壇に手を合わせた。

（もう四年か……）

強行犯係の先輩刑事だった夫が、車に轢《ひ》かれて他界してから、早いものでそれだけの年月が流れてしまった。

（菜月は元気にやってます）

娘の成長を何より楽しみにしていた夫。彼の遺影に向かってそう報告してから、他に何か新しい話題を伝えてやれないものかと、ここ数日間の菜月に関する記憶を探ってみたが、すぐには見つからなかった。

しかたなく昨日と同じ言葉を続けるしかなかった。

（相変わらず子供ですけど）

だんまりに筆談。娘のやり方は、こちらの目には子供じみた行動としか映らない。来年はもう中学に上がる歳なのだから、幼稚な真似ごとは終わりにしてもらいたい。

（あなたのせいですよ）

——頭にくることがあったら、それを紙に書いてみるといい。気持ちが落ち着くぞ。父さんだってときどきやってるんだ。

生まれつき怒りっぽく、一度腹を立てると、しばらくのあいだ何も喋らなくなる菜月に、そう教え込んでいた夫の姿を、啓子はしばし脳裏によみがえらせた。

続いて、今日一日の仕事を報告した。帰路にたまたま遭遇したフサノの一件も伝えた。

先ほど、そのフサノとようやく目を合わせることができたのは、玄関口に立ち始めてから五分も経ったころだった。

老女は近寄ってくると静かに頭を下げた。その際、わずかに元気を取り戻したように見えたのは、応援が来たと思ったからだろう。

こちらの職業が刑事だということを、もちろんフサノは知っている。だが、窃盗犯ではなく強行犯を相手にしている点までは認識していないようだ。

後でいくらか包んで届けよう。障子紙の代わりに新聞紙。あの暮らしぶりでは、貯えなどほとんどないはずだ。収入だって年金だけだろうし……。

そんなことを思いながら、啓子は半ば無意識のうちに数を数えていた。

三回。いや四回だったか。今年、独り暮らしの老人が自ら命を絶った現場に出向いた回数は。

いずれにせよ、どのケースでも、彼らが貧困と、そして何よりも孤独感に追い詰められていたことだけは、はっきりしている。

和室を出て台所へ入った。

麻婆豆腐を電子レンジで温めたあと、缶ビールも一本トレイに載せ、菜月の向かい側に座る。そして、ハンドバッグの中から昨日受け取ったはがきを取り出した。

菜月は右手の親指と人差し指を、テーブルの上で細かく動かしている。

その指先に向かって、啓子ははがきを滑らせた。

「これはもうやめて」

菜月が上目遣いにこちらを見た。指先は動いたままだ。

「不満があったら口で言いなさい。でなきゃ、せめてメモ帳に書いてその場で渡してちょうだい。これをやられるとね、届くまでのあいだ、菜月が何に怒ってるのか分からなくて、母さん、すごく悩んじゃうのよ」

「やだよ」菜月がにやりと笑った。「だってそこが狙いだもん。時間差攻撃」

「あのね……。郵便配達の人がたまに勘違いするのは知ってるでしょ。ここと フサノさん家《ち》をさ」

「知ってる」

「じゃあ、前に一度、菜月のはがきがあっちに間違って配られたのも覚えてるよね。あのときなんか、すごく恥ずかしい思いをしたんだから」

「郵便屋さんが悪いんだよ」

「悪いのはあんたの字でしょ。番地の9を7みたいに書くから——」

「はいはい。それは気をつけるって」

啓子は大袈裟に溜め息を吐き出してから、別の話題を探した。

「フサノさんといえば、聞いた？」

菜月は、何のこと？　といった表情を作った。騒ぎはここまで伝わらなかったようだ。

「ついさっき、居空きに入られたの」

菜月の指先が、動きをやや鈍らせた。

「イアキって？」

「普通の空き巣は、人がいない家を狙うでしょ。居空きってのはその反対。人がいる家に入り込む手口のこと」

「ふうん」

「ふうんって……。それだけ？　薄情ね。あんたがこんなふうに――」啓子は菜月を真似して、指先を動かしてみせた。「計算が得意になれたのは誰のおかげよ？」

低学年の頃を忘れてしまったのか。フサノにはだいぶ世話になったはずだ。いつも夜遅くまで彼女の家にいさせてもらったうえに、算盤《そろばん》だって教えてもらったではないか。だったら、少しぐらいは心配してやってもいいだろうに。

もっとも、親が早い時間に帰宅できてさえいれば、小学生の娘に毎晩一人で留守番させることも、近所の老女にそれを不憫《ふびん》だと思わせてしまうこともなかったはずだが……。

「そんなことよりさ」菜月は暗算の結果をノートに書きながら言った。「あるでしょ、もっと大事なヤマが」

痛いところを突かれた。

「……まあね。頑張ってはいますよ」

「早く捕まえてよね。通り魔なんてシャレになんないって。こっちは迷惑してんだから。暗くなったらコンビニに行けなくてさ」

「分かってる」

「刑事の才能ないんじゃないの、母さんには」

「言えてるかも。殺人事件なんて荷が重すぎるのかな、電車通勤のおばさんデカには」

「でもまあ、ヘボ刑事の方がいいか」菜月はノートを閉じた。「捕まえなきゃ、お礼参りなんてされることもないし。母さんまでいなくなったら、あたしもさすがに困るから」

（お礼参り、ね）

そんな言葉を、この子はどこで覚えてきたのだろう。

夫を轢き殺したのは、彼が以前逮捕した放火犯だった。逆恨み。刑事という仕事につきまとう厄介なリスクに彼は命を奪われた。

その事実はもう菜月に話してある。だが、俗語や隠語の類《たぐい》を使って説明した覚えはない。

(それにしても……)

通り魔殺人事件が発生したのは一一月一八日だ。あれからもう二週間になる。そのあいだに、自分はどんな成果をあげたというのか。才能なし——菜月が言うとおりかもしれなかった。

手にした箸が急に重く感じられた。その箸で麻婆豆腐を口に運んだ際、ふと思いつき、啓子は大きな声でこう言ってみた。

「わっ、菜月。いけるよ、これ。ここで中華料理の店でも開いたら」

「ちょっと」菜月は冷ややかに目を細めた。「本当は不味《まず》いくせに」

啓子はテーブルに身を乗り出し、声を潜めた。

「うん。正直この味付けはイマイチかな」

「ほらやっぱり。いきなり、わざとらしすぎるよ」

「いまのはね、本当は菜月じゃなくて」啓子はさらに声を低くし、和室の方を見やってから続けた。「父さんに聞かせたの」

「だったら仏壇の前で言えばいいじゃない」

つられたか、菜月の声もいくぶん囁くようになっている。

「それじゃ駄目だよ。菜月、あんた、漏れ聞き効果って知らないの？」

「何それ」

「知ってるわけないか。だったら『傍聞《かたえぎ》き』なんて言葉も初耳よね。――いい？　例えば、何か一つ作り話があるとするじゃない」

「うん」

「それを相手から直接伝えられたら、本当かな、って疑っちゃうでしょ」

「そりゃね」

「だけど、同じ話を相手が他の誰かに喋っていて、自分はそのやりとりをそばで漏れ聞いたっていう場合だったらどう？　ころっと信じちゃったりしない？」

「……まあね」

「これが漏れ聞き効果なの。どうしても信じさせたい情報は、別の人に喋って、それを聞かせるのがコツ。――だから、きっといまごろ、父さんは天国で喜んでるはずだよ。そうか、菜月は料理が上手くなったのか、ってね」

「ふうん。そうやって耳に入れることを傍聞きって言うの？」

「そう。ひとつ勉強になったでしょ」

啓子は箸を置いた。空いた手でビール缶のプルトップを引っ張り上げる。すると、それを合図にしたかのように電話が鳴った。

《羽角か》

班長の声だった。一見普段と変わらない口調だが、どこか苛立ちが含まれている。

《また殺しだ。二人目》

その言葉を聞く前に、啓子は立ち上がっていた。

3

午後五時から始まった捜査会議は、ちょうど二時間後に終了した。

啓子は真っ先に会議室を飛び出した。

洗面所に駆け込み、何度もうがいをする。喉の奥に針が刺さっているような感覚があった。煙草の副流煙にあてられると、いつもこうなる。

隣に座った男が悪いのだ。顔は知っている。四日前——二月二日の晩、フサノの家で彼女にあれこれ質問していた盗犯係の巡査長だ。追いかける相手が窃盗犯から殺人犯に「格上げ」されたことでいい気になったのか、彼は会議の間中、一瞬たりとも煙草を手放さなかった。

次はあの男から一番遠い席に座ってやる。そう誓いながら、啓子は刑事課の部屋へ戻り、読み逃していた朝刊を開いた。

通り魔に関する記事は社会面の中央に載っていた。三段だ。二人目の犠牲者が出てから数日経ったいまでも、やはりこの事件の扱いは小さくない。

一向に解明が進まないとあっては、記事の材料も不足する。そうなれば記者としても苦肉の策をとらざるを得ない。二人目の犠牲者が出たあと、知能犯、盗犯、暴対、銃器・薬物の各係から、多くの捜査員が、応援部隊として強行犯係へ臨時に編入されたこと。ただそれだけが、さもスクープのように書き立てられていた。

「羽角主任」

呼ばれて、啓子は紙面から顔を上げた。

見ると、隣の席から後輩の刑事が受話器を差し出している。

「お電話です。リュウカンから」

リュウカン――留置管理課が何の用だ？
訝《いぶか》りながら受話器を取った。
《ああ、伊丹《いたみ》だけど》
その声に啓子は、えらの張った四角い顔を思い浮かべた。
《ちょっと、こっちに来てくんない？》
「用件は？」
《いまうちに泊まっているお客さんのなかに一人、どうしてもおたくに会いたいって奴がいるんでね》
「誰？」
《一五番》
「それじゃ分からない」
声の調子は抑えたつもりだが、やはり棘《とげ》が混じった。
《だから一五番だよ。しょうがないだろ。ここじゃ、お客さんを番号で呼ぶ決まりなんだから》
受話器を置き、啓子はこめかみを押さえた。
「捜査と留置の分離」。刑事課と留置管理課のあいだに妙な諍《いさか》いを生じさせているのは、そうした警察組織の大原則だから、個人の力ではどうしようもない。とはいえ、いまのようなやりとりにはほとほと疲れてしまう。

何か問題でも？　そんな視線を、横から後輩が送ってきた。

「少し時間をちょうだい」

「はあ。でも聞き込みはどうするんです？　何時に出かけます？」

「ここで待ってて。すぐ戻るから」

啓子は部屋を出た。

階段を駆け下り、一つ下の三階へ向かう。

お客さん――被留置者のなかには、自分の犯した罪以外の事件についても、何らかの情報を持っている手合《てあい》がたまにいる。「一五番」が通り魔に関するネタを握っていないとも限らない。

留置場へ続く重い扉を開けたとき、啓子はたまらず肩をすくめた。

暖房の効き方は他の階と同じはずだが、なにしろ鉄格子だらけのフロアだ、温もりなど感じられるはずもない。

監視席へ行くと、そこには、やけに整った顔立ちをした若い警官が座っていた。

斉藤という巡査だ。同じ駅西地区に住んでいるため、知らない顔ではない。暮らしぶりは派手らしく、ときどき車を買い替えているようだ。共済組合からの借り入れもいくらかあるという噂だ。

そんな情報を頭の片隅に過《よぎ》らせながら、啓子は訊いた。

「伊丹さんはどこ？」

「お待ちください」

斉藤は意外に丁寧な口調で応じると、席を立ち、背後の事務所に入って行った。

ほどなくして、美形の巡査に代わり、角顔の巡査部長が現れた。

伊丹は、「こっち」とだけ言い置いて、雑居房の並ぶ廊下をさっさと歩き始める。

啓子はその後ろに続いた。

房の鉄格子は、下半分が目隠しで覆われているが、上半分にはそれがない。したがって、被留置者たちは、立ち上がれば、廊下の様子を窺うことができた。

午後七時。夕食を終えた彼らが暇をもてあます時間帯だ。房内からこちらに向けられた表情は、どれも好奇の色に満ちている。

「本当ならね」前を行く伊丹が、中途半端に後ろを振り返り、口を開いた。「もちろん、お客さんの我儘《わがまま》を聞いてやったりはしないんだ。だけど一五番の奴ときたら、おたくに会わせてくれってしつこくてね。これは特別だよ」

（それは一五番とやらに言ってよ）

とは思いながらも、啓子は、その恩着せがましい言葉に黙って頷いておいた。

伊丹が足を止めた雑居房は、監視席から最も遠い位置にあった。

房内にいる男の数は三人だ。

「おい、一五番」

伊丹が声をかけると、最も手前にいた一人が振り向いた。垢染《あかじ》みた薄汚れたジャンパーを着た、四〇がらみの男だった。その顔を見て、啓子は軽く息を呑んだ。

（ネコ崎——）

右目の下にある長い傷跡。間違いない。横崎宗市だ。

その横崎は、すっと立ち上がると、足音も立てずに鉄格子の方へ近寄ってきた。一重《ひと》目蓋《えまぶた》の細い目から、感情のない視線が、じっとこちらに注がれる。

「あんた、いつ出所したの」

啓子は訊いた。

だが、横崎は口を閉じたままだ。

「ほんの十日ばかり前だよ」代わりに伊丹が答えた。「せっかく出られたってのに、年寄りの家から小金を頂戴したもんだから、ここに逆戻りってわけだ」

フサノの事件だ。やはり横崎が犯人だったのか。

待て。この男はもしかしたら、通り魔殺人にも関与しているかもしれない。ふとそんな疑念も生まれる。

だが、そちらはすぐに打ち消した。最初の殺人が起きたのは二十日近くも前だ。そのとき横崎はまだ服役中だったのだ。

「あのヤマ、本当にあんたの仕業なの？」

その問い掛けにも、横崎は唇を動かそうとしない。

「だろうな」また伊丹が代弁した。「今日はめでたく、まるまる十日の勾延《こうえん》が決まったよ」

十日間の勾留延長を裁判所が認めたからといって、横崎が盗みを働いたとは、いまだに思えない。

「いまどこに住んでるの？　住所は？」

横崎の返事は期待できなかった。啓子は目を房内の男に据えたまま、声は伊丹に向けるようにしてそう訊いた。

「駅だよ。あの晩は、駅西地区のゴミ置き場を、あちこち漁《あさ》ってたらしいね。そのついでに魔がさしたんだろうな、ふらっと婆さん家《ち》に入っちまったってわけだ」

「ちょっと待って。駅って、杵坂駅よね？」

「そうだよ」

「でも、そこに住んでるって、どういう意味？」

「ほら、あそこのコンコースに、四つか五つ段ボールハウスがあるだろ」

「ええ」

「あの一つだよ。一五番の住所《ヤサ》は」

「……そうなの」

新しくやってきたホームレスは横崎だった——。

「それで」声がやや上擦《うわず》った。一つの語句が脳裏をかすめたせいだった。啓子は空咳《からぜき》をしてから続けた。「わたしに、何の用？」

すると、ようやく横崎の顔が動いた。舌を覗かせ、ゆっくりと唇を舐めたあと、彼は掠《かす》れた声で言葉を発した。

4

「ありがと。助かった」

早口で言い置いて、啓子は車を降りた。

「主任」運転席の後輩が、助手席の方へ上半身を倒してきた。「ちょっと休まれたらどうですか」

「なんで」

「だって顔色よくないですよ。班長もだいぶ心配してるみたいですし」

「わたしが休んだら、通り魔も寝ていてくれるの？」

先ほどから続く酷《ひど》い頭痛を押し隠し、おどけた調子で答えてやった。

後輩は口をつぐみ、体を運転席に引っ込めた。

自宅のドアに鍵を差し込む前、一度ノブをガチャガチャと揺すり、強度を確かめてみる。

強行犯係に人員が補充されたことで、窃盗事件の捜査がだいぶ手薄になっている現在、用心するに越したことはない。

家に上がるとすぐに、

「なつっ」

と娘を呼んだ。だが返事はなかった。代わりに風呂場から湯を使う音が聞こえてくる。入浴中らしい。

リビングのテーブルには新聞が広げてあった。いまから四時間ばかり前に、刑事課の部屋で自分が目にしたのと同じ紙面だ。

このところ毎日、娘が社会面に目を通しているのは、母親の仕事を少しでも知ろうとしてのことだろうか。

啓子は道具箱を漁り、ペンライトを探し出してから椅子に座った。脳裏を占めているのは、やはり横崎の顔だ。

（あいつ、何を企んでる……）

しばらくすると、菜月が風呂場から出てきた。髪が濡れていないところを見ると、浴槽に浸《つ》かっていたのではなく、それを磨いていたようだ。

「ちょっと、ここに座って」

片手で向かいの席を指差し、もう片方の手でバッグから写真を取り出した。

横崎の顔だ。留置場から戻ったあと、書庫に走り、過去の事件調書を開いた。その中にあった一枚をコピーしたものだ。

「見て、これ」写真を菜月の前に置いた。「いい？　この男の顔をよく覚えておいて」

菜月が写真を手に取る。

「そいつはね、横崎っていうの。ほら、近頃よく耳にするようになったでしょ。『ストーカー』って言葉。それなのよ。性質《たち》が悪くて、狙いをつけた相手をどこまでも追いかけてくるの。猫みたいに執念深いから、ネコ崎ってあだ名がついてる。そいつは昔、離婚した奥さんにつきまとった挙句《あげく》、カッターで切りつけたの」

写真に目をやったまま、菜月は頷いた。

「それで母さんが捕まえて、刑務所に送ってやったわけ。だから、おそらく母さんに恨みを持っていると思う」

菜月は二、三度瞬《まばた》きをした。

「横崎は牢屋を出て、今度は駅に住み始めたの。すぐそこの杵坂駅でホームレスをしてるのよ。つまり、この家の近くへ来たってこと。だからね、母さん、ちょっとだけ心配してるんだ」

菜月は写真から顔を上げた。

「そう、あなたがこの前言ったでしょ。お礼参りってやつ。もしかしたらだけど、狙っているかもしれないのよ、母さんを。何しろ、いま言ったみたいな性格の奴だからね。そして、これももしかしたらの話だけど、菜月、あんたも危ない目に遭うかもしれない」

菜月は写真を返してきた。

「持ってて」娘の手を押し留め、啓子は続けた。「幸いね、横崎はいま、留置場に閉じ込められてる。だけど、たぶんあと十日もすれば出てくるかもしれないの」

盗犯係に訊いたところ、逮捕の決め手は、「目の下に傷のある男を見た」という住民の目撃証言だけのようだった。このまま物的証拠が何も出てこなければ、勾留期限が切れたタイミングで釈放となる公算が大きい。

「でも大丈夫。心配しないで。あんな男は、また母さんがやっつけるからさ。絶対に菜月を守るから。だから、とりあえずその顔をちゃんと覚えておいて。そして、もしどこかで見かけたらすぐに逃げるの。いい？」

菜月は声を出さず、首だけを縦に動かした。

啓子は戸惑った。緊急事態だというのに、まただんまりか。

「ちゃんと返事をしてよ。今度は何が気に入らないの。理由を教えて」

やはり菜月は答えない。

啓子は手の平でテーブルを軽く叩いた。そうやって少しだけ怒りを吐き出してから、

「出かけてくる」

短く言い残し、玄関口に向かった。

再び家を出ると、まず郵便受けを覗いた。

案の定、そこには一枚のはがきが入っていた。

宛名の「羽角啓子様」も、差出人の「菜月」も、やや右肩上がりの字で綴《つづ》られている。この筆跡は見慣れたものだが、今回は普通の官製はがきではなく絵はがきだ。その点がいつもと違っている。

宛名の下には、

【何時まで泥棒おっかける気なの？】

とあった。

裏面は野草の写真で、これといった特徴はない。

もう一度表面を見る。文面からして、帰りが遅いことを糾弾しているようだ。菜月がまた口を利かなくなった理由はこれだったのか。

たしかにここ数日は午前様が続いている。昨日などは署に泊り込みだった。

（だけどね）

啓子は肩に重い疲れを感じた。こんな理由で駄々をこねるほど、もう子供でもないだろうに。

それにだ。

「泥棒なんかじゃないの。わたしが追いかけているのは殺人犯」

思わず独《ひと》り言《ご》ちていた。盗犯係から強行犯係へ引き上げられるために、どれほど努力したかを振り返ると、この勘違いは少々腹立たしい。

——もっと大事なヤマがあるでしょ。早く通り魔を捕まえてよ。

菜月は先日そんなふうに言っていたから、母親の仕事に対する理解を、ある程度まで深めているのだと思ったが、見込み違いだったようだ。

もっともこれは、菜月に限ったことではないのかもしれない。殺人犯でも窃盗犯でも、担当の区分などなく、みな一緒くたにして追いかける。小学生が認識している刑事像とは、だいたいそんなものだろう。

絵はがきをコートのポケットに突っ込みながら門を出た。

駅まで歩き、さらにコンコースを奥へと進む。

段ボールハウスはどれもひっそりとしていた。ホームレスたちは全員眠りについたようだ。

全五戸のうち、最も新しく出現した一戸に近づく。

これが横崎の家に違いない。

市の外れに建つ、わりと小奇麗《こぎれい》なアパート。服役する前に彼が住んでいたあの部屋には、いま誰が入居しているのだろう。こうして財産を失ったのは、やはり民事訴訟のせいなのか。だとしたら、元妻から請求された賠償金はどれくらいだったのだろうか。

そんなことを考えながら、啓子は、留置場で聞いた横崎の声をもう一度鼓膜の内側によみがえらせた。

——面会に来てもらえませんか。

掠《かす》れた声で発せられたその言葉の意味を、初めは理解できなかった。

「面会に来てもらえませんか。羽角さん」

繰り返した横崎の口調には、抑揚というものがまるでなかった。

「来てるじゃないの。いまこうして」

横崎はゆっくりとかぶりを振った。

「わたしが言っているのは、面会室に、という意味です」

返す言葉がすぐには見つからなかった。たしかに、留置場の面会室で刑事と被疑者が対面してはならない、といった規則はないが……。

「無理だね」伊丹が口を挟んできた。「面会時間は午後四時までだ。もうとっくに過ぎてるよ。規則は守ってもらうからな」

「いますぐにとは言いません。日を改めて」

横崎は伊丹には目もくれず、こちらに視線を張り付けたまま言った。それが悔しかったのか、伊丹がむきになって声を張った。

「明日は駄目だぞ。取り調べがあるだろ。——ったく、ありがたく思えよ。いま刑事課さんはな、みんな殺人事件《コロシ》で忙しいんだ。そこをわざわざ、お前のちんけなヤマにかまってやろうってんだからな」

「では明後日《あさって》」

伊丹は黙った。

啓子もまだ返事をしなかった。いや、できなかった。もちろん横崎の真意を量《はか》りかねたからだ。

なぜ面会なのか。何を仕掛ける気でいるのか。「首を洗って待ってろ」式の脅しでも口にするつもりだろうか。まるで分からなかった。

だがはっきりしている点が二つある。

第一に、やはり横崎はこちらを狙っているということだ。近所へやって来たのみならず、面会要求などという得体の知れない揺さぶりをかけてきた以上、復讐を計画していると見て、もはや間違いないだろう。

第二に、相手の誘いに乗るつもりなど、自分には毛頭ないということだ——。

ハウスの前にしゃがみ込んだ。念のため声をかけてみる。

「こんばんは」

予想どおり応答はない。

コンコースの通行人が何事かと横目で見て行く。その視線を背中に感じつつ、啓子は段ボール製の入り口ドアを開けてみた。

饐《す》えた臭いが鼻を突く。

持ってきたペンライトを点灯させると、弱い光が最初に捉えたのは薄汚い毛布だった。軽い吐き気を堪《こら》えながら、啓子は光の輪をゆっくりと移動させていった。

5

目の前のアクリル板には想像していた以上の厚みがあった。だが、そのわりには透明度が高く、向こう側の壁に設置された時計の秒針までも、はっきりと見ることができた。

壁には防音材が埋め込まれているらしく、外の物音は一切聞こえない。

留置場の面会室に入るのは何年ぶりだろうか。おそらく警察学校時代に見学して以来だと思う。だとしたらブランクは二十年を超えている。

啓子は目蓋を閉じた。まず頭に浮かんだのは娘の姿だった。

一昨日《おととい》——六日の夜から、菜月はいまだに一言も口を利いてはくれない。

あの日、

【何時まで泥棒おっかける気なの?】

だったメッセージは、今朝、出勤間際に受け取った絵はがきでは、

【なんで空き巣がそんなに好きなの?】

へと変わっていた。

そのはがきを持ってきたのはフサノだった。昨日、彼女の家に配達されていたものを、今朝になって届けに来たのだ。

宛先として記載されていた番地に目をやると、菜月の文字は、9の丸い部分が潰れて7のようになっていた。

(なにが、それは気をつける、よ)

啓子は手間をかけたことを謝った。するとフサノも深く頭を下げた。

「先日はありがとうございました。お世話になります。本当に」

こちらは何をしたというわけでもないし、金を包むことも忘れていたため、そう言われて、ただ恐縮するばかりだった――。

啓子は目蓋を開き、ポケットから手帳を取り出した。「カネオロス、フサノへ」。忘れないようにボールペンで書き留める。そのペン先が震えることはなかった。

そう、緊張してはいない。

横崎が犯人だという物的証拠はまだ見つかっていないようだ。取り調べはおそらく、勾留延長の期間ぎりぎりまで続けられるだろう。

ならば奴は、この先あと一週間ほど鉄格子の向こう側だ。別に真犯人がいて、そいつが出頭でもしてこない限り、すぐに出てくるという事態は考えられない。

その間にこちらは、どこかへ住まいを移し、身を隠してしまえばいい。

啓子は手帳を閉じた。すると一拍置いて、アクリル板の向こう側にあるドアが開いた。

まず横崎が姿を見せた。その後ろに伊丹が続く。

啓子は伊丹に、あなたも同席するの？　と目で訊《たず》ねた。

伊丹が答えた。「規則なもんでね」

(仕方ないか)

看守の立ち会いなしに被留置者と面会できるのは弁護士だけだ。

この部屋に入る前、自分は一般人と同じように、面会受付の窓口で身分証明書を提示し、申込書に記入もしている。警察の身内だからといって、特別扱いされることはなかった。

「取り調べの真似ごとはもちろん禁止だよ。それから話の内容次第じゃあ、こっちの判断で強制終了ってことにさせてもらうから、そのつもりで」

伊丹はそっけなく言って、隅のパイプ椅子に腰を下ろした。

横崎も正面のカウンターについた。先日、鉄格子の向こうからそうしたように、感情のない目をじっとこちらに向けてくる。

啓子は相手の薄い唇を注視し、それが開くのを待った。

横崎は黙っている。

そのまま一分ほどが経過した。

まだ横崎の口が動く気配はない。

「一五番よ」伊丹がパイプ椅子をひとしきり鳴らした。「何か言いたいんだろ。遠慮すんなって」

啓子もしびれを切らした。

（さっさと喋って）

面会などしない。そう決めていたところを曲げ、敢えて誘いに乗ってみたのは、横崎が発する言葉を手がかりに、彼の企みをより詳しく知りたいと思ったからだ。

一昨日の晩、段ボールハウスを調べてみたが、そこから何も摑めなかった以上、情報源となるのは、もはや本人の口だけだった。

なのに、こうして沈黙を決め込まれてしまったら、多忙のなか、わざわざ時間を割いてきた甲斐《かい》がなくなってしまう。今日もいまから聞き込み捜査が待っている。連続通り魔殺人事件は、いまだ解決の糸口すらつかめていないのだ。

十分が過ぎた。

依然として、横崎の口は閉じられたままだ。

「おい一五番」伊丹の声には疲れが滲《にじ》んでいた。「このままだんまりを通す気なら、ここで打ち切りにするぞ」

するとと横崎がついに口を開いた。

「三十分」

「なに？」

「三十分です。面会時間は規則でそう保証されているはずです。まだ半分も経っていません」

伊丹はちっと舌打ちをした。

「それに――」横崎の顔に薄笑いが浮かんだ。「何も話をすることだけが面会じゃないでしょう。相手の顔を眺めているだけでも立派な面会です」

（ふざけないで）

どうやらここへ来たのはとんだ間違いだったらしい。これは、猫とあだ名される男ならではの陰湿な嫌がらせでしかなかったのだ。

ならば早いところ立ち去った方が賢明だ。

啓子は腰を浮かせようと、上半身を前に倒した。

ところが立ち上がったのは、伊丹の方が先だった。彼はもう一度、あからさまに大きな舌打ちをしてから、ドアを開け、廊下に向かって叫んだ。

「おう、斉藤。いま忙しいか」

いえ、それほどでも、という返事が、微かに啓子の耳まで届いた。

「だったら代わってくれ」

足音がして、ドアの隙間に斉藤の端整な顔が覗いた。

退屈な仕事を途中で投げ出し、さっさと面会室から出て行った巡査部長に代わり、若い巡査がパイプ椅子に座る。

出て行くタイミングを失った啓子は、浮かしかけた腰を、再び椅子に落とした。

それから一分ほどが過ぎた頃だった。

「取り調べを受けていますとね――」

横崎が再び口を開いた。

「分かるんですよ。刑事さんたちの動きから、だいたいね」

いきなり何を言い出すつもりだろうか。戸惑いつつ啓子は「何が？」と訊ねた。

「進捗《しんちょく》状況というやつがですよ、捜査のね。事件がどれぐらい解決に近づいているのか、それが分かるんです」

ふいに横崎が上半身を大きく動かしたため、啓子は反射的に身構えた。

横崎は相変わらず薄笑いを浮かべたまま、それまで膝に置いていた両手をカウンターの上に載せた。

「わたしが疑われている事件も、どうやらホンボシが判明したようです」

「あんた、やっぱり盗んでないの？」

「ええ、わたしじゃありません。誰かは知りませんが、真犯人は別にいます」

横崎はカウンターに載せた両腕を支えに、上体をやや前へ傾けた。

「刑事さんたちは、もうその人物を特定し、証拠固めの内偵も終えたようです。あとは逮捕状を請求するだけという段階なんですよ。間違いありません。取り調べ室の空気が、はっきりそう言ってますから」

横崎の目が一瞬、光のようなものを帯びた。

「ただ、そのホシを逮捕すると何か厄介なことがあるらしく、刑事さんたちは頭を抱えているみたいですけどね」

横崎の顔から、それまでの薄笑いがふいに搔き消えた。

「ということはですよ、羽角さん。いいですか、よく聞いてください。わたしは、早ければ明日にでも——」

啓子は息を止めた。

横崎はアクリル板に顔を近づけ、静かに言い放った。

「出られるかもしれないんですよ。ここから」

6

朝になっても頭痛は治まるどころか、酷《ひど》くなる一方だった。頭蓋骨の内側を木槌《きづち》か何かで叩かれているようだ。

　ほとんど箸をつけなかった米飯を炊飯器へ戻し、これも手付かずのおかずは冷蔵庫に入れた。

　流しでは菜月が黙って皿を洗っている。瞬間湯沸かし器が壊れているせいで、手の感覚がなくなるほど冷たい思いをしているはずだが、文句を言わずに洗剤とスポンジを使い続けている。

　洗い物を終えると、菜月は台所から出て行った。そして、新聞受けから取ってきた朝刊をリビングのテーブルに広げ始めた。

　その朝刊を、啓子は奪い取った。

　菜月が顔を上げた。目を丸くしている。

「母さんね、今日休みだから」

　――明日は寝てろ。

　昨晩、こちらの顔を覗き込んだ班長が口にした一言。それがなんとも悔しくてならない。彼は本気で体調を心配してくれたのだろうが、言われた当人にしてみれば、

「このヤマはおまえの手に余る」

　そんな意味の台詞《せりふ》を聞かされたようなものだ。

「非番なの。ずっと家にいるのよ」

菜月が返事をせず、ただ頷きだけを返してくる。

【なんで空き巣がそんなに好きなの？】

だったメッセージは、昨晩郵便受けに入っていた絵はがきでは、

【コソ泥と娘とどっちが大事なの？】

に変わっていた。帰りが遅いことが、いまだに許せないのだ。

「まず言っておくけど、菜月。数字の9はちゃんと丸く書きなさいって。あれじゃあ、フサノさんが迷惑するじゃないの」

これまで菜月が出した絵はがきは全て、9が7にしか見えなかった。ならば二通目だけでなく、一通目も三通目もフサノの家に誤配されたことだろう。つまり三通とも、あの老女がこの家まで届けてくれたわけだ。

「分かった？」

菜月は無言だ。

「ちょっと、いい加減に喋ったらどう」

啓子は手にした新聞紙の端を千切《ちぎ》ることで、なんとか苛立ちを抑えた。

「それとね、これはもっと大事な話だからよく聞いて。とりあえず菜月は、今晩から

お祖父《じい》ちゃんの家に泊まりなさい。そこから学校に通うの。ううん、心配しないで。ただの用心だから」

――明日にでも、出られるかもしれないんですよ。

昨日横崎が口にした言葉が真実なら、彼は今日釈放されるということだ。もっとも、そんなコケ脅しをこちらが鵜呑《うの》みにするはずもないが。

もちろん面会室を出たあと、また盗犯係に足を運び、担当の刑事に訊ねた。横崎はすぐに釈放《パイ》されるのか、と。

そんなはずはない、との返事を受け取ったときには、胸を撫で下ろすよりも、横崎の愚かさに呆れたものだ。すぐ嘘だとバレる脅しに、どれほどの意味があるというのか。

あんなハッタリを口にするしかなかったところを見ると、やはり奴こそ、フサノの家から金を盗んだ犯人なのだろう。ならば再度の刑務所行きは確実だ。だとしたら住まいを変える必要もなくなるのではないか。

そう。これは単なる用心なのだ。

「いい？　返事は？」

すると菜月は、手近にあった広告を引き寄せ、裏側に「うん」と書いた。

その行為が、啓子の頭を一瞬にして沸騰させた。

「ちゃんと喋りなさいってば！」

自分でも抑えが利かずに、広告を摑んでくしゃくしゃに丸めると、菜月をめがけて投げつけていた。

ふざけないでよ。あなたのこと、こんなに心配しているのに。ちょっとは大人になってよ。つまらないことで駄々こねるのはもうやめてよ。なに子供じみたことしてんのよ。いまはそれどころじゃないんだから……。

紙礫《かみつぶて》に続き今度は、溢れ出る言葉を、啓子は次々と娘へ叩きつけていった。

7

目蓋がうまく開かなかった。

目脂《めやに》のせいだ。指先でこそげ落とす。

体を起こして初めて、自分がリビングのテーブルに突っ伏していたことに気がついた。

いつ眠り込んでしまったのだろう。しかもこんなところで。

あれから何が起きたのか、思い出すのに少し時間がかかった。

たしか、ひとしきり娘に怒鳴り散らしてから、我に返ったはずだ。

すると、目の前の菜月は、涙を浮かべていた。そして、ぐすっと洟《はな》を啜《すす》り上げたあと、ランドセルを手に、

「ごめんなさい」

小さな声を残し、玄関口へと走って行った。

謝ろうとして、その背中を追いかけたが、こちらが部屋を出たときには、娘はすでにドアを閉めて出て行った後だった。

頭痛はますます酷くなっていた。ふらふらと椅子に戻り、少しだけ休むつもりで目を閉じたのだった——。

時計を見ると、もう午後二時を過ぎている。

テーブルの上には、菜月から奪いとった朝刊が置いてあった。再度目蓋をこすりながら、いつもの習慣で、まず社会面から開いた。

次の瞬間、啓子は身動きができなくなっていた。

目だけを見開き、その記事を二回読んだあと、椅子を倒す勢いでテーブルから離れ、電話に飛びついた。

《はい、第七小学校ですが》

応答した声は、やけに間延びして聞こえた。

「菜月を、六年二組の羽角菜月をお願いします。保護者です。緊急なんです！」

《お待ちください》

職員が菜月を呼びに行っているあいだ、もう一度記事に目を走らせた。

【窃盗事件で現職警察官が出頭】

見間違いではなかった。見出しの文字はやはりそうなっている。

【一二月二日の夜、杵坂市駅西地区の民家から現金が盗まれた事件に関し、八日夕、杵坂署員が同署に出頭し、自分の犯行であることを認めた。同署は、取り調べの結果、容疑が固まったとしてこの署員を逮捕した】

真犯人は警察官だった。「ホシは刑事が頭を抱える厄介な存在」。横崎が面会室で口にした言葉の意味はこれだったのか。

いや、そんなことよりも、問題なのは記事の末尾だ。

【この事態を受けて杵坂署は、同事件の容疑者として逮捕、留置していた無職男性(四〇)を釈放した】

横崎は、もう出てきている――。

ハッタリではなかった。あいつの言葉は本当だったのだ。

《あ、もしもし。菜月さんはもう帰りましたけど。今日は五校時めがなくてですね――》

最後まで聞かずに通話を切ると、啓子はコートを摑み、家を飛び出した。

歯噛《はが》みしながら、駅まで自転車を飛ばす。

コンコースの入り口に、車体を投げ捨てるように駐輪し、段ボールハウスへと走った。

横崎はいま、菜月をつけ回しているのではないか。そんな気がしてならなかった。だとしたら、奴のねぐらを当たっても無駄だろう。

そうは思ったものの、他に何をしていいのか見当がつかない。

人目をはばかる余裕はなかった。一番手前のハウスに駆け寄ると、啓子は扉を開けた。

薄暗い箱の中に、毛布にくるまった人影があった。

誰だ。他のホームレスが居座り始めたのか。

目が暗さに順応できず、人相が分からない。啓子は、扉を塞いでいた自分の体を横にずらした。外の光を入れ、改めて相手の顔を凝視する。

右目の下に傷が確認できた。

予想が外れ一瞬たじろいだが、すぐにハウス内へと上半身を突っ込み、横崎に詰め寄った。

「あんた――」

娘に手を出したら、一生刑務所から出られないようにしてやる。

そんな台詞を吐き出すつもりだったが、頭が混乱しているせいか、あるいは感情が昂《たか》ぶっているためか、続きの言葉が出てこなかった。

横崎がふっと笑ったような気がした。

啓子が睨みつけると、彼は口を開いた。「やっぱりですか」

「……何がよ」

「考えていましたね。仕返しとか、お礼参りとか、そんなことを」

横崎は視線を外した。

「しませんよ。もう刑務所には行きたくない。いくらホームレスでも塀の中よりは外がいいんです」

「だったら」啓子は少し顔を離した。「どうしてこの駅に来たの」

「宿無しが暮らすには、ちょうどいいところだからです。他に理由はありません」

「じゃあ、あの面会はどういう意味？　わたしを脅すつもりじゃなかったの」

「違います。今朝の新聞は読みましたか」

啓子は頷いた。

「でしたら、犯人の名前や顔を見たはずですが」

首を横に振った。

記事には「現職警官」としか書かれていなかったし、写真も載っていなかった。

「そうですか。記者が情報を手に入れるのも簡単じゃありませんからね。早い版には間に合わなかったんでしょう」そう言って、横崎は体を捻《ひね》った。「駅のゴミ箱には、もっと遅い版が捨ててありましたよ。差し上げますから、よく見てください」

横崎が、細かく折れ目のついた新聞紙を渡してよこした。

そこに掲載されていた犯人の顔を見た瞬間、啓子は思わず、はっと小さく息を吸い込んでいた。そして全てを理解した。

「横崎……。あんた、あの晩、この顔を」

見たのだ。現場付近にいた横崎は、フサノの家から逃げる犯人を目撃していた――。

「ええ。驚きましたよ」

当然だろう。逮捕され、留置場に連れてこられたとき、そこに犯人がいたとあっては、びっくりするなという方が無理だ。

いや、その時点ではまだ横崎は、この写真の人物が犯人だという確証を持っていなかったことだろう。あの暗がりでは、顔がはっきりとは見えなかったはずだ。

だからこそ面会という手段を使ってカマをかけたのだ。もし犯人なら観念して出頭するだろうと踏んで。

「悪かったわね……。疑って……」

「いいえ。こちらもあなたを利用したんですから。わたしにはもう、知り合いと呼べる者が誰もいませんのでね。面会に来てくれそうな人といえば、羽角さんしか思い浮かびませんでした」

「これからどうするつもり？」

「やり直しますよ。仕事を探して」

「そう……」

啓子は段ボールハウスを後にした。

犯罪傾向者。自分は横崎をそう認識していた。冷血な人間だと決め付けていた。だが、あのストーカー事件だけで彼の全てを判断することは、間違いだったのかもしれない。

自宅に戻ってから、その横崎が渡してよこした新聞に、もう一度目を落とした。

掲載されている真犯人――留置管理課の巡査、斉藤の目鼻立ちは、粒子の粗い写真になってもきれいに整っていた。

つまりあの面会は「漏れ聞かせ」だったのだ。横崎は、面会室の立ち会い人として斉藤が来るチャンスをじっと待っていた。真犯人が判明し、証拠固めの内偵も終わった――そんな偽《にせ》の情報を吹き込むために。

もしあのとき伊丹が斉藤と交代しなかったら、横崎は再び面会を要求し、次の機会を窺っていたに違いない。

8

しばらくすると、菜月が帰って来た。

ランドセルを下ろした娘の額に、啓子は黙って手を伸ばし、今朝、紙礫を投げつけたところに指先で触れた。

「ごめんね」

「いい。——それより、まだ痛いの？　頭」

「ちょっとだけ」

「お祖父ちゃんの家には何時に行く？」

啓子は首を振った。「もういいの、それは」

「なんだ。楽しみにしてたのに」菜月はリビングを出て、隣の台所へと入って行った。「寝ててよ。夕飯できたら起こすから」

啓子は頷き、リビングのソファに腰を下ろした。手近にあった毛布を引き寄せ、横になる。

チャイムが鳴ったのは、目を閉じてから間もなくのことだった。

「はーい」と返事をし、小走りに玄関口へと向かい、ドアを開ける。そうした菜月の動きを、目を閉じたまま聴覚だけで追っていた啓子の耳に、続いて届いてきたのは、

「こんにちは、菜月ちゃん」

フサノの声だった。

「お母さんはいますか？」

「いま寝てますけど、起こしてきます」

「ううん、菜月ちゃん、待って。いいんです。——あの、これ、いま作ったの。よか

ったら食べてもらえる？」

「わあ、いただきます」

何を受け取ったのだろうか。

「ごめんなさいね。こんなものでしかお礼ができなくて……。あとそれから、これ、うちの郵便受けに入っていたもんだから」

「あっ、すみません」

こちらは間違いなく絵はがきだろう。誤配を招く数字を、菜月はまた書いてしまったようだ。四回連続。こうなると、もうわざとやったとしか思えない。

（わざととしか……）

啓子は目を開き、天井を見つめた。

（……まさか）

「それじゃ、菜月ちゃん、また来ますね」

「ありがとうございました」

ドアの閉じる音を聞いたあと、啓子は仰向けにしていた体を起こし、菜月を待ち受けた。

台所に戻ってきた菜月は左右の手で両手鍋を持っていた。指で挟んでいる四角い紙は、やはり絵はがきだ。

母親が寝ているとばかり思ったらしい、目が合った瞬間、娘はわずかに肩をびくりと動かした。

「いまの、裏のお婆ちゃんでしょ？」

啓子が訊くと、

「うん。これ、持ってきてくれた」

菜月はそう答え、両手鍋から片手を離した。やけに危なっかしい格好ではあるが、どうにか鍋を落とすことなく、空いた方の手で蓋を取ってみせる。

湯気を通して、飴色に煮染まった小ぶりの魚が何尾か見えた。途端に食欲が湧いてくる。フサノが作った鰯《いわし》の甘酢煮。その味がどんなものかは、以前にも口にしているからよく分かっている。

「お母さん、お婆ちゃんに何かしてあげたの？　これを『お礼』って言ってたけど」

「捕まったのよ」

菜月は鍋をテーブルに置いた。「誰が？」

「お婆ちゃんの家からお金を盗んだ犯人が」

菜月は一瞬、体の動きを止めた。

「ま、母さんは別に何もしてないんだけど」

「ふうん」

つまらなそうにいつもの返事をしながら、菜月はくるりと背を向け、ゴミ箱の前に屈《かが》み込んだ。

ビリッ、と紙を千切《ちぎ》る音が何回か続く。その後、姿勢を戻した彼女の手から絵はがきは消えていた。

空いた両手で、菜月は、食卓の上に置いてあった折り込み広告やチラシの類をさっさと片付けていく。その中には、先ほど横崎が渡してよこした新聞も混じっていた。

「あれっ、もう読まなくてもいいの、社会面？　事件が解決したら用済みってわけ？」

わざと意地悪な声を出してやると、菜月がこちらに向かって顔を上げた。少し動揺しているように見える。

かまわず啓子は追い討ちをかけた。

「絵はがきか。それだったら不自然じゃないよね、文字を宛名面に書いても。なるほど、受け取った人は、どうしたって文面を読んじゃうわけだ。でも難しくなかった？　9を7みたいに書くのって」

菜月がじっと視線を合わせてくる。見極めようとしているのだ。母親がどこまで察しているのかを。

「で、いま捨てたはがきには何て書いたの？　窃盗犯のことをさ。『ノビ』？　『ウカンムリ』？　言葉はいろいろ知ってるんじゃないの、刑事の娘だから。あっ、だけど業界用語じゃあ相手に伝わらないか」

そう口にしながら啓子は、これまでに受け取ったメッセージを思い返した。本当に菜月は、母親の帰りが遅いことに腹を立てていたのだろうか。

【何時まで泥棒おっかける気なの？】

【なんで空き巣がそんなに好きなの？】

【コソ泥と娘とどっちが大事なの？】

「泥棒」、「空き巣」、「コソ泥」。それらの言葉にこそ意味があったのではなかったか。一連のメッセージは、「刑事が朝から晩まで『窃盗犯』を追いかけている」と伝えていたのではないのか。

誰に？　金を盗まれた老女にだ。菜月があの文字を読ませたかったのは、母親ではなく、フサノだったのだろう。

マスコミの報道では、連日、通り魔殺人ばかりがクローズアップされていた。盗犯係から強行犯係へ人員が割かれたことも大きく伝えられた。

そうした報にフサノも接したはずだ。ならば、きっと不安だったに違いない。盗まれた金は戻ってくるのだろうかと。そして何より、寂しさを覚えたことだろう。自分はもう世間から見限られた存在なのではないかと。

だから菜月は、あの絵はがきを出した。

誤配を利用し、漏れ聞き効果を狙ったのだ。実際には窃盗事件の捜査がだいぶ手薄になっていたが、反対の情報を「傍聞き」させることで、そうではないのだとフサノに思ってもらおうとした。

どんなに大きな事件が起きたとしても、お婆ちゃんの小さな事件が忘れられたわけではない。刑事たちは、お金を盗んだ犯人を必死に追いかけている。誰もあなたを見捨ててはいない。

そう伝えることで、彼女を励まし続けていた——。

「ちょっと」奈月の顔はいつの間にか紅潮していた。「あたしに何を言わせたいの」

「別に。ただ、はがきを出したからって、怒ったふりまでしなくてもよかったのに、と思ってさ」

菜月は、赤らめた頬をそむけると、流しの蛇口を捻った。流れ出る水に両手を突っ込み、やっきになって擦り始める。

その姿は、気のせいだろうか、昨日よりも少し背が伸びたように思えてならなかった。

（小説推理　'08年1月号）

辛い飴

永見緋太郎の事件簿

田中啓文《たなかひろふみ》

1962年、大阪府生まれ。'93年『凶の剣士』で第２回ファンタジーロマン大賞に入選。同年、「落下する緑」で鮎川哲也編『本格推理』に入選しデビュー。2002年「銀河帝国の弘法も筆の誤り」で第33回星雲賞短編賞を受賞。'09年、「渋い夢」で第62回日本推理作家協会賞短編部門受賞。伝奇・ファンタジー・ホラー・本格推理・SF・時代・ギャグなど、多彩な作風。著書に、『天岩屋戸の研究――私立伝奇学園高等学校民俗学研究会』、『獅子真鍮の虫――永見緋太郎の事件簿』、『ハナシはつきぬ！――笑酔亭梅寿謎解噺５』などがある。

1

ライヴが終わって、客もほかのバンドメンバーもみんな帰ってしまったあと、テナーの永見《ながみ》緋太郎《ひたろう》だけがひとりステージに残って、なにやら猛烈な勢いでサックスを練習している。私は客席でバーボンを飲みながら、聴くともなしに聴いていた。

「うるさいぞ。ライヴであれだけさんざん吹いたんだ。もう、いいだろう。練習熱心もいいかげんにしろ」

だが、まるで耳に入っていないようで、ひたすらでかい音で吹きまくっている。誰かのコピー集らしい。コルトレーン系ではなく、ビーバップのひとのようだ。ソニー・スティット？　ジョニー・グリフィン？　ハンク・モブレー？　いろいろ考えてみたが、思い当たらないので、私は声をかけた。

「おい、誰のコピー譜だ？」

今度は聞こえたらしい。

「ウエス・モンゴメリーです」

「はあ？」

ウエスは有名なギター奏者だ。私は、彼を席に呼んだ。たまには説教してやる必要がある。たしかに私も若いころ、ピアニストをコピーしたり、オーボエやヴァイオリンの教則本を買ってきて練習したりしたことがあった。アドリブソロについて壁にぶち当たっていた時期で、ほかの楽器のフレーズを学べば、その壁が越えられるかもしれない、と思ったのだ。しかし、結果は単に遠回りしたにすぎなかった。やはり、自分の楽器を見つめることによってしか前進することはできないのだ。

「おまえなあ、楽器にはその楽器にあった固有のフレーズっていうものがあるんだ。テナーにはテナーの、ラッパにはラッパの、ギターにはギターのフレーズがある。ほかの楽器のフレーズを吹いても、不自然に聞こえるだけだし、時間の無駄だ。やめとけやめとけ」

「そうでしょうか」

不服そうな口調だったので、私がなおも理屈を説こうとしたとき、店のオーナーが電話機の子機を持って、やってきた。

「唐島《からしま》さん……戸川《とがわ》さんてかたからお電話ですよ」

◇

「ジェフ・キャンディが生きていたって？」

私は思わず大声をあげた。戸川隆一《りゅういち》は白髪頭を振って大きくうなずいた。彼は、大手レコード会社T社のジャズ部門のプロデューサーであり、ここは戸川の自宅のオーディオルームである。私と彼とは、十年まえに彼のプロデュースでリーダーアルバム「ステンレススティール・ハード・バップ」を録音したときからのつきあいだが、最近、彼の社内での地位があがったこともあって、やや疎遠になっていた。

「そうか……今日はサプライズがある、と言ってたのはそのことか。いや、たいしたサプライズだよ」

戸川はにやりと笑い、

「そうじゃないんだ。あとでもっと大きな『仰天』があるから覚悟しておけよ」

「いやあ、私にとってジェフが生きていた以上の仰天はないよ。その話、本当なのか？」

「彼だけじゃない。メンバー全員、存命なんだ。あんたにだけは教えておこうと思ってな」

「そうか……長年、なんの噂も聞かないんで、とっくに死んだもんだと思ってたよ」

私の興奮ぶりを奇異に感じたらしく、永見が言った。

「誰なんです、その……ジェフ・キャンディって」

「知らんのか、おまえは」

そう言ったあと、私はふと冷静に戻り、

「いや……知らんだろうな。それが普通だよ。シカゴのトランペッターでな、私はそのひとから大きく影響を受けたんだ」

「どういうことですか」

「つまりだな……」

話しだそうとした私を手で制すると、戸川が言った。

「私から説明しよう。まず、このレコードを見てくれ」

彼は、私たちに一枚のLPレコードを差しだした。かなり古いものらしく、ジャケットが盤の形に白くすり切れている。スーツをびしっと着てポーズをきめた五人の黒人男性の白黒写真が真ん中にあり、周囲を飴やチューインガムや板チョコといったお菓子類のイラストが取りまいている。正直言って、非常に陳腐なデザインだ。上部に大きく飾り文字で「SWINGIN PLACE」というタイトルがあり、そのすぐ下に「JEF CANDY AND HIS FIVE DROPS」というグループ名が入っている。

「おお、これがあったか！　私は、見るのははじめてだよ」

「なんだ、あんたも持ってないのか」

「テープだけだ。実物は今が初見《しょけん》だ」

裏返してみると、中央に、かっこつけて楽器を演奏するメンバーたちの写真が大きく載っていて、それ以外のデータはなにもない。かろうじて曲名とメンバー名は書いてあるものの、録音年月日、録音場所、エンジニア、プロデューサーなどの名前もない。「ドドン」という聞いたことのないレーベル名だけが、最下段にお愛想のように小さく印刷してある。だが、マイナーレーベルの粗悪なレコードには珍しいことではない。永見は私からそのレコードを受けとると、

「へえ、みんなイケメンばっかりですね。それに、スタイルもいい」

戸川はこくりとうなずき、

「六〇年代にシカゴでそこそこ人気のあったグループだ。ビートルズが登場するまえは、まだまだジャズにポピュラリティがあった。地方の小さなレコード会社が、地元の男前の若手ジャズメンを五人集めて、一発当てようとしたんだろうな。どこかの倉

庫をレコーディングスタジオ代わりに借りて、自作曲とスタンダードを演奏させ、発売してみたら、若い女性ファンが群がった。そこそこのローカルヒットになったんだ」

「ジャケットの写真が良かったんでしょうね」

「そういうことだ。だが、演奏もいい。私は、見てくれはどうでもいい。音楽に肝心なのは中身だよ。——ちょっと聴いてみようか」

戸川が、部屋の隅にあるオーディオ装置のほうへ行こうとすると、永見が、

「あ、俺、やりますよ」

永見が無造作にジャケットに手を突っこんで、レコード盤をつまみ出そうとした。

「お、おい、気をつけてくれ。そいつは今、中古市場で二十万もするんだぞ」

「ひえっ」

驚いた永見の手が滑り、レコードが床に落ちた。盤はころころ転がって、戸川の足もとでとまった。あわてて拾いあげた戸川は、レーベル面に眼球がくっつくほど顔を寄せ、

「レーベルが破れちまったじゃないか。どうしてくれるんだよっ」

永見は気にした風もなく、

「戸川さん、ご心配なく。ちょっと紙がはがれただけで、盤面に傷はついてません。見てくれはどうでもいい。音楽に肝心なのは中身ですから」

戸川は、怒りをこらえながら、そのLPをプレーヤーにセットした。最近はあまり聴くことのない、ぱちぱちというスクラッチノイズのあと、〈キャンディズ・シャッフル〉の演奏がはじまった。少しジャズロック風の、鯔背《いなせ》な曲だ。若いころ、何度も何度も繰りかえし聴いた、耳馴染んだサウンドが飛びだしてきた。トランペットとテナーサックスがフロントのクインテットだが、皆、相当の腕前だ。とくにトランペットでリーダーのジェフ・キャンディが非常に流暢に歌心のあるフレーズを矢継ぎ早に繰りだす。ピアノもバカテクで、ころころと玉を転がすごとく華麗に弾きまくる。

「うわー、これはすごい！　めちゃすごい」

スピーカーにかじりつくようにして聴いていた永見が、大声をあげた。

「いつ聴いてもいいな」

私がしみじみそう言うと、

「いやあ、顔だけじゃないっす。腕も一流だ。ラッパがとくにいいっすね。そういえば、唐島さんのフレーズも出てきたな。このひとが元ネタだったんですか」

「パクったみたいに言うな。影響を受けたんだ。私がまだ初心《うぶ》な高校生のとき、吹奏楽部の顧問教師がどういうわけかこのアルバムを持っていてな、カセットテープに入れてくれたんだ。私はいっぺんに気に入って、マイルスやクリフォード・ブラウンを聴くのと同じような頻度でこのアルバムを聴きまくってね。全曲コピーして何度も練習した。そのあと、ジャズのことをいろいろ知るようになってから、ジェフ・キャンディというこのトランペッターがまるで有名ではない、ということがわかったんだが……私の今のスタイルの土台を築いたのはこのひとかもしれない」

「私もそのことを唐島くんから聞いてたんでね、今日、お招きしたってわけさ」

「へー、知らなかった。でも、テナーもいいっすよ。なんていう人ですか？」

「さあ……私は知らないんだ」

怪訝《けげん》そうな顔の永見に私は言った。

「そのテープには、タイトルとグループ名と曲名が走り書きしてあっただけでね、だから私はリーダーのジェフ・キャンディの名前しか知らないのさ」

「テナーはスティーヴ・ケリングというひとだ」

戸川が言った。

「知らないなあ」

私と永見は同時に言った。

「ピアノはアル・マックイーン、ベースはチャールズ・ミラー、ドラムはケニス・オールド・ジュニア」

まったく知らない。

「このグループは、このアルバムの小ヒットで、すぐに大手のレコード会社に移ったんだ。口約束だが、専属契約があった、といって『ドドン』のオーナーが訴えを起こしたんで、幾ばくかのお金を支払う約束で、彼らは解放されたんだ。大手との契約料は、そんな金額は楽に払える額だった。そこで三年契約を結んで、順風満帆だった」

「ほう……じゃあどうして我々は名前を知らんのだ。これだけ演奏できたら、それなりに有名になっているだろう」

「リーダーのジェフ・キャンディが神経の病気になって、演奏できない状態になった。彼が曲もアレンジも書いていたし、残りのメンバーだけではどうにもならなかったんだ。アルバムは作れず、彼らはレコード会社から契約不履行で訴えられ、『ドドン』への債務も含めるとたいへんな借金を背負ってしまった。ジェフ・キャンディ以外のメンバーは、べつのトランペッターを入れて、しばらく活動したようだが、泣かず飛ばずで、グループは解散した」

「おかしいですね。たしかにラッパがいちばんうまいけど、ほかもそこそこいけるのに」

「ひとつには時代が悪かった。当時はフリージャズムーヴメントの真っただ中で、こうしたハードバップは分が悪かった。イケメンだというだけではねえ……。借金返済のために、それぞれ皆、カタギの仕事についてね、プロの道は断念した、というわけだ。ジェフ・キャンディも治療を受けて、病気は全快したんだが、同じく普通の職業を選んだ。たしか、郵便配達員だったかな」

「なるほど、みんな、真っ当な仕事につけなかったんですね。かわいそうに……」

プロミュージシャンになる以外なんの道もなかっただろう男が、わけのわからないことを言う。彼にとって、真っ当な仕事イコールミュージシャンなのだ。

「でも、アマチュアとしてときどきは地元のジャズクラブに出たりしていたらしい。ローカルなロックバンドのホーンセクションとしてレコーディングも残しているようだ」

気持ちはわかる。私も、今、なんらかの事情でミュージシャンを辞めても、ラッパを吹かずにはおれないだろう。

「で、本題だが……このレコードを作った『ドドン』の元オーナーと連絡がついてね、彼はもともとシカゴで自動車解体工場を経営していて、現在もそうなんだが、マスターテープを保管していた。彼が、ジェフ・キャンディの連絡先を知っていて、権利関係もクリアになった。私はうちの会社から、この『スウィギン・プレイス』を日本盤として発売するつもりなんだ」

「そりゃあすごい！」

私が思わず身を乗りだすと、

「サプライズと言ったのはこのことさ。あんたたちを呼んだのは、このアルバムを再発するにあたって、同じ編成の唐島クインテットの面々にライナーノート代わりの座談会をお願いしようと思ってね。六〇年代の無名バンドのアルバムの国内盤を出すのは、うちにとっても大きな賭けだ。ジェフ・キャンディのことをたぶん日本で、いや、世界でいちばんよく理解している唐島くんが、気心の知れたバンドメンバーと思いの丈をしゃべってくれればそれがいちばんいいと思ったんだが……引きうけてくれるかね」

「もちろん。よく私に声をかけてくれた。感謝するよ」

私は、戸川と握手をした。

◇

数日後、私のバンドのライヴのアフターアワーズを利用して、五人のメンバーによる座談会が行われた。私はもとより、ほかのメンバーも口々に「スウィギン・プレイス」を絶賛した。永見がテナー奏者のことを、

「このテナーは独特のフレーズを持ってますね。デクスター・ゴードンでもロリンズでもコルトレーンでもゲッツでもない、彼だけのものです。俺は、このひとの演奏なら目隠ししても当てる自信ありますよ」

と言ったのを皮切りに、ピアノの吉原《よしはら》が、

「ピアノ、なかなかのもんですよ。すごくポップに聞こえるのに、じつはかなり複雑なことをやってる。ハーモニーもリズムも、時代の最先端だったと思います」

と言い、ベースの灘《なだ》は、

「ベーシストは、本当に有名なひとじゃないんですか？　めちゃめちゃうまいですよ。ちょっと信じられないなあ」

と言い、ドラムの今岡《いまおか》は、

「ドラムはかなり古いスタイルなんですが、それがグループの音楽になぜかうまく溶けこんでるんです。すげえスウィングしてるし、かっこいいなあ」

と言った。聞いていた戸川は満足そうにうなずいた。しかし、私は、うれしい反面、四十年以上もまえの無名バンドの録音がはたして日本のジャズファンに受けいれられるかどうか、不安を抱いていた。そのことを言うと、永見は気楽な調子で、

「だいじょうぶですよ。いい音楽が大勢に聴かれるのはあたりまえのことじゃないですか」

そうはいかないのが、今の日本の音楽シーンなのだ。

2

翌月、「ジェフ・キャンディ・アンド・ヒズ・ファイブ・ドロップス」による「スウイギン・プレイス」は日本盤として発売された。その反響は戸川や我々が想像していた以上のものだった。各ジャズ雑誌のレコ評では満点をつけられ、オリコンのジャズチャートで一位になり、〈キャンディズ・シャッフル〉はなんと自動車のＣＭに使用されたのがきっかけで大ヒットして、シングルカットされた。喫茶店でもスーパー

マーケットでも商店街でも、ジェフ・キャンディのラッパが流れない日はないほどで、若い女性も子供もそのメロディーを口ずさんでいた。「スゥイギン・プレイス」は、発売されてから四十年を経て、ジャズレコードとしては異例のヒットを飛ばしたのであった。

「いやはや、驚いたよ」

開口一番、私は、正直に脱帽の意を告げた。発売して三ヵ月後、私と永見は、ふたたび戸川の自宅に呼ばれたのだ。売れ行きはいまだ衰えず、ますます加速している感があった。

「めちゃめちゃな売れかたじゃないか。たいした慧眼《けいがん》だ。もうかっただろう」

「いやいや、まだこれからだ。この機会を逃さず、どんどんいくぞ」

「どんどんって……なにをするつもりだ」

「さすがのあんたも驚くようなことさ」

「また仰天か。勘弁してくれよ」

「まあ、こいつを聴いてみてくれ」

彼は、オーディオに一枚のＭＤをセットした。いきなりハービー・ハンコックの〈ウォーターメロン・マン〉のテーマが飛びだしてきた。トランペットとテナーサックスの二管編成である。トランペットソロがはじまった。

「なかなかいいじゃないか。誰だ、こいつ」

戸川はにやにや笑って答えない。ノリノリのフレーズ、輝かしい高音、豊かな中音域、そして、聴くものの身体を揺らさずにはおかぬ強烈なリズム。高校生のとき、私がコピーしまくったあのサウンド……。

「おい、これ……まさか」

ソロは、テナーサックスに移った。永見がただちに断言した。

「これは、スティーヴ・ケリングです」

「正解」

戸川は両手をぴしゃりと叩きあわせた。

「私は、ジェフ・キャンディに連絡をとり、日本で大ヒットしてることを知らせたんだ。彼はもう六十五歳だが、陽気な爺さんだ。郵便配達の仕事は引退したが、ミュージシャンとしては現役でね、今でも週に一度、地元のカフェで演奏していると言っていた。しかも、『ファイヴ・ドロップス』としてね。驚いたことに、メンバーは四十年まえとひとりも替わっていないんだそうだ」

「ということは、つまり……」

「彼に、最近のあなたたちの演奏を録音したものはないか、ときいたんだ。そしたら、このMDを送ってきた。半年まえに、ライヴハウスで生録《なまろく》したものだそうだ。──どうだ、いけるだろ」

「いけるもなにも……」

私は両手を挙げて「お手上げ」のポーズをとった。

「すごいよ。完璧だ。四十年まえとちっともかわらないグレードを保ってる。いや……四十年まえよりもうまくなってるかもしれない。トランペッターというのは、どんなグレイトミュージシャンでも、歳とともに少しは衰えるもんだが……」

「テナーもすごいですよ。独自のフレージングは健在のうえに、新しいフレーズもいっぱい吹いてます。アマチュアとして活動しながら、進化しつづけてたんですね」

ピアノもベースもドラムもバリバリではないか。私は呆れた。たいていのアマチュアミュージシャンは、学生のころどんなにうまくても、社会人になると練習しなくなってすぐに下手くそになるが、たまにこういうことがあるのだ。プロとして毎日演奏しているうちに、いろいろなものが擦りきれていく。しかし、アマチュアはいつまでも音楽への情熱を失わぬままだ。それをうまくキープしつづけると……こうなる。おそらく、メンバーがひとりも替わらなかったため、つねに五人で励ましあい、刺激しあい、切磋琢磨しあってきたからだろう。きっと、この五人の友情は、岩よりも堅くなっているにちがいない。

「この録音を聴いて、私は決意したよ。彼らと専属契約を結んで、日本に呼ぼうとね。ファンも新録が聴きたいだろうし、生の音を聴きたいはずだ。今なら、ぜったい売れる」

そりゃあそうだろう。なにしろジャズチャート一位だ。紅白にだって出られるかもしれない。

「実はね、もう専属契約は交わしたんだ。とりあえず三年契約で、年に一枚、三枚のアルバムを作る、ただし、同じメンバーで、という条件だ。四十年間メンバーチェンジなし、というのがこのグループの売りのひとつだからね。五人とも即座にサインしてくれたそうだ。もっとも破格の契約金を支払ったよ。稟議書《りんぎしょ》を回したら、一発でOKが出たよ。うちみたいな大手になると、ジャズだといろいろうるさいんだが、今度ばかりは役員たちもみんな首を縦に振ってくれた」

「きみは、彼らに会わなかったのかね」

「アメリカ支社にいる部下にやらせた。黒田《くろだ》という若いやつで、ジャズのことはさっぱりだが、英語は達者なんだ。彼の話だと、みんな、やる気満々だそうだ。アメリカも高齢化社会の波が押しよせてきていて、生活は苦しいらしい。この仕事に賭ける、と言っていたそうだよ」

会社員や公務員とちがって、ミュージシャンは死ぬまで現役でいられる。本人のやる気さえあれば、だが。

「来日も決まった。新作を録音してからにしようかとも思ったが、チャートが熱いうちに、一日でも早いほうがいいと思ってね、大きなホールをあちこち押さえたんだ。CMで使っている自動車メーカーの協賛も得た。来日時に日本でレコーディングだ。〈ミスティ〉とか〈スターダスト〉とか〈リカード・ボサ・ノヴァ〉とか、日本人好みの曲を録音させるんだ。コンサートのライヴ盤も出そう。これは当たるぞ」

私は、戸川の目の色が変わっていることに気づいた。だんだん、音楽から金儲けに話がシフトしているようにも思ったが、レコード会社のプロデューサーはそれこそが仕事なのだ。そういえば「ステンレススティール・ハード・バップ」を出したときも、やたら金、金とうるさかった。結局、たいして売れなかったけれど。

「で、あんたたちを呼んだのはね。再来月に彼らが全国ツアーをやるにあたって、あんたたちのバンドに前座をしてもらおうと思ってね。なあ、いいだろ。ジェフ・キャンディも、自分をコピーしたトランペッターが前座を務めたら、さぞかしいい気分だと思うんだよ」

　私はカチンときた。

「昔はそうであっても、そのフレーズは今、私の血となり肉となっている。ジェフ・キャンディも、その昔は、いろんなトランペットをコピーしたはずだ。ジャズミュージシャンがいちばん言われて嫌な言葉を知ってるかね。——コピーキャットだよ」

　戸川は、突然私が怒気をあらわにしたので驚いたようだったが、

「そうかい……それじゃあいいよ。せっかくいい話を持ってきてやったのに残念だな」

「ああ、残念だが、その話はなかったことにしてくれ」

　そう言って、私は立ちあがった。戸川の家を辞去したあと、夜道を歩きながら永見が言った。

「唐島さん、かっこいーっ。ひゅうひゅう」

「茶化すなよ。制作側とミュージシャンのあいだの溝はなかなか埋まらないもんだな」

「飲みにいきますか」

　我々は、近くの商店街にあった居酒屋チェーンの一軒に入った。席に着いた途端、

有線から聞こえてきたのは〈キャンディズ・シャッフル〉だった。

◇

一ヵ月ほどしたころ、またしても戸川から呼びだしがあった。喧嘩別れのようなことになっていたので、もうなにも言ってこないだろう、と思っていたが、留守番電話に、

「こないだはすまなかった。どうしても相談したいことがあるので、来てくれないか。頼む……」

というメッセージが入っていたのだ。その声がいかにも悲痛だったので、私はオフの日に、永見を連れて戸川宅へ向かった。

「困ったことになった」

ひと月ぶりに会う戸川はげっそりと憔悴《しょうすい》していた。

「なにがあったんだ。相変わらず売れ行きは好調らしいじゃないか。コンサートの前売りもどこも完売だと聞いたぞ」

「それはそうなんだが……」

彼は、オーディオルームに我々を招きいれた。

「まず、これを聴いてくれないか」

内心、またか、と思う私たちのまえで彼はMDをセットし、スタートボタンを押した。〈キャンディズ・シャッフル〉だ。ただし、ものすごく下手くそである。トランペットは音がまるで出ていないし、音程も不安定だ。フレーズもぎこちないし、アマチュアとしても下手くその部類だろう。テナーサックスも、高音がうわずるし、低音はフラットするし、タンギングもぶち切れだ。ピアノも、弾きたいことはあるのに、指がついていかない状態だと思われた。ベースは音程が悪すぎるし、弦《げん》を撫でているような弱々しい音だ。ドラムは、リズムキープはできているものの、簡単なフィルインすらおぼつかない。

「なんなんだ、これは。ジェフ・キャンディのバンドをコピーした素人かい」

「そうじゃないんだ……」

戸川は壁にもたれかかったまま、首を横に振り、

「これが、ジェフ・キャンディと彼のファイヴ・ドロップスの現在の姿なんだ」

「ありえない。こないだ聴いたディスクは最高だったじゃないか。あれはたしか、半年まえの演奏だと言っていたな。こんなに急に腕が衰えるとは思えないが……」

「コンディションをチェックするために、直近の演奏を録音して送るように彼に言ったんだ。最初は快諾したがなかなか送ってこない。そのうち、どういうわけか連絡もとれなくなってしまった。再三再四催促して、やっと届いたのがこれだ。聴いて、耳を疑ったよ。コンサートは間近だし……どうすりゃいいんだ」

「ジェフにきいてみたのかね」

「もちろんだ。私自身が自宅に電話して、今度送ってきたMDの演奏はほんとうにあんたたちのものか、とたずねた。答はイエスだった。まえに送ってきたMDを電話口で聴かせて、じゃあこれは誰だ、とたずねたら、ジェフの答は『わからない』だった。たまたまジェフの家にいたサックス奏者にもたずねたら、『少なくともこのサックスは私ではない』という返事だった」

「なるほど……まえのMDは別人のものだったというわけか」

「私は騙《だま》されたんだ。うちみたいな大手なら契約金も相当出すだろうとふんで、最初からそれをもらったらどろんするつもりだったんだろう。あのMDも、若手のプロかなにかを集めて演奏させたにちがいない。日本のレコード会社なら御しやすいと思われたのかもしれん。ああ……私はどうしたらいいんだ」

「あきらめるんだな。いい勉強になったと思うしかない」

「勉強？　クビになるかもしれんのだぞ」

「そんなことはないだろう。会社は『スゥイギン・プレイス』でずいぶんもうけたんだろ。クビにはなるまい」

「契約詐欺にあったプロデューサーなんて、たとえ会社に残れても、一生冷や飯食わされるのがオチなんだよ。ああああ、どうすりゃいいか教えてくれ。チケットの払い戻し、ホールのキャンセル、ポスターやチラシの印刷費用……もうだめだあ」

するとそれまでじっと下手くそな演奏に耳を傾けていた永見が言った。

「でも、契約金だけだまし取るつもりなら、MDを送ってくるのはおかしいですね」

「私があまりにしつこく催促したからだろう」

「だったら、今度も誰かに代理演奏させればいいじゃないですか。そうしなかったのは、来日するつもりだからじゃないでしょうか」

「来るわきゃないさ。ドタキャンしやがるに決まってる。それに……もし来たって、どうするんだ、こんなド下手くそで。演奏するふりだけさせて、テープでも流すってのか、ちくしょうめ！」

私は、戸川をなぐさめるつもりで、万が一彼らが来日したら、前座を務める旨を約束した。そして……。

3

ジェフ・キャンディたち一行五人が成田《なりた》に到着した、という電話を戸川の部下からもらった私は、あわててバンドメンバーに招集をかけた。戸川自身が、来るわけがないと思っていたので、マスコミにも通知しておらず、記者会見なども開かれなかった。私たちは、コンサートが開催される予定の、都内のホールに向かった。戸川は、彼らにつきそってホテルに行き、荷物などを置いてから、一緒にこちらに来るとのことだった。

「本当に来るとはなあ……」

ステージで楽器のセッティングをしながら私がそう言うと、永見は、

「俺は、来ると思ってましたよ」

「どうして……？」

「ＭＤを聴いて、そう思ったんです」

「あの下手くそな演奏を聴いてか？」

「そうです」

永見はいたずらっぽく笑い、それ以上たずねてもなにも言わなかった。二時間ほどして、簡単なリハーサルを終えた私たちが、楽器を片づけていると、ホールの後ろの扉があいて、戸川が入ってきた。喜んでいるような、落ちこんでいるような、複雑な表情をしている。

「おい、彼らは……」

と言いかけて、私は口を閉ざした。彼に続いて、背の高い老黒人が入ってくるのが見えたからだ。手にトランペットを持っている。ジェフ・キャンディか……？

（いや……ちがう）

その顔は私が写真で見たジェフ・キャンディとは違っていた。そして、私はハッとした。ラッパを持ったその人物には、左腕がなかった。すぐあとに、ずんぐりした体型の黒人がやってきた。マスクをしているので、表情はわからない。しかし……私にはわかった。このひとこそ、私のかつてのアイドル、ジェフ・キャンディだと。四十数年の歳月を経て、体型こそ変わったが、まちがいない。私はステージを降りて、彼に握手を求めた。

「きみが、俺をコピーしたことがあるラッパ吹きかい」

彼はマスクを通したくぐもった声で言った。

「そうです。お会いできてうれしいです」

私は素直にうなずいた。

「そうか。俺も昔、ポップス、ロイ、ディジー、ブラウニー……いっぱいいっぱいコピーしたもんだ。これで、俺のフレーズが少しでも残ることになる。トランペッターだったものとして、こんなうれしいことはないよ」

「そう言ってもらえて光栄です。でも、あなたも現役のプレーヤーじゃないですか」

「ふふ……俺はもうラッパは吹けないのさ。これだからね……」

ジェフ・キャンディは、マスクを外した。私は息を呑んだ。イケメンだった彼の顔面には、鼻の下から顎にかけて、まだ生々しい深い傷があった。その傷は上下の唇を両断する形で伸びていた。

「二ヵ月ほどまえに自動車事故にあってね、唇をやってしまって、ラッパは一生吹けないと医者に言われたんだ。ほかのメンバーも全員同乗していてね、仲がいいのが仇《あだ》になったよ」

彼は悲しげに笑うと、

「だから、ピアニストに転向したんだ」

私は、あっと声をあげた。では、あのＭＤの演奏は……。

「テナーのスティーヴは左腕を切断してしまって、右手だけで吹けるトランペットに転向した。ドラムのケニスは両足をやられてね、しかたなく車椅子でもできるベースを弾くことにした。ピアノのアルとベースのチャールズはかすり傷程度ですんだんだが、俺たち三人が楽器を替えたので、それぞれドラムとテナーサックスに転向したんだ」

私は唖然とした。六十五歳になってから主奏楽器を替える。それはどれほどの勇気を必要とすることだろうか……。

「俺ひとりならむりだったろうが、俺たちは四十年以上、この五人でやってきた。みんながいれば、なんでもできる、と思ったのさ。きみも聴いただろうMDの演奏はね、退院して、はじめてこれまでとちがう楽器を持ってジャムってみたときのものさ。やっぱりうまくいかなかったが……新しい楽器をはじめるというのはなんだかうれしいもんだね」

「そ、そうですね」

「日本で、『スウィギン・プレイス』が大ヒットしてるってミスター・トガワに聞かされたときは驚いたよ。とにかくアメリカではまるでダメだったんだから。ははは……四十年まえにそうなってくれてたら、俺たちの人生も少しは楽だったんだがねえ」

「…………」

「どうしても日本のファンのまえで演奏したくて……それで来たのさ」

彼は力強く言い切った。私は、車椅子のケニス・オールド・ジュニアをステージにあげたり、彼らの楽器のセッティングを手伝ったりしながら、そっと永見に言った。

「おまえ……わかってたのか」

「だいたいはね」

「どうしてだ」

「最初に聴いたMD……戸川さんは若手を集めてとか言ってたけど、あれはぜったい別人のものじゃなかった。とにかくテナーのひとがスティーヴ・ケリングのフレーズを吹いていた。それも、デッドコピーじゃなくて、自分のものとして吹いていたんです。ところが、つぎに聴いたやつは、下手くそとかどうとかいう以前に、テナーがスティーヴのフレーズじゃなかった。おかしいな、と思ってよく聴いてみたら、なんとトランペットが、一度聴いたら忘れないあのスティーヴのフレーズをいっしょうけんめい吹こうとしていたんです。なるほど、と思って、そういう耳で聴いてみたら、ピアニストがトランペットのフレーズを弾いてるじゃないですか。それでなんとなく、みんな楽器を取り替えてるんだな、とわかりました。どうしてそんなことしてるのか、と考えてみたんですが、戸川さんが、一時、彼らと連絡がとれなくなったと言ってたでしょう。もしかしたら事故にでもあって……とか。まあ、それはまぐれ当たりですが」

私は、内心、うーんと唸った。まぐれ当たりにしても、たいしたものではないか。

「じゃあ、たまたまジェフの家にいて、『少なくともこのサックスは私ではない』と言ったサックス奏者というのは……」

「スティーヴ・ケリングじゃなくて、ベースのチャールズ・ミラーだったんです」

「しかし……事故は不可抗力だ。メンバーチェンジもやむを得ないと思うが……」

「戸川さんがオリジナルメンバーで四十年、ということにこだわって、同じメンバーで、という条件をつけたでしょう。メンバーを入れ替えてしまったらそれに反するけど、メンバーのなかで楽器を取り替えるだけなら、条件は満たしたままですよね」

「そこまでする必要があったのかね……」

「これは想像ですが、もちろん日本のファンのまえで演奏したい、という強い気持ちもあったでしょうが、同時に、彼らはお金に困っていた、とも聞いてます。ですから今回の契約はきっとありがたかったんじゃないでしょうか。でも、以前に二度、契約不履行で訴訟を起こされ、たいへんな借金を背負った。そのことが頭にあったんじゃないですか。なんとしてでも契約は遵守しなければならない、そうしないとまたとんでもないことになる、とね」

ステージのうえでセッティング作業をしている五人の老黒人の、それぞれの顔や手に刻まれた多くの皺を見ていると、けっしてキャンディのように甘くはなかっただろう彼らの人生が思われ、私は永見の言葉を肯定する気になった。そこへ戸川が来て、私を少しはなれた場所へ手招きした。

「なあ、どうしようか……」

「なにが」

「演奏だよ。彼ら、来ることは来たが、演奏があのＭＤみたいな感じじゃあ、客がなんというか。金返せ、みたいな騒ぎにでもなったら……」

「じゃあ、やめさせるのかね。事故にあっても、日本のファンに自分たちの演奏を聴かせたいとはるばる来日した彼らに、下手くそだから演奏するな、と言うのかね。彼らは、あんたとの契約の条件にひとつも反していないはずだぞ」

「いっそ、来てくれないほうがよかったんだ、あのジジイたち……」

彼はがっくり肩を落とした。

「しかたない。やらせるか……」

吐息まじりにそうつぶやくと、

「私は自分の楽屋にいる。誰も来させないでくれ！」

とスタッフたちに言い残し、とぼとぼと去っていった。

◇

大きなホールは、すし詰めの聴衆で立錐《りっすい》の余地もなかった。前座として我々は三曲ほど演奏した。かぶってはいけないので、ジェフ・キャンディたちのレパートリーは一曲もやらなかった。ステージを降りると、舞台袖でジェフたちが待っていた。

「ブラボー！」

ジェフは顔を真っ赤にして、両手をばしばし叩きあわせていた。

「きみはすごい。俺をコピーしたって？　冗談だろ。俺がきみをコピーしたいよ」

「あなたのフレーズもいっぱい吹きましたよ」

「ああ、わかってる。でも、ニュアンスがぜんぜん変わってる。あれはもう、きみのものになってるな。それより、カデンツァで吹いたさっきのあれ、どうやるんだ？」

口でフレーズを口ずさみながら、彼はトランペットを構えるポーズをして、ふと気づいたように、

「そうだ……俺はピアニストなんだった。忘れてたよ」

私には返す言葉がなかった。

「では、皆さんの演奏、楽しみにしています」

ジェフは親指をぐいと立てると、ステージに出ていった。場内は割れんばかりの拍手に包まれた。彼らはしばし呆然としてそのどよめきを浴びていたが、やがて、それぞれのポジションについた。そして、演奏楽器を替えていることなど、一切説明することなく、演奏を始めた。

「どうなるだろう。不安だな……」

私は、永見に言った。彼らは、軽く音量のチェックをしただけで、ほとんどリハもしなかったから、ジェフたちの生の演奏に接するのは今がはじめてなのだ。

「たぶん、問題ありませんよ」

永見は、こともなげに言った。

「どうしてわかる」

「この爺さんたち、落ちついてます」

たしかに彼らは堂々と、落ちつきはらっていた。

（これが四十年の重みなのか……）

と私は思った。一曲目は四ビートのブルースだった。簡単なテーマを、テナーとトランペットが奏《かな》でる。一応、ちゃんと吹けている。続いて、元テナー奏者によるトランペットソロ。やはり少しただどしい。しかし、なんとかかんとか三コーラスを吹ききった。元ベーシストによるテナーソロ。これはかなり危なかった。よたよたしながらも、二コーラス。ジェフ・キャンディによるピアノソロがはじまるころには、さすがに場内がざわつきだした。CDで聴いていたような、流暢な演奏でないことに気づいたからだろう。だが、ざわつきはすぐにおさまった。なぜならば、二枚目のMDに入っていたような、あんなぼろぼろの演奏ではないからだ。プロのジャズバンドとしてそれなりに聴けるレベルの演奏だった。それに、聴衆は皆、四十年まえのアルバムしか聴いていないわけだから、

（この年齢なら、これぐらいの技量になっていてもおかしくはない）

と納得しているのだろう。だが……私は興奮しまくっていた。隣を見ると、永見も同様だった。

「凄いですね！」

永見が叫んだ。

「あのMDの演奏から来日まで、たった一ヵ月ですよ。そのあいだに、新しい楽器をここまでプレイできるようになるなんて……この爺さんたち、いったいどれぐらい練習したんだろう」

「ものすごい集中力だな。とても信じられない」

トランペットなど、音を出すだけでも何ヵ月も、下手すると何年もかかるのだ。それをこれだけの聴衆をまえにしてこれだけ吹けるようにするには、超人的な努力が必要だったはずだ。

「リズムセクションも、少しリズムが揺れるがさほど気になるほどではない。たいしたもんだ」

私がそう言うと、永見が無言で聴衆を指さした。客たちはいつのまにか演奏に飲みこまれ、足で拍子をとり、指をスナップさせ、身体を揺らしているではないか。ジェフ・キャンディと彼の五つのドロップたちは、凄まじくスウィングしていた。演奏は少しぐらいたどたどしくても、彼らは客の心をがっちりつかんでしまったのだ。一曲目が終わったとき、ホール全体が揺さぶられるような拍手が沸き起こった。

「ありがとう。皆さんのまえで演奏できるこの日を夢見て、一生懸命練習してきました。ほんとうにうれしい」

ジェフがマイクを手にしてそうMCしたが、このホールのなかでその言葉に秘められた意味をわかったのは我々だけだったろう。

「二曲目は、〈キャンディズ・シャッフル〉をやります」

ジェフが言うと、ふたたび怒濤《どとう》の拍手。そして、ついに日本の地にあの〈キャンディズ・シャッフル〉のテーマメロディーが響きわたった。私が昔、擦りきれるまで聴いてコピーしたあのアルバムと、演奏している楽器はちがえどメンバーは同じだ。だからだと思うが、演奏から伝わってくる雰囲気は、あのアルバムとまったく一緒なのだ。それぞれのソロの応酬に聴衆は熱狂している。永見も、拳を突きあげて大声を出している。私もいつのまにか口に手を当てて、

「行けっ、ジェフ、行けっ！」

そう叫んでいた。その声が聞こえたはずもないが、ジェフはもつれる指に情熱のすべてを叩きつけるがごとく、弾いて弾いて弾きまくった。彼らのソロはどれも、なぜだかわからないがとても新鮮に聞こえた。

「そうか……」

私は気づいた。

「ピアノがトランペットのフレーズを弾いている。だから、新しく響くんだ。どんな楽器をやっても、ジェフ・キャンディはジェフ・キャンディなんだ」

「彼だけじゃありません。スティーヴ・ケリングはトランペットでテナーのフレーズを吹こうとしているし、テナー吹きはベースみたいに吹いている。ドラマーはピアノみたいにドラムセットを扱ってるし、ベーシストはドラムみたいにリズムを刻んでる。それがしっくり融合してて、絶妙のバランスで『音楽』になってる。この五人のジジイたち……凄《すげ》えっす」

いつのまにか戸川が私の横に来て、じっと彼らの演奏に耳を傾けていた。私は彼の目に涙が光っているのを見た。

「よかった……このひとたちを日本に呼んで、本当によかった……」

彼がそうつぶやくのが聞こえた。

エピローグ

ライヴが終わって、客もほかのバンドメンバーもみんな帰ってしまったあと、私はひとり、ステージに残って練習していた。ジェフたちがたった一ヵ月で成し遂げたことに比べると、自分の練習量があまりに少ないように思えたからだ。最近、そんなに集中して練習したことがあっただろうか。日々の仕事をこなしていればそれが練習になっている、と甘ったれた考えで過ごしていなかったか。五人の老人たちは、そんな刺激を私にくれたのである。

「あれ？　唐島さん、練習ですか？」

永見がふらりと楽屋口から姿をあらわした。

「な、なんだ、おまえ、帰ったんじゃなかったのか」

「忘れものをとりにきたんです。——今吹いてたの、なんのコピー譜ですか？」

「なんでもない。向こうに行け」

そう言いながら、私はそっとビル・エヴァンスのコピー集を身体で隠した。

（ミステリーズ！　24号）

悪い手

逢坂《おうさか》　剛《ごう》

1943年、東京都生まれ。中学時代から探偵小説、ハードボイルド小説を書きはじめる。'80年『暗殺者グラナダに死す』で第19回オール讀物推理小説新人賞を受賞しデビュー。'86〜'87年、ギターとスペイン内戦を扱った『カディスの赤い星』で第96回直木賞、第40回日本推理作家協会賞、第5回日本冒険小説協会大賞をトリプル受賞。冒険小説からサスペンスもの、さらには時代小説までと作風は幅広く、多くのファンを魅了している。『相棒に手を出すな』、『おれたちの街』、『兇弾』、『暗殺者の森』など著書多数。

インタフォンが鳴る。

応答ボタンを押すと、モニター画面にサングラスをかけた女の顔が、大写しになった。

「はい」

「あの、先日お電話で、今日の三時に予約いたしました、更科恵《さらしなめぐみ》ですけれど」

「ああ、更科さん。お待ちしていました。ドアをあけますから、おはいりください」

玄関ホールのドアを解錠し、モニターを消す。

一分後に、更科恵が上がって来た。

恵は、クリーム色の半袖《はんそで》のサマースーツに、身を包んでいた。

年は三十歳前後か、茶色に染めた髪を引っつめに結い、茶のサングラスをかけている。両腕に、肘《ひじ》の上まで隠れる白の長手袋をはめ、足には踵《かかと》の極端に細い、白のハイヒール。右手に持った、横長の小ぶりのハンドバッグも、同じく白だった。背は百六十五センチくらいで、女としては高い部類に属する。

恵は唇をなめ、おずおずと言った。

「遅れて、申し訳ありません。このマンションを探すのに、ちょっと時間がかかったものですから」

「いいんですよ。そのまま、中におはいりください」

恵はドアを閉め、戸口からやや頼りなげな足取りで、応接室に踏み込んだ。

ソファに恵をすわらせ、向かい合って腰を下ろす。

恵は、膝《ひざ》の上にハンドバッグを載せ、右手でぎゅっと押さえた。左手は、所在なげに太ももの上に、置かれたままだ。

「暑くありませんか。ふだん、冷房を弱めに設定しているので、暑さを訴えるクライアントも、多いのですが」

「いいえ、だいじょうぶです。暑いのには、慣れていますから」

恵は上着も脱がず、長手袋を取ろうともしなかった。最初は、日焼けを防ぐためのいでたちかと思ったが、帽子や日傘を持たないところをみると、そうでもないらしい。

カップに、冷やしたハーブティーを注いで、恵の前に置く。

「冷たいハーブティーです。体温が下がりますし、気分も落ち着きますよ」

「いただきます」

恵は、右手で握ったハンドバッグを、テーブルに置いた。長手袋をはめたまま、同じ手でカップを取り上げ、ハーブティーを一口飲む。

その間に、面談シートと鉛筆を取り出して、テーブルに滑らせた。

「差し支えのない範囲で、記入をお願いします。面談の手掛かりにしたい、と思いますので。言うまでもないことですが、書き込んでくださった個人情報を、治療以外の目的で使用することは、いっさいありません。どうぞ、ご心配なく」

恵はカップを置き、シートを取り上げた。

少しの間眺めたあと、シートをテーブルにもどして、鉛筆を取り上げる。左の手首で、シートを押さえるようにして、すべての項目に順序どおり、書き込んでいった。反対側から見ても、几帳面《きちょうめん》な字だと分かった。

顔を伏せているので、サングラスの内側にきれいにカットされた眉毛《まゆげ》と、長いまつげが見えた。ついでに、白いブラウスの胸元が下がって、肌色のブラジャーと胸の谷間がのぞき、目を釘づけにされる。

書き終わると、恵は間違いがないかどうか確かめるように、一通りシートを見直してから、こちらに向けてよこした。

受け取って、ざっと目を通す。

年齢は三十一歳。音楽大学を出たあと、自宅で子供たちを相手に、ピアノ教室を開いている。独身。

父親は、証券会社の役員。病歴はなし。母親は十六年前に、白血病で病死。住所は、市内でも有数の高級住宅街、国分町となっている。兄弟姉妹の記載はない。

趣味は読書、旅行、映画鑑賞と、ありきたりだ。ほとんどの時間を、ピアノとともに過ごしてきたらしい。

シートを置き、恵を見る。

「差し支えなければ、サングラスを取っていただけませんか。お互いに、直接目を見て話をした方が、いいと思いますよ」

恵は、眼鏡《めがね》の縁に指を触れ、ためらいがちに言った。

「すみません。目の具合があまりよくなくて、太陽や蛍光灯の光がまぶしいんです。このままでは、いけないでしょうか」

「それじゃ、明かりを落としましょう」

ソファを立ち、窓のブラインドを半開きにセットして、部屋の照明を落とす。

ソファにもどると、恵はさもしぶしぶという感じで、サングラスを取った。

予想したとおり、アーモンドのように整った形をした、切れ長の目が現れる。ほとんど化粧気がないが、それでも十分に美しい顔だった。

サングラスをテーブルに置き、その手でカップを取り上げると、また一口ハーブティーを飲んだ。すべてに、右手を使った。

さりげなく、声をかける。

「左手を、お使いにならないようですね」

恵はそろそろと、カップを受け皿にもどした。

「ないものは、使えないでしょう」

挑戦的な口調だ。

「ないとおっしゃるのは、左手がないという意味ですか」

「そうです」

きっぱりと言った。

「お見受けしたところ、ちゃんとあるようですが」

「そう見えても、実際はないんです。ないものは、使えません」

頑固に言い張る。

黙っていると、恵はつけ加えた。

「そのことで、ここへうかがう決心をしたんですけど」

だとすれば、それは正しい判断だろう。

長手袋に目を向け、うなずいてみせる。

「それを取って、左手を見せていただけませんか」

恵は、まるで裸になれとでも言われたように、顎《あご》を引いた。

強い口調で言う。

「ないものは、見せられません」

「でも、わたしの目にはその長手袋の中に、左手がはいっているように見えますが」

恵は唇を引き締め、少しの間考えていた。

それから、急に自信を失ったように言う。

「あの、やはり、ほんとうにそのように、見えるのでしょうか」

「ええ、普通の人にはね」

「父や、ピアノ教室の生徒たちも、そう言うんですけど」

「実際に、そうだからですよ」

なんだか、禅問答のようになってきた。

恵はまた少し考え、思い切ったように言った。

「絶対に、左手は存在しないはずなのに、ほかの人から存在すると指摘されると、なんだかそんな気もしてくるんです。暗示にかかる、とでもいうか。本来存在しないものが、存在するような気がしてくるのは、精神的におかしくなったからだ、と思います」

「なるほど。本来存在しないものが、存在するような気がしてくる、と」

恵が言った言葉を、そのまま繰り返す。

恵は、こくんとうなずいた。

「そうなんです。それで、サイコセラピーを受けてみようと、電話帳で先生のクリニックを探して、ご相談にうかがったんです」

「なるほど。それは、正しい判断だったと思いますよ。めったにない症状のように、お見受けしますからね」

「そうでしょうか」

「たとえば、事故などで腕や足を失った人が、失う前と同じようにその部分に痛み、かゆみを感じたり、運動感覚を覚えたりすることがあります。その現象を、幻肢《げんし》体験と呼びます。これは、さして珍しいことではない。しかし、失ってもいない四肢を、失ったように感じるケースは、そんなに多くありません」

　恵は不服そうに、眉を軽くひそめた。

「でも、実際に存在しないんですから、しかたないと思います」

「すると、その長手袋の中にあるのは、本物の手じゃなくて義手だ、とおっしゃるん
ですか」

　恵は、見るからに気の進まぬ様子で、左手に目を落とした。

「いいえ。義手じゃありません」

「でも、長手袋の中には手の形をしたものが、確かに存在するように見えますよ」

「これは」

　恵は、そこで一度言葉を切り、決然と言った。

「これは、わたしの手じゃありません。他人の手なんです」

　虚をつかれる。

「他人の手ですって。意味が分かりませんね」

　恵はもどかしげに、右手で宙に円を描いた。

「つまり、手は手なんですけど、わたしの意志では動かないんです」

「動くことは、動くんですか」

ためらいがちに、うなずく。

「ええ。でも、思いどおりに動いてくれないので、できるだけ動かさないようにしてるんです」

「思いどおりに動いてくれない、と。それはどういう意味ですか。あなたの意志とは、別の動きをするということですか」

恵は目を輝かせた。

「そう、そのとおりです。この手は意志を持っていて、わたしの考えに逆らうんです」

「たとえば、どんな風に」

「どんな風にって、とにかくいたずらなんです。悪い手なんです」

「ぜひ、その手がいたずらするところを、拝見したいですね」

とんでもない、というように恵は右手を口にあて、目を見開いた。

「とても、お目にかけられません。先生もきっと、あきれてしまいます」

「あきれたりしませんよ。もし、あなたがご自分の悩みを解決したい、と思ってここへおいでになったのなら、わたしの言うとおりにしていただかないと」

恵は右手を膝にもどし、不安げに言った。

「どうすればいいんですか」

「そう、たとえばそのカップを左手で持って、ハーブティーを飲んでみてください」

恵はカップに目をやり、左手をぎゅっと握り締めた。

「やめた方がいいと思います。絶対、こぼしますから」

「こぼしてもいいですよ。ここに、タオルもありますし」

脇《わき》の小物入れから、タオルを取り出して見せる。

恵は、たっぷり十秒ほどためらってから、おずおずと左手を伸ばした。カップの取っ手に人差し指をかけ、受け皿の上で向きを半回転させる。

それから、人差し指と親指で取っ手を慎重につまみ、静かに持ち上げた。ごく自然な動作だった。

恵は、何も起こらないのが不思議だと言わぬばかりに、黙ってカップを見つめた。

一大決心をしたように、カップを口元に近づける。そのとたん、左手が急に細かく震え出した。

と見る間に、カップからハーブティーがあふれ出て、テーブルにこぼれ落ちる。急いでタオルを取ろうとすると、恵の左手がはねるように勢いよく、宙に突き出された。

ハーブティーが、まともに顔に降りかかる。カップが床に落ち、絨毯《じゅうたん》の上に転がった。

「すみません。ごめんなさい。やっぱり」

恵は叫ぶように言い、おろおろと中腰になった。

手を上げて、恵をなだめる。

「ああ、だいじょうぶです。そのままでいてください。心配いりませんよ」

タオルで顔をふき、濡《ぬ》れた白衣の胸元を押さえる。

カップを拾い上げ、濡れたテーブルと絨毯、ソファの一部をふく。

タオルを置いて、すわり直した。

恵が、急《せ》き込んで言う。

「すみません。ハーブティーをかけたのは、わたしじゃないんです。左手が、勝手にやったことなんです。信じていただけないかもしれませんけど、ほんとなんです」

すまなそうな、というよりむしろ得意げに聞こえる、はずんだ口調だった。

しかたなく、笑い返した。

「謝らなくてもいいですよ。あなたの左手は、確かにいたずらっ子のようですね」

「わたしの左手じゃなくて、わたしの左腕についているだれかの手、と言っていただけませんか」

細かいことに、こだわる性格のようだ。

「わたしが言ったのも、そういう意味ですよ」

恵は、満足そうにうなずいた。

「これで、分かっていただけたでしょう。わたしは、左手がないんです。ここにくっついているのは、他人の手なんです。悪い手なんです」

その興奮した様子は、さよならホームランを打ってお立ち台に立つ、野球の選手のようだった。

「よく分かりました。それで、そのだれかさんの手はいつ、そこにくっついたんですか。まさか、生まれたときからじゃないでしょう」

恵の興奮は急激に冷め、表情に暗い影が差した。

「もちろん、生まれたときはちゃんと、わたしの手がついていました。それが入れ替わったのは」

そこで言葉を切る。

「入れ替わったのは」

催促すると、恵は小さく息をついた。

「二年くらい前です」

「どんなきっかけで」

恵は唇をなめ、逡巡《しゅんじゅん》した。

「言いたくありません。というか、よく覚えてないんです。ちょっとした事故があって、目が覚めたら入れ替わっていました」

「どんな事故ですか」

恵の目を、苦悩の色がよぎる。

「言いたくありません。というか、よく覚えていないんです」

同じ言葉を、繰り返した。

「目が覚めたら、とおっしゃいましたね。それはつまり、その事故で一時的に意識を失った、ということですか」

「ええ」

恵は、あいまいにうなずいた。

間をもたせるために、タオルでもう一度テーブルをふく。

「左手が使えないとなると、ピアノの方はどうするんですか。教えるのに、差し障りが出るでしょう」

ためしに聞くと、恵は明らかに動揺した。

それを押し隠すように、背筋を伸ばして言う。

「でも、子供たちにレッスンする分には、問題ありません」

「ご自分の楽しみで弾くときとか、パーティなどで演奏を頼まれたりしたときは、困りますよね」

「事故があってから、人前では弾いたことがありません。自分で弾くときは、右手のための曲を弾きます。そういうのがあるんです」

「ええ、それは知っていますよ。ただ、それまで弾いていたモーツァルトや、ベートーヴェンのソナタが弾けなくなったのは、おつらいでしょう」

恵は不快そうに、眉をひそめた。

「先生には、関係ないと思いますけど」

「いや、そういうストレスも心の病と、大いに関係があるんです。かりに、今あなたが両手を使ってピアノを弾こうとすると、左手はどうなるんでしょうね」

恵は、鍵盤《けんばん》を叩《たた》くように右手の指を膝の上で、軽く躍らせた。

「言うことを聞きませんね。たとえば、わたしがモーツァルトを弾こうとしているのに、左手は勝手にベートーヴェンを弾き始める、といった具合に」

思わず笑う。

「それはそれで、おもしろいじゃないですか」

気を楽にさせようとして言ったのだが、恵はきっとなってこちらを睨《にら》んだ。

「おもしろくありません。先生にはピアニストの気持ちが、お分かりにならないんです」

「これはどうも、失礼しました」

もう一度、テーブルをふく。

恵が落ち着くのを待って、話を続ける。

「その事故の際に、頭を強く打ったりしましたか」

恵は即座に首を振った。

「いいえ、頭は打ちませんでした」

「意識を失うときは、たいがい頭部を強打するんですがね」

「でも、わたしは打ちませんでした。なぜそんなことに、こだわるんですか」

「あなたのお話をうかがった範囲では、もしかすると脳梁《のうりょう》が断裂したのではないか、と思ったんです。事故のあとにお医者さんから、そんなことを言われた覚えはありませんか」

「ありません。その、ノウリョウがダンレッツとおっしゃったのは、どういうことですか」

「人間の脳が、右脳と左脳に分かれていることは、ご存じですね」

「聞いたことはあります。右脳が空間認識、左脳が言語認識をつかさどるんですよね」

「そう、そのとおりです。音楽家も、しばしば右脳が発達している、といわれます。ことに、女性の音楽家は」

恵はとまどったように、瞬《まばた》きした。

「確か、右脳は左半身、左脳は右半身を統御している、という話も聞きましたけど」

「ええ、よくご存じですね。通常は、右脳と左脳をつないでいる脳梁、脳の梁《はり》と書きますが、脳梁を通じて右と左の情報が交換されます。ところが、事故や病気で脳梁が断裂すると、その情報交換ができなくなる。つまり、右脳と左脳がそれぞれ独立して、いわば二つの人格が同居するかたちになります。むろん、どちらもその人には違いないわけですが、あたかも二人の人間が一つの体に住む、といった状況になるわけです」

恵の顔に、不安が広がる。

「わたしの中に、二人の人間が住んでいる、とおっしゃるんですか」

「あなたの左手が、あなたの意志と無関係に動くとすれば、その可能性があると思いますね」

「でも、さっきから申し上げているように、頭を打ったりはしてないんです」

「場合によっては、脳神経外科に行かれた方がいいかもしれませんね」

脳神経外科と聞くと、恵の目に恐怖の色が浮かんだ。

「それは、絶対にいやです。先生のご専門の範囲で、なんとかならないでしょうか」

「わたしは、メンタル面のケアが専門ですから、器質的な疾患を治すことはできません。ただ、もう少し様子を見させていただければ、お役に立てるような気がします」

「ぜひ、お願いします」

恵は熱心な口調で言い、頭を下げた。

「それでは、あらためてお願いします。その長手袋を脱いで、左手を見せていただけませんか」

それを聞くと、恵は右手で左の肘のあたりを押さえ、少し身を引いた。

「何度も申し上げますけど、これはわたしの左手じゃないんです。この際ですから、手がついていることは、認めます。先生も含めて、ほかの人についているように見えるなら、否定してもしかたないですから。でも、お見せするのは、堪忍してくださ い。とても、ミニクイ手なので」

「ミニクイ。それは、美しくないという意味の、〈醜い〉ですか。あるいは、見づらいという意味の、〈見にくい〉ですか」

その質問に、恵はたじろいだ。

「ええと、それはつまり、両方の意味ですね」

そう言いながら、金輪際取るのはごめんだと言わぬばかりに、長手袋の裾《すそ》をさらに上に引っ張る。

無理強《じ》いしても、いい結果は得られそうにない。

考えるふりをして、ほんの少し時間を稼ぐ。

「それでは、あちらの寝椅子《ねいす》に横になって、少しお話をしていただきましょうか」

恵は警戒するように、間仕切り兼用のサイドボードの向こう側にある、セラピールームをちらりと見た。

目をもどして聞く。

「どんなお話ですか」

「ほんの雑談です。あなたのいやがることを、無理やり聞いたりしませんから、ご心配なく。あなたが、進んでお話しになりたいことだけを、聞かせていただきます。話をしているうちに、あなたの悩みを解決するヒントを、見つけられるかもしれません。上着を脱いで、ハンドバッグと一緒にテーブルの上に、置いてください」

恵は、いかにもしかたないという様子で上着を脱ぎ、袖なしのブラウスになった。

それから、テーブルに置いたサングラスをしまい、ハンドバッグを右手で強くつかむ。

「このバッグは、持ったままでお願いします。何か持っていないと、心細いので」

*

更科恵は、寝椅子の上に横になった。

それは、ある意味では非常に無防備な姿勢で、最初は横たわる人間を不安に陥れる。しかし、慣れてしまえば逆に気持ちを安定させる、不思議な作用がある。

窓のブラインドを全部閉じ、部屋の間接照明だけを点灯する。

ブラウス姿の恵は、寝椅子の上で居心地悪そうに、もじもじと動いた。すぐ脇の床に、きちんとそろえられたハイヒールが、置いてある。それは少しの狂いもなく、黒と茶の市松模様になった床材の、四角い枠の一つにきちんと収まっていた。万事、几帳面な性格らしい。

恵は、長手袋を引き抜かれるのを恐れるように、腕をハンドバッグごと胸の下で、しっかりと組み合わせた。靴下に包まれた爪先《つまさき》が、ときどきぴくりと動く。それを別にすれば、恵はエジプトで見つかったミイラのように、じっと横たわっていた。

「リラックスしてください。わたしは、あなたの右斜め後ろにあるソファに、すわっています。あなたの顔は、直接見えません。声だけで、やり取りをするのです」

恵は、不安そうに言った。

「あの、ほかに聞いている人は、いないのでしょうか」

「いませんよ。このクリニックは、わたし個人のマンションの一室ですし、ほかに人はいないんです。念のため、壁も床も天井も遮音構造になっていますから、かりに泣いたりわめいたりしても、外に聞こえることはありませんよ」

「分かりました」

手元のパソコンを、操作する。

「それでは、天井を見てください」

そばの、サイドテーブルに載った小型の映写機が連動して、白い天井に画像を映し出した。

「今映っている画像は、何に見えますか。あまり深く考えずに、思いつくままに言ってください」

「ええと、黒い染みに見えますけど」

笑いをこらえる。

「おっしゃるとおりですが、その黒い染みがなんの形に見えるかを、言っていただきたいんです」

恵は身じろぎした。

「ああ、分かりました。これって、ロールシャッハ・テストですね」

「そうです。なんに見えますか」

「ええと、コウモリですね。吸血コウモリ」

コウモリに、〈吸血〉をつけて答える者は、あまりいない。

「では、続けます。これは」

「枯れた、イチョウの葉っぱかしら」

「はい。その調子で続けてください」

パソコンを、次つぎと操作する。

「カマキリの頭」

「宝島の地図」

「つぶれたカエル」

「先の丸いロケット」

「アメーバ」

その調子で、十数枚見せる。

恵は、すべての答えを三秒以内に、口に出した。ほとんど、迷うことはなかった。回答パターンから推測するかぎり、恵にはいくらか神経症の傾向がみられたが、さほど重篤なものではない。正常値の範囲内だった。

次の段階に進む。

「これから、砂時計の映像が出ます。砂が落ち始めたら、何も考えずにその砂を見つめてください。できれば、その砂の数をかぞえるくらい、気持ちを集中して」

「はい」

画像を、動画に切り替える。

天井に、大きな砂時計が映写され、砂が落ち始めた。

「さあ、砂が落ち始めました。さわることができたら、気持ちいいほどさらさらの、柔らかい砂です。そう、いっそのこと自分の体がその砂に、少しずつ埋まっていくところを、想像しましょう。どうですか。気持ちいいでしょう」

「はい」

「砂は間断なく、下半身に降りかかります。気分が落ち着いてきて、体が軽くなるような感じがしませんか」

「します」

軽い催眠状態にはいったようだ。

白衣の胸ポケットから、伸縮式のポインターを取り出して伸ばし、先端部分を恵の頭上に突き出す。

「あなたは今、椅子にすわっています。砂が、あなたを椅子ごと足元の方から、埋めていきます。でも、砂の重さは感じませんね」

「ええ、感じません」

「あなたの頭の上に、ポインターの先が見えますね」

「見えます」

それを細かく揺らす。

「その先から、砂が流れ落ちてくるところを、想像してください。砂の量は、どんどん増えていきます。砂は、あなたの顔や上半身にはかからず、どんどん下半身を埋めていきますね」

「ええ。下半身が、埋まっていきます」

「気持ちいいでしょう」

「ええ。あまり気持ちがよくて、眠たくなるくらいです」

「眠たくなったら、目をつぶってもかまいませんよ」

恵は、返事をしなかった。

やがて寝息が聞こえ始め、まったく身じろぎしなくなる。それぞれ、反対側の肘を強くつかんでいた左右の手が、しだいに緩んでいくのが分かった。

催眠状態が、深まっている。

しばらく様子を見たあと、ポインターをポケットにもどした。

静かに語りかける。

「さあ、下半身が腰のあたりまで、埋まりました。もう、足が動かないでしょう」

「動きません。重さは感じないけど、なぜか動かないんです」

完全な催眠状態にはいったようだ。

「でも、腕は動きますね」

「はい」

「目の前に、ピアノが現れましたね」

恵は横たわったまま、ずり上がるようなしぐさをした。

「ええ。どうして、こんなところに、ピアノがあるのかしら」

「それは、あなたがピアノを弾きたい、と思ったからですよ。ためしに、弾いてみたらいかがですか」

恵は、もじもじした。

「でも、足が砂に埋まっているので、ペダルを使えません」

「だいじょうぶ、使えますよ。埋まっていても、足の先は動かせるはずです」

恵は、軽く足踏みをするようなしぐさをした。

「ほんとうですね。それじゃ、ちょっとだけ弾きます。何か、リクエストがありますか、先生」

「ええと、そうですね。ピアノ曲はあまり知りませんが、ベートーヴェンのピアノソナタに、〈悲愴〉というのがあったでしょう。パテティシュ、でしたか。その第二楽章の、アダージョ・カンタービレをお願いします」

「パテティシュね。今日は楽譜もないし、うまく弾けるかどうか分かりませんけど、やってみます」

恵は腕組みを解き、右手を腹に載ったハンドバッグの上にかざして、存在しない鍵盤に指を躍らせ始めた。

口から小さく、〈悲愴〉の第二楽章の旋律が漏れてくる。爪先も、ときどきペダルを踏むように、小さく動いた。

しかし、左手はバッグの下部に当てられたまま、演奏に参加することはなかった。

しばらく、黙って恵の様子をうかがっていたが、短調に転調したところで声をかける。

「低音の部分が、聞こえてきませんね。左手を使ってないんじゃありませんか」

とたんに、宙を躍っていた右手がぱたりと落ち、口ずさんでいた曲も止まった。

「左手は、使えないんです。あまり、へたくそなものですから」

「でも、ちゃんと動きますよね」

恵は、肩を揺すった。

「動きますけど、思うように弾けないんです。右手のじゃまばかりして」

「どうしてですか。左手も、小さいころから右手と同じように、一所懸命練習してきたんでしょう」

「でも、だめなの。左手は、とっても悪い手なの」

恵の口調が、急に幼いころにもどったように、舌足らずになる。

「どこが悪いんですか。左手も、あなたの一部なんですよ」

「違うわ。この手は、わたしのじゃないの。カオルの手なの」

突然、人の名前らしきものが出てきたので、耳をそばだてる。

「カオルって、だれのことですか」

恵はそれに答えず、何かを避けようとするように、頭上に右手をかざした。

「やめて、やめて」

かまわず、追及する。

「それがカオルの手だとしたら、どうしてそうなったかを説明してくれませんか」

恵は突然、上体をむくりと起こした。

「やめて、やめて」

喉《のど》から声を絞り出し、何かを払いのけるような具合に、右手を振り回した。

その拍子に、腹の上に載ったハンドバッグが滑って、床に落ちる。

こちらも少し焦って、椅子から腰を浮かした。

「どうしたんですか」

「やめて。やめてったら、カオル。お願いだから、やめて」

恵はそう叫び、寝椅子の上で身悶《みもだ》えした。

次の瞬間、恵の口から恐ろしい悲鳴が上がり、体がすわったまま三十センチほども、飛び跳ねたように見えた。

手を差し出すいとまもなく、寝椅子から床に転落する。

そのまま、恵は左腕を体でかばうようにして、床の上を転げ回った。

そばに駆け寄り、押さえつけようとした。しかし、すごい力で暴れるので、手に負えない。鎮静剤を注射しようにも、これではとても無理だ。

とっさに、サイドテーブルの小引きだしから、クロロホルムの瓶を取り出した。

それをタオルに染み込ませ、恵の鼻に押しつける。

恵は、唸《うな》りながらなおも暴れ続けたが、体から少しずつ力が抜けていき、やがてぐったりと静かになった。

意識を失った恵は、砂袋のように重かった。ようやく抱え上げて、寝椅子に寝かせる。それだけで、汗をかいてしまった。

椅子にもどり、一息つく。

こちらの誘導によって、恵はある程度深い催眠状態にはいり、ピアノを弾くしぐさをした。ただし、その中にあっても左手を使うことだけは、かたくなに拒んだ。かなり強いトラウマが、残っているに違いない。

ふと床を見ると、落ちたハンドバッグの口金が開き、中身がこぼれていた。拾い上げ、サングラスやコンパクト、小銭入れなどを中にもどそうとしたとき、ビニールケースにはいった写真が、ふと目に留まった。

サイドテーブルのライトをつけ、その写真を点検した。

若い女が二人、ベンチにすわって腕を組み、笑いながらこちらを見ている。どこかの遊園地で、撮ったものらしい。

驚いたことに、二人の女は服装や髪形もほとんど変わらず、どちらも恵とそっくりだった。いや、どちらか一人は確かに恵だが、見分けがつかない。

他の一人は十中八九、姉か妹に間違いあるまい。撮影されたのは何年か前のようだが、いずれにせよ二人とも年格好はほぼ同じで、顔立ちも共通の型から取ったように、似すぎている。少なくとも、写真を一見しただけでは、区別できない。

面談シートには、両親だけで兄弟姉妹の記載がなかったが、おそらく双子の姉か妹がいる、と見当をつけた。そう、恵にはなにからなにまで瓜《うり》二つの、双子の姉妹がいるのだ。

写真も含めて、中身を全部ハンドバッグにもどし、恵の腹の上に載せた。

ブラウスの胸が、規則正しく上下するのを、確認する。暴れたせいで、裾がスカートからだらしなくはみ出し、長手袋も肘から少しずり落ちている。

麻酔の効き目は、十五分ほどにすぎない。このまま、ストレートに意識を取りもどさせると、後遺症の出る恐れがある。催眠をかけたあと、正常な状態にもどすためには、解催眠の手続きを行なわなければならない。

それまでに、もう少し時間がある。

恵を眺めているうちに、長手袋の中の左手を見てみたい、という衝動に駆られた。

幸い恵は、まだ目を覚ます気配がない。

これも、セラピーの一環なのだ。そう自分に言い聞かせて、恵の体の上にかがみ込む。

左腕をおおう長手袋の裾を、指でつまんでそっと引き下ろしていく。真っ白な肌が、少しずつあらわになるにつれて、胸がどきどきし始めた。

全部脱がす必要はなかった。

手首近くまで下げたとき、そこに恵のトラウマを見つけた。それは、ブレスレットのように腕のまわりを一周する、赤黒い傷痕《きずあと》だった。傷痕は、術後より目立たなくなっていねいに、縫合手術を施された形跡がある。ことに女性ともなれば、夏でも長手袋を欠かせないだろう。半袖のときはもちろん、長袖の上着でも脱がなければならぬことが、あるからだ。

手首の傷痕とはいえ、ぐるりと一周しているところからして、自殺を図ったあととは思えない。何かの理由で切断したあと、外科手術でつなげたものらしい。

ピアニストにとって、腕や手、指の切断は、致命的な損傷だ。たとえ接合したにせよ、プロの演奏家としての道は断たれるし、精神的ショックも大きいに違いない。

いずれにせよ、切断された経緯を突きとめないかぎり、恵の左手コンプレックスは解消されないだろう。

長手袋を、もとどおりに引き上げる。ついでに、スカートからはみ出したブラウスの裾も、中に押し込んだ。

恵の寝息をうかがい、十分ほどたったころ話しかける。

「もう、怖いことはありませんよ。足元の砂が、だんだん減り始めます。ちょうど、テープを巻きもどしするように、砂が舞い上がっていきます。ほら、少しずつ足元が、軽くなったでしょう」

声が、夢うつつの耳に届いたらしく、恵は体で大きく呼吸してから、うなずいた。

ペパーミントの芳香剤を取り出し、恵の顔のあたりに近づける。

「すっとする、いいにおいがしてきました。目が覚めると、すごく気持ちがよくなっているはずです。夢で見たことは、すっかり忘れています。いいですね」

恵は、においを嗅《か》ごうとするように、顎を突き出した。鼻孔が少し開く。

芳香剤をゆっくりと左右に動かし、その香りをたっぷりと嗅がせた。麻酔からさめたあとは、しばしば悪心《おしん》を訴えることが多いので、それを防ぐためだ。

「それでは、三つ数をかぞえますよ。三つめをかぞえ終わったら、あなたは目を覚まします。気分爽快《そうかい》で、何も覚えていません」

こちらの言葉に反応して、恵はこくりとうなずいた。

ゆっくり、一、二、三とかぞえる。

恵は目を開き、足元に立つこちらの顔を見て、軽くほほ笑んだ。

「ご気分は、どうですか」

声をかけると、恵は肩を小さくすくめた。

「いいですよ。どこかの海岸に行って、裸足《はだし》で砂浜を歩いたような気分です」

何も覚えていないようだ。

別段、気分が悪い様子も見せないので、ほっとした。

自分の椅子にもどる。

恵は、やや緊張した声で言った。

「いつの間にか、うとうとしたような気がするんですけど、まさか催眠術にかかったんじゃないでしょうね」

「催眠術は、かけていませんよ。あなたが自然に気持ちを開くように、精神安定療法を施しただけです」

「わたし、どんな話をしたんでしょうか。覚えてないんですけど」

「あなたの悩みを解決する、いくつかのヒントが得られましたよ」

「どんな」

一呼吸おいて、いきなり切り込む。

「カオルさんというのは、どんな字を書くのですか」

斜め後ろから見ても、寝椅子にもたれた恵の肩がこわばるのが、すぐに分かった。

「カオルを、どうしてご存じなんですか」

「さっき、あなたがその名前を、口にしたからです。どういう字を書くのですか」

答えるまでに、少し時間がかかる。

「薫大将《かおるだいしょう》の、薫です。源氏物語の」

「なるほど。薫風さわやかな、薫ですね」

「ええ」

「薫さんは、あなたのお姉さんですか」

「違います」

言下に否定した。

「それじゃ、妹さんですか」

今度は、間があく。

「違います」

声が低くなった。

「隠さなくてもいいですよ。というより、隠さない方がいいんです。あなたの悩みは、どうやら薫さんにあるらしいのでね」

「薫の話は、やめてください。わたしがさっき、何を言ったとおっしゃるんですか」

思い切って言う。

「はっきり申し上げましょう。実は、わたしはあなたの左手首の傷を見ましたし、バッグの中にお持ちの写真も、拝見しました。あなたが、おそらく双子と思われる妹さん、ないしは姉さんと二人で、写っている写真です」

　恵は、さっきと同じようにむくりと上体を起こし、床に足を下ろした。蒼白《そうはく》な顔をして、こちらを睨みつける。

「わたしに無断で、そんなことをなさる権利があるんですか」

「無理やり、見たわけではありません。手首は、長手袋がずれて見えただけですし、写真はハンドバッグが床に落ちた際に、外にこぼれ落ちたのです」

　恵は聞く耳を持たず、なおも憤然とした口調で続けた。

「たとえセラピストの先生でも、患者のいやがることをしたり、許可していないことをしたりするのは、間違っていると思います。はっきり言って、先生には失望しました」

　こちらが言い返す前に、恵はハンドバッグを右手でぎゅっとつかみ、立ち上がってハイヒールをはいた。

　急いで椅子を立つ。

「待ってください。ここで行なった治療の経過や、あなたが口にされたお話を外に漏らすことは、絶対にありません。わたしは、治療に必要だと考える処置を自分の判断で、あなたに施しただけです。あなたが、ご自分の悩みを解決したいとお考えなら、それを受け入れていただかなければ」

「いいえ、受け入れられません。これで、失礼します」

恵は、サイドボードの横を擦《す》り抜け、応接セットにもどった。

テーブルから、上着を取り上げてすばやく着込み、こちらに向き直る。人が変わったように、冷たい表情だった。

「診療代を、お払いします。おいくらでしょうか」

取りつく島もない。

「初診料も含めて、三万円です」

その答えに、恵はちょっとたじろぐ様子を見せたが、左の手首でハンドバッグを支え、右手で口金をあけた。

すかさず言う。

「お待ちなさい。今ここで、診療代をいただくわけにはいきませんよ」

恵は動きを止め、こちらの顔を見直した。

「なぜですか」

「まだ、治療が終わっていないからです。診療代は、あなたの悩みが解決してから、いただくことにします」

「でも、わたしはもうここに来るつもりは、ありませんから」

「おうちに帰って、よく考えた方がいい。来週の今日、同じ時間にいらしてください。もう一度、わたしのセラピーを受けるかどうか、そのときに決めればいいでしょう。どうしてもいやなら、そのときに診療代をいただきます」

恵は、五秒ほど考えていたが、やがて口金をぱちんと閉じ直した。

「分かりました。今日は、あまり持ち合わせもありませんし、来週清算させていただきます。セラピーは、もう受けないと思います」

足音に怒りを込めながら、恵は一直線に戸口へ向かった。

＊

インタフォンが鳴る。

応答ボタンを押すと、先週と同じようにモニター画面の中に、サングラスをかけた女の顔が、大写しになった。

「はい」

「更科です」

「あけます」

玄関ホールのドアを解錠し、モニターをオフにする。

ちょうど、一週間たっていた。

応接室の明かりを消し、窓のブラインドを閉じた。セラピールームも、間接照明だけにする。

上がって来た更科恵は、服装も長手袋もハンドバッグも靴も変わらず、一週間前とまったく同じいでたちだった。寸分の狂いもないので、まるで時間を巻きもどしたような、奇妙な錯覚を覚える。

恵は、まっすぐ応接セットにやって来ると、自分からサングラスをはずした。しおらしく頭を下げる。

「先日は、どうも失礼いたしました」

「いえ、こちらこそ。どうぞ、おかけください」

「ありがとうございます」

恵は、ハンドバッグにサングラスをしまい、すなおにソファに腰を下ろした。見たところ、先週この部屋に残して行った怒りの色は、跡形もなく消えたようだった。

向かいにすわる。

「その後、ご気分はいかがですか」

恵は、ちらりとこちらを見て、すぐに目を伏せた。

「悪くありません。先週のセラピーが、効いたような気がします」

そう言って、長手袋をはめた手でハンドバッグを、ぎゅっとつかむ。

それを見て、恵が両手を使ったことに、気がついた。

「今日は、左手を使っていますね」

そう指摘すると、恵ははっとしたように左手を離し、太ももの上に置いた。

「あれから少し、使えるようになったと思います。やはり、治療の効果があったのでしょうか」

「それはどうですかね。別に、治療らしい治療を、したわけではないので」

恵は、もじもじとすわり直し、思い切ったように言った。

「あの、それで、できればこのまま、セラピーを続けていただきたいんです。診療代は、終わった段階でまとめて、お支払いいたします」

「それでかまいません。続ける気になっていただいて、わたしもうれしいです。中途半端は、かえってよくないですからね」

「ええと、この間いただいたハーブティーを、またいただけないでしょうか。気分が落ち着くものですから」

「いいですよ」

ハーブティーをいれ、恵の前に置く。

恵は、右手でカップを取り上げ、うまそうに飲んだ。

「まだ、手袋をはずす気には、なれませんか」

ためしに聞くと、恵はカップを受け皿にもどして、眉根《まゆね》をきゅっと寄せた。

「ええ、まだ、ちょっと」

「参考までにお尋ねしますが、おうちでもそれをしたままなのですか。ご家族にも、ピアノの生徒さんにも見られたくない、とか」

「そのとおりです。自分でも、見たくないくらいですから。手袋を取り替えるときや、お風呂《ふろ》にはいるときははずしますが、できるだけ見ないようにしています。見たって、どうせ人の手ですし」

「人の手、というのはどういう意味ですか。手首が一度切断されて、つなぎ直された痕がありますね。別の人の手に、すげ替えられたということですか」

「そうです」

迷いのない答えだった。

「だれの手と、すげ替えられたのですか」

「知りません。少なくとも、わたしの手ではありません」

頑強に言い張る。

「わたしが拝見したところでは、継ぎ目もきちんとそろっているし、形も右手とそっくりでした。まるで、双子のようにね」

それを聞くと、恵は無意識のように顎を引いたが、何も言わなかった。

話を続ける。

「わたしの見るかぎり、他人の手とは思えませんでした。かりに他人の手だとするなら、どこから調達されてきたとお考えですか」

恵は当惑したように、唇を一度引き結んだ。

「わたしには、分かりません」

「もしかして、薫さんの手なんじゃありませんか。妹さんか、あるいは姉さんの」

「薫は、妹でも姉でもありません」

あくまでも、否定する。

「どちらにしても、薫さんの手ではないのですか」

「どうして、そんなことを」

「先週、無意識状態にあるときに、あなたがそうおっしゃったのです」

恵は、肩を軽くすくめた。

「覚えていません。でも、だれかの手であることは、確かなんです」

これでは、堂々巡りだ。

「話をもどしましょう。手首を切断したときの状況を、聞かせていただけませんか」

恵はたじろぎ、顎を引いた。

「ですから、覚えていないんです。わたしはずっと、意識を失っていました。気がついたときには病院にいて、すでに接合手術が終わっていたんです。それからのことは、よく覚えていますけど」

「お聞きしたいのは、接合したあとの話ではなくて、切断したときの話なんですが」

「ですから、覚えていないんです」

もう一度、断定的に繰り返した。口調に、反発の色がある。

「いいですか。それを思い出さないかぎり、左手がない、少なくとも自分の手ではない、と感じる症状は、消えないのですよ」

「思い出せないものは、思い出せないんです」

「思い出せないんじゃなくて、思い出したくないだけでしょう」

恵はぐっと詰まり、口をつぐんでしまった。

続けて言う。

「あなたが、ほんとうにその妄想《もうそう》を追い払いたいなら、麻酔分析を行なうしかありませんね」

「麻酔分析」

恵はおうむ返しに言い、不安げにこちらを見返した。

「そうです。麻酔薬を注射して、あなたの意識を半覚醒の状態に保ち、心のわだかまりを吐き出させる療法です。物理的な催眠療法、といってもいいでしょう」

情報機関などが、敵国のスパイの口を割らせるために注射する、アミタールという薬物を使う。それを注射されると、精神的な抑止力が極端に鈍くなり、意志と無関係に秘密をしゃべってしまうので、〈真実の血清〉などと呼ばれることもある。

恵は、喉をごくりと動かした。

「その療法を受けると、忘れていたことを思い出すのですか」

「忘れていたというか、できれば忘れたい、黙っていたいと思うことを、口に出せるようになります。ただし、薬がかならず功を奏する、とはかぎりません。心の葛藤《かっとう》が強すぎる場合、薬を使ってもほんとうのことを言わない、という例もあります」

恵は目を伏せ、少しの間考えた。

目を上げて言う。

「うまくいけば、この左手が自分のものかそうでないか、自分のでないとすればだれのものか、明らかになるんですね」

「まあ、そういう言い方も、できるでしょう」

恵はうなずき、きっぱりと言った。

「麻酔分析を受けます」

「いいでしょう。それでは、この間と同じように上着を脱いで、バッグと一緒に置いてください」

恵は、脱いだ上着をハンドバッグと一緒に丸め込み、テーブルに置いた。前回は、ハンドバッグを一緒に持って行こうとしたが、今回はあっさり手放した。ただし、長手袋を取ろうとはせず、こちらもそれにこだわらなかった。

立ち上がって、セラピールームを示す。

「では、あちらにどうぞ」

恵が、寝椅子に横になる間に、アミタールの準備をした。注射器に、二・五パーセントに希釈した溶液を、吸い込ませる。

セラピールームに移り、寝椅子のそばにひざまずいた。恵のハイヒールは、脇にどけておいた。

恵が、肘の上まで長手袋に包まれた右腕を、自分から差し出す。

「手袋を少し、下にずらしてください。血を採るときと同じです」

こちらの注文に、恵はちょっとためらった。

それから、思い切ったように左手を添え、長手袋を引き下げていった。あえて手を貸さず、一人でやらせておく。

長手袋はなかなか下がらなかったが、それは左手の指の動きがぎこちないばかりか、前回よりきつめの長手袋をしてきたせい、と思われた。治療中に、またひそかに脱がされるのを防ぐため、と考えられなくもない。

しかし、前回すでに見られてしまった傷痕を、今さら隠す必要があるだろうか。

もしかして、傷痕を見られたくないからではなく、それがなくなっているのを見られたくないから、ということがありうるだろうか。

ようやく長手袋が五センチほどずれ、肘の内側の静脈があらわになる。

そこを、アルコールで消毒しながら、説明した。

「薬物を約十cc、ここから注入します。ただし、いっぺんにはやりません。ゆっくり、ゆっくり注入します。おそらく四、五分はかかるでしょう。その間に、だんだん体がだるくなり、眠気が差してきます。ただし、実際に眠るわけではありません。話したくなったら、遠慮なく話していただいてかまいません。いいですね」

「分かりました」

注入を開始する。

プランジャーの頭を、少しずつ押し込みながら、当たり障りのない話をした。

好きな食べ物は何か。アップルパイとピザ。

好きな場所はどこか。市内の乙女山公園と、幡瀬《はたせ》川沿いの土手の道。

好きな作曲家は。ブラジルの、エイトル・ヴィラ＝ロボス。

尊敬するピアニストは。スペインの、アリシア・デ・ラロチャ。

そんな話をしているうちに、アミタールの注入を終えた。

さらに十二、三分、他愛もない話をして、薬が十分に回るのを待つ。恵は、間断なくよもやま話に応じたが、しゃべり方がやや放恣《ほうし》になった。

頃合いを計って、本題にはいる。

「さて、そろそろ始めましょうか。気分はどうですか」

「いいです。とてもリラックスしてます」

「よかった。なんでも話せる気分ですか」

「ええ」

そう答えたあと、すぐに付け加える。

「たいていのことは」

まだいくらか、防衛機制が働いているようだ。

「話せる範囲で、けっこうですよ」

「ええ。どうぞ、ご遠慮なく」

言葉遣いが、なれなれしくなる。

「それでは、最初の質問。あなたは、恵さんですか」

「そうよ。知ってるくせに」

「もしかして、薫さんじゃありませんか」

一瞬、恵の呼吸が止まったように、見受けられた。

「いいえ。どうして、そんなことを聞くんですか」

「別に、理由はありません。ただ、お聞きしただけです」

「あまり、おもしろい質問じゃないわね」

胸ポケットから、ポインターを取り出す。先を伸ばして、恵の頭上に掲げた。

「ポインターの先を、見てください。揺れているでしょう」

「ええ」

「それを見ながら、思い出してください。二年前あなたの左手に、何が起こったかを」

恵は、肩をぴくりとさせた。

セラピールームに、重苦しい沈黙が流れる。それはたっぷり、三十秒ほど続いた。

やがて恵が、低い声でぽつりと言う。

「薫は、父を愛していたわ」

唐突な言葉に、一瞬とまどった。

「なるほど」

よけいなことは言わず、あいづちを打つにとどめる。

「でも父は、わたしを愛していたの」

黙っていると、恵は続けた。

「父の歓心を買うために、薫はなんでもわたしのまねをしよう、としたわ。ピアノにも挑戦したし、同じようにお化粧もした。同じ服を着たりもしたわ。でも、むだだった。いくら似ていても、薫はわたしになれなかった。父は、そんな薫をうとましく思って、ますますわたしをかわいがったの。父はときどき、わたしを抱いて寝たわ」

ポインターを引っ込め、三十センチほどに縮める。手が汗ばんでいた。

「それは、いつのことですか」

「つい二年前まで、ずっと」

恵は、二年ほど前に左手を失った、と言っていた。

「そうなったのは、いつごろからのことですか」

「母が死んだときから」

母の死は十六年前、恵が十五歳のときだ。

すると十四年間も、恵は実の父親によるセクシャル・ハラスメントを、受け続けてきたのか。だとすれば、それがトラウマの一つになっていることは、間違いない。

質問を続ける。

「でもそれは、二年前に終わったんですね。つまり、あなたが左手を失ったという、その時期に」

「ええ」

恵は短く応じて、体ごと大きくため息をついた。

少し間をおく。

「薫さんは、お父さんを愛していた。お父さんは、あなたを愛していた。それで、あなた自身の気持ちは、どうなんですか」

「わたしは」

恵は、そこで言葉を途切らせ、おもむろに続けた。

「薫が好きだった」

すると、それはいわばある種の三すくみ状態、ということになる。

「当面の問題に、もどりましょう。あなたの左手は、あなたのものではない、と。だとすれば、だれのものだとおっしゃるのですか」

答えはなかった。

沈黙が続く。せいぜい、一分足らずだったと思うが、恐ろしく長く感じられた。

突然、恵がむっくりと、上体を起こした。寝椅子から足を振り下ろし、こちらを見る。間接照明の下でも、その目が異常にきらきらしているのが、見て取れた。

「薫。こっちへいらっしゃい」

恵は、ぞくぞくするような甘い声で、そう言った。

反射的に、腰を上げる。

恵は、口元をひくひくさせながら、こちらを見上げてきた。

「早く来て」

その口調には、どこか抗しがたい響きがあった。治療のためにも、言われたとおりにしなければいけない、ととっさに判断する。

そばに行った。

恵は、右手の指を左の長手袋の裾に食い込ませ、ゆっくりと引き下ろし始めた。半分ほどで止め、今度は長手袋の指先をつまんで、一息に引き抜く。思わず、手首に目をこらした。

そこには、先週見たのと同じ赤黒い傷痕の輪が、くっきりと残っていた。ため息が出る。

恵が双子の片割れ、薫と入れ替わったのではないかという予想は、みごとにはずれた。

恵は、長手袋を床にぽいと投げ捨てると、あらわになった左手を伸ばした。白衣の前をはだけ、スラックスの上からこちらの股間に、指先を触れてくる。

これには驚いたが、中途半端に麻酔分析を打ち切れば、逆効果になる恐れがある。

もう少し、様子を見ることにした。

恵は、指先を微妙に動かしながら、含み笑いをした。

「ふふ。悪い手ね」

独り言のようにつぶやき、なおも股間をさすり続ける。

意に反して、こちらの股間に眠っていたものが、目を覚ました。急激に、育ち始める。焦りを覚え、左手のポインターを握り締めて、冷静になろうとした。しかし、焦れば焦るほど興奮は高まり、自分の意志がきかなくなる。

「ほんとに、悪い手。でもこの手は、薫のものよ」

恵は、目をきらきらさせながらファスナーをつまみ、ゆっくりと引き下ろした。中に手を入れ、指先で下着をまさぐる。

その段階で、こちらのものはすでに最大限に成長し、痛いほどになっていた。

息を吸って、たしなめる。

「やめなさい、恵。ほんとうに悪い手だよ、きみの左手は」

声がうわずった。

とたんに、恵の顔が冷気を浴びたようにこわばり、能面のようになった。

「悪い手。悪い手」

しゃがれ声で言い、こちらの股間から左手を引き出す。

次の瞬間、恵はわめいた。

「悪い手だね。おまえが悪いんだ。こらしめてやる」

右手がひるがえり、こちらの左手の中にあったポインターを、いきなり引ったくった。

恵は床に膝をつき、サイドテーブルの上に左腕を載せると、握ったポインターを手首のあたりに、猛烈な勢いで叩きつけた。

恵の口から、耳をつんざくような悲鳴がほとばしる。ポインターを投げ出し、左腕を抱えて床の上を泣きわめきながら、転げ回った。

さすがに動転して、恵の体を押さえつけようとした。しかし、すごい力で暴れるので、つかまえることができない。ポインターをもぎ取るのが、精一杯だった。手の施しようがなく、思わず尻込《しりご》みする。

そのとき、驚いたことに間仕切りの向こうで、人影が動いた。

いつの間に中にはいったのか、白シャツにジーンズ姿の男が間仕切りを回り、こちらへやって来る。

声をかける暇もなく、男は転げ回る恵のそばに膝をついて、すばやく両腕をつかんだ。

「もうだいじょうぶだよ、恵。落ち着くんだ。ちょっと、悪い夢を見ただけだからね」

低い声で語りかけ、やさしく背中をさする。

頭が混乱して、その場に立ち尽くした。

斜め後ろから、男の肩口を見下ろしているうちに、何か言わなければと気がついた。

「あの、どうやって中にはいったんですか。玄関ホールは、オートロックのはずですが」

動転のあまり、間の抜けたことを聞いてしまう。

男は振り向きもせず、なおも恵を介抱しながら応じた。

「恵が中にはいった直後、たまたま別の人が出て行くのにぶつかって、入れ違いにはいりました。こちらのクリニックのドアは、鍵がかかっていませんでした。麻酔分析が始まるころから、踏み込みにこっそり忍び込んで、聞いていました」

ようやく、落ち着きを取りもどす。

「黙ってはいったりされては、困りますね。あなたは、どなたですか。更科さんを、恵と呼んでおられたようですが、ご家族のかたですか」

「ええ。弟の薫です」

あっけにとられる。

「薫。弟さんですか」

「そうです」

言葉を失い、呆然《ぼうぜん》とする。

ようやく、声を絞り出した。

「弟さんがおられるとは、知りませんでした。確かに恵さんは、薫さんのことを姉でもないし妹でもない、と否定しました。しかし弟さんなら弟さんと、なぜ言わなかったんでしょうね」

薫はそれに答えず、さらに一分ほど恵の体を、さすり続けた。

そうこうするうちに、あれほど狂ったように暴れていた恵が、徐々に静かになっていった。

やがて薫は、ぐったりした恵の体を抱き上げて、寝椅子の上に寝かせた。

ゆっくりと、こちらに向き直る。

「ごめんどうをかけました」

そう言った薫の顔を見て、電撃に打たれたように驚いた。

間接照明の明かりをぼんやりと受けて、もう一人の恵がこちらを見ていたからだ。

＊

化粧こそしていないが、そこには恵と瓜二つの顔があった。

喉が詰まって、声が出ない。

更科薫は、ほほ笑んだ。

「お分かりでしょう。恵とぼくは、双子なんです。二十分遅れて生まれたので、ぼくが弟ということになりますが」

頭の混乱は、容易に収まらなかった。

「てっきり、女性同士の双子だとばかり、思っていました。お二人で撮った写真を、たまたま目にしたものですから」

そもそも、男性と女性の双子は男性同士、女性同士のそれに比べて数が少なく、ましてそっくりに育つ二卵性双生児は、もっと少ない。

薫は、見ようによっては妖《あや》しい笑みを、口元に浮かべた。

「あの写真は、同じ服を着てかつらをかぶり、お化粧をして撮ったんです。ぼくは、恵にばかり注がれる父親の愛情を、なんとか自分に向けさせたかった。そのために、ピアノの練習もしたし、恵と同じ女の格好もしてみました。しかし、どうやっても恵に対する父親の関心は、ぼくには振り向けられなかった」

恵が言った言葉を思い出す。

「しかし、恵さんはお父さんの愛情がうとましくて、あなたに救いを求めたんじゃありませんか」

薫は目を伏せた。

「ええ。うちの家族は三人とも、普通とは違うんです。母親が死んでから、とくにひどくなりました」

ようやく、頭の整理がつき始める。

「恵さんはあなたに、性的な接触を求めようとしたんですね」

薫の口元が、かすかに歪《ゆが》む。

「そう。ついさっき、先生をぼくと間違えていたずらしたのが、それですよ。恵はその気になると、いつも左手でぼくのあそこに触れました。恵は左利きで、ピアノを弾くときも右手より左手の方が、よく動くんです。その左手を、ぼくのために使ったんです」

それではっと気がつき、下がったままになっていたファスナーを、急いで上げる。

少し読めてきた。

「しかし恵さんは、それをするのが悪いことだという意識を、持っていたんですね」

「ええ。いつも、誘惑に負けることを、悩んでいました」

「それで、左の手を悪い手だ、という風に思い込んだ」

「そのとおりです」

握りしめたままのポインターが、汗で滑ってぬるぬるする。

「あなたは、そうした恵さんの働きかけを、拒否しなかったんですか」

薫は、ちらりと目を上げた。

とっさに、恵に見られたような錯覚を覚えて、ぎくりとする。しかし恵は、寝椅子に横たわったままだった。

「ご想像に、お任せします」

「お父さんと、恵さんの間はどうなんですか」

「それも、ご想像にお任せします」

意味ありげな微笑に、こちらの方がどぎまぎする。

話を変えた。

「恵さんが、左の手首を切断したときのことを、聞かせてくれませんか。二年ほど前のことだそうですが」

薫が、両腕を広げる。

「さっき、恵がその場面を自分で再現したのを、ごらんになったでしょう。先生を、ぼくと間違えてね」

「すると、恵さんは自分で自分の手首を切り落とした、というわけですか」

「そうです。そのときぼくも、さっきの先生と同じように恵に向かって、やめるように言いました。ぼく自身もすでに、耐えられなくなっていたからです。すると、恵は突然狂乱して山刀を取り上げ、自分の左手首に振り下ろしました」

「山刀」

薫はうなずいた。

「父親のものです。父親は山歩きが好きで、うちに何本かあるのです。すごく、切れ味のいいのが」

「いきなり、それを取り上げたわけですか」

「ええ、いきなり。恵も、自分の行為に対する罪悪感が鬱積《うっせき》し、とうとう耐え切れなくなって、一時に爆発したのだと思います」

その場面を想像すると、さすがに背筋に悪寒が走る。

話を変えた。

「それにしても、よく手首がつながりましたね、あんなにきれいに。傷痕は残っていますが、ほぼ完全に修復されたように見える。神経の一本一本をつなぐには、よほどの技術がいるでしょう」

「切断直後の、ぼくの処置がよかったからです。ぼくはすぐに救急車を呼び、来るまでの間に恵の肘をきつく縛《しば》って、落ちた左手を氷詰めにしました。うちの冷蔵庫には、特大の製氷皿があるんです」

「救急車は、すぐに来たんですか」

「ええ。消防署は、うちから百メートルほどしか、離れていません。救急隊員も、ぼくの処置をほめてくれました。山刀の切れ味がよくて、傷口がきれいに切断されたことも、不幸中の幸いだったようです。かつぎ込まれた病院に、県下でも一、二を争う欠損四肢修復術の名医がいて、すぐに接合手術をしてくれました。おかげで、日常生活に不便がない程度まで、回復したわけです」

初めて、じっくりと薫を観察する。

男にしては華奢《きやしや》で小柄な方だが、恵より一センチか二センチ高いかもしれない。よく見ると、恵よりもいくらか顎のあたりが細く、多少の違いが認められた。しかし、化粧をして一緒に撮った写真では、見分けがつくはずがなかった。

寝椅子で、恵が大きくため息をつく。

薫の脇を擦り抜けて、恵のそばに行った。

かがみ込んで、声をかける。

「気がつきましたか」

恵がうつろな目で、こちらを見上げる。

「ええ」

蚊《か》の鳴くような声だった。

「気分はどうですか」

恵は、唾《つば》をのんだ。

「だいじょうぶです。ちょっと、体がだるい感じですけど」

「薬のせいでしょう」

それと、暴れまわったせいだ。

「わたし、何か変なことを言いましたかしら、先生」

「いや、別に。なぜですか」

「なんだか、夢の中で泣きわめいたような、そんな気がするものですから」

「いい傾向ですね。たとえ夢の中でも、泣きわめくのはある種のカタルシスになるので、たぶんプラスに働くと思いますよ」

　恵は首を起こし、長手袋をはめていない左手を持ち上げて、じっと見た。まるで、生まれて初めて目にするといった風情で、つくづくと眺める。

　つぶやくように言った。

「先生。わたしに、左手があります」

「そのようですね。わたしにも、そう見えますよ」

「確か、切り落としたはずなのに。悪い手だったから」

「心を入れ替えて、いい手になってもどったんです」

　恵は、ゆっくりと左手を握り締め、また開いた。それを二度、三度と繰り返す。

「ほんとだ。わたしの思うとおりに、動いてくれるわ」

「その分だと、また両手でピアノが弾けるかもしれませんね」

「ええ」

　恵は、顔を起こしてこちらを見上げ、それから背後に視線を移した。

「薫。どうして、ここにいるの」

振り向いて、薫を見る。

薫は、屈託のない笑いを浮かべた。

「恵のことが心配になって、ちょっと様子を見に来たのさ。先生が、うまく恵を扱ってくださって、いい方向に向かっているらしいよ」

こちらに目をもどす。

「ほんとですか、先生」

「ええ。ご自分で、左手があることを認識しただけでも、大進歩ですよ」

薫が言う。

「今日のセラピーは、これで終わりだそうだ。一緒に帰ろう」

「ええ、そうね」

恵は体を起こし、床に足を下ろした。

「あらあら。わたしったら、靴をこんなにだらしなく脱いじゃって、どうしたのかしら」

さっき暴れたために、きちんと脱いだハイヒールが散らばり、倒れていた。

とっさに、詫《わ》びを言う。

「すみませんね。わたしがそばに来たとき、蹴飛ばしてしまったらしい」

薫がハイヒールをそろえて、恵の足元に置き直した。

恵はそれをはいて、立ち上がった。少し体がよろけたが、薫が支えたので倒れはしなかった。薫は、はみだしたブラウスの裾をさりげなく、スカートにもどしてやったりして、恵の身だしなみを整えた。恵は、されるままになっていた。

応接室にもどる。

恵は言った。

「わたしは、もう治ったんでしょうか」

「そう簡単には、治らないと思いますよ。しかし、すべてあなた次第です。来週の今日、また同じ時間に来てください。そのときの様子を見て、判断しましょう」

「分かりました」

恵は上着を着て、ハンドバッグを持った。

二人を、戸口まで送って行く。

恵に、声をかけた。

「恵さん。一人でエレベーターに乗って、先におりてくれませんか」

恵が、不思議そうな顔をする。

「いいですけど、なぜですか」

「ちょっとした、実験です。左手で呼びボタンを押して、エレベーターに乗ったら一階のボタンを、また左手で押す。全部一人で、左手を使って、やってください。いいですか、全部左手ですよ」

「はい、やってみます。それじゃ」

薫にうなずきかけ、恵は出て行った。

ドアが閉じるのを待って、薫が薄笑いを浮かべる。

「今のは別に、意味のない実験ですよね。ぼくに、話があるのでしょう」

なかなか、勘が鋭い。

「一つ、聞き忘れたことがあるのでね」

「なんですか」

「恵さんは、お父さんの山刀で手首を切断した、ということでしたね」

「そうです」

「そんなに近くに、山刀が投げ出されていたのですか。普通は納戸《なんど》にしまってあるとか、壁の棚や暖炉の上に飾ってあるとか、すぐには手の届かないところに、置かれているはずでしょう」

薫は、じっとこちらを見た。

「何が言いたいんですか、先生は」

こちらも薫を、じっと見返す。

「さっき恵さんは、これをわたしの手からもぎ取って、左腕を打ったんです」

そう言って、手にしたポインターを示した。

「それが何か」

「つまり、恵さんはあなたの手から山刀を奪い取って、手首を切断したんじゃありませんか」

薫は何も言わずに、こちらを見続けた。

思い切って言う。

「あるいは、あなた自身が恵さんの手首を切断した、ということじゃないんですか」

薫の口から、乾いた笑いが漏れる。

「ぼくのしわざじゃありませんよ、先生。さっきもごらんになったとおり、恵は自分で手首を切り落としたんです」

そう、そのとおりだ。

しかし、最初の日に催眠状態に陥ったとき、恵は確かに〈やめて、カオル〉と言った。あれは、薫が恵に何かをしようとしたことの、痕跡ではないのか。

薫が、口元に薄笑いを残したまま、続ける。

「正直に言いましょう。先生のおっしゃるとおり、恵はぼくの手から山刀をもぎ取って、手首を切断したんです」

「あなたは、なぜ山刀を持っていたんですか」

薫は、小さく肩をすくめた。

「別の目的があって、後ろに隠し持っていたんですよ」

「どんな目的ですか」

薫は一歩下がり、後ろ手にドアのノブを探った。

「もういいでしょう。恵が手首を切断したことで、結果的に決着がついたんですから」

そう言うと、ドアをあけて外に出た。

閉じかけたドアを支え、薫に呼びかける。

「待ってください。手首を自分で切断していなければ、恵さんはその場で死ぬ運命にあったんじゃありませんか」

薫は戸口の間から、こちらを睨んだ。

「かもしれませんね。でも、そうする必要はありませんでした」

「でしょうね。どちらにせよ、結果的にお父さんは、あなたのものになったようだから」

薫は肩を震わせ、くっくっと笑った。

「まあね。これで、失礼しますよ。恵が下で、待ってますので」

そのとき、紙のように白い顔をした恵が、薫の背後に現れた。

どうやら恵は、左手でエレベーターを呼ぶことが、できなかったらしい。

世界が、凍ったようだった。


（小説新潮　6月号）

解説

野崎《のざき》　六助《ろくすけ》

いかがでしたか。日本推理作家協会編纂『Ｄｏｕｂｔ《ダウト》　きりのない疑惑』二〇〇八年版の八篇は――。

本書は『Ｐｌａｙ《プレイ》　推理遊戯』（講談社文庫）につづく分冊の後編です。各作が発表されたのは、二〇〇七年。あの年この年、《幾時代かはありました》が、わずか数年前とはいえ、懐かしみ振り返りつつ読むのも一興でありましょう。

いつの時代でも、短編ミステリこそミステリの華。その精華を取り揃えた本書の構成は、次のようになっています。

新鋭・中堅・老練、取り混ぜての「三・二・三」のシフト。新鋭三名、中堅二名、老練三名。順不同ですが、いかにも粋な配分です。自画自賛はナンとやら、早速、目次にそって各作品の紹介に入っていきましょう。

●薬丸岳《やくまるがく》「黒い履歴」
最初は新鋭から。

新鋭とはいっても『天使のナイフ』でデビューして六年、着実に地歩を固めている書き手だ。少年犯罪における被害者と加害者の衝突は、近年の避けて通れない社会的問題の一つ。当然ながら、そこに取材したミステリも多く書かれている。薬丸のデビュー作は、現実の事件をベースにして、罪と罰との難問に迫った。妻を殺した三人の少年たちは、十三歳だったため罪に問われなかった。元少年の一人が殺され、容疑は、事件の余波から逃れようとする「被害者の夫」にかけられる、といったストーリーだった。

本作は、いわばその裏面といった体裁だ。罪を犯し、出院してきた元少年の更生は、そのつど黒い履歴に阻《はば》まれて挫折する。何度目かの失職、そして近所の殺人事件。姉と姪《めい》とで営むささやかな共同生活にひび割れが生じる。次第に明らかになる彼らの過去の汚点。犯した罪は償えるものではなく、背負った過去の重さに立ち往生しつづける毎日。彼らを追いかけるように近所で起こった凄惨な事件。手堅い展開で、作者は、テーマを際立たせていく。細かな描写や、さりげない科白《セリフ》の一言に仕込まれた伏線のもたらす効果は心憎いものがある。さらには、単独作品としての鑑賞とは別に、本作には、シリーズ連作という側面もあった。主人公の元少年は、事件の聞きこみに訪ねてきた刑事と不思議な再会をはたす。刑事は少年鑑別所の担当法務技官だった。この夏目《なつめ》という刑事が陰の主役なのだ。

本作は『刑事のまなざし』のタイトルでまとめられた連作短編集の第二話に位置している。変わった経歴を持つ刑事の優しげなまなざしに映る市井の犯罪を描く連作。東野圭吾《ひがしのけいご》『新参者《しんざんもの》』にも共通するソフトな警察小説の世界といえるだろう。本作には、作者のフィールドたる少年犯罪ものと、新境地を探る短編世界とが、微妙なバランスで保たれている。

●蒼井上鷹《あおいうえたか》「堂場《どうば》警部補とこぼれたミルク」

二番手も新鋭。

本書の配列は順序よく読んでくださいという指定なので、二番目に置かれていることをくれぐれもお忘れなきように。

本作はいっけん解説を要する〈問題作〉のような印象を放つ。ただし読み方は作品内（後半）で律儀に指南してある。だから解説はまったく不要、作者が「こう読め」と指定していることに屋上屋を架するわけにもいかない。この手の凝りに凝った作品は、解説者に本文の注釈をするだけの余地しか残してくれないようなのだ。

主人公の堂場警部補は、往年の英国ユーモア・ミステリ「ドーヴァー警部」シリーズにちなんだ名前。「こぼれたミルク」に説明は必要ないだろう。覆水盆に返らずの話なのだ、という作者からの挑戦状と受け取っておけばよろしい。ミルクがこぼれる前のテーブルの現状をよくよく目に焼きつけておく読み方に努めろ、ということだ。

この作者のものは、たいていが一杯喰わせる（一杯ミルクをこぼさせる？）タイプだといえる。短編だけの技巧かと思えば、長編でもそのヒネリ技は変わらない。長編の一つである『バツリスト』は、隠れた犯罪者を天に代わって成敗する話のようで、途中にいくつものバイアスがかかって、おそろしくヒネクレた話に落ち着いていく。そんなややこしい小説でありながら、「読ませる」のだ。それは、一つに、この作者のキャラクター力によっている。生き生きしたキャラクターを描く力は、本作にも充分すぎるほど表われている。この力があるから、読むのをしょうしょう後回しにしてもかまわないか……。いや、この作品は、順番通り読まなければいけません。

●佐野洋《さのよう》「選挙トトカルチョ」

というわけで、次はベテラン。

佐野洋には、ベテランの上に大を三つほど冠さねばならないだろう。短編総数千二百篇を超えるアベレージ。あえて紹介の必要もない老練の技匠である。

さすがにペースはゆったりとなっているが、新作は出つづけている。本作をタイトル名とした短編集は比較的最近（二〇〇七年）のもの。『千の謎からベスト・オブ・ザ・ベスト』という自選による十篇の短編集も注目である。

短編ミステリを書いた本数でいえば、米国にもエドワード・D・ホックがいる。しかし、すでに故人であり、もう記録は伸ばせない。ホックの場合は、シリーズ・ヒーローを多数立ち上げて、量をこなす方法をとった。こちらが一般的だが、佐野は、シリーズものを書かない姿勢で知られている。

代わりに、何かの共通テーマなりイメージなりを設定して、いくつもの短編をまとめるやり方を定着させた。真似のできない境地である。そこには、俳句に季語があるごとく、短編小説にも共通キーがあるという創作哲学が貫かれている。

本作を含む短編集の共通テーマは、一篇の冒頭にあるように、「人間の特殊な能力」だ。この作品では、ギャンブルのさいの第六感とか、運命を引き寄せる能力とかいう意味で発現している。それとは別に、単発の作品として見事なのは、小道具の使いまわしのうまさだ。この点は、佐野短編ミステリの商標といってもいいテクニックだといえよう。

一地方都市の警察幹部とサツ回り記者の話。それを引退した初老の人物が思い出話として語る。起こるのは事件というより、日常の平凡な事象の連続だ。犯罪はない。殺伐な時代に齷齪《あくせく》する読者にしてみれば、ずいぶんと牧歌的に感じるかもしれない。しかし、ミステリの素材はどこにでも転がっている、という作者の信念は揺るぎがない。要はそれを捉えるレンズの精度なのだ。技巧は凝らすものではなく、自ずと浮き彫りになってくるものだ。老練の職人芸を味わいつくす一篇である。

●新津《にいつ》きよみ「その日まで」

次もベテラン。

この作者を老練と呼んでは失礼に当たるだろうが、練達《れんたつ》のミステリ短編の巧者という意味でなら、やはり老練の一人だ。短編専任というわけではなく、作品は長編の比率がはるかに多いが、短編ミステリのお手本を探すと、この人の作品にたびたび行き当たる。

導入のうまさ、場面転換の思い切りのよさ、複数の話を立体的に交差させる手際、結末の鮮やかさ。短編ミステリの傑作を条件づける基本的な要素はいくつかあるが、そのどれをも新津作品は備えている。

本作は、「探す」を共通テーマにした短編集『わたしはここにいる、と呟く。』のラストを飾る一篇でもある。テーマは逆転し、「探される」女の話である。十五年の時効成立を目前にした女、クジ運の抜群にいい女。語り手は、彼女のかつての友人で、どこにでもいそうな平凡な主婦。さて、どんなオチがつくか。

ミステリアスな日常に徹している佐野短編の次に読むと、その対照の激しさにいやでも気づかされる。新津の描く主婦の日常世界はほとんど非日常の怖ろしさに満ちている。床板一枚の下に地獄の業火が燃え盛っている。

●西村健《にしむらけん》「点と円」
ベテラン二人が続いた後は中堅。

本作「点と円」は、読んで字のごとく、松本清張《まつもとせいちよう》の名作のモジリ。線がぐるりと一回りして円形を描いたという話。

この作者を中堅とするには説明が要りそうだ。『ビンゴ』でデビューして以来、とにかく長大な冒険アクションを連打していった。ストーリーはどんどん熱くヒートし、本もどんどん厚くなる。四作目の『劫火《ごうか》』にいたって、それは、クライマックスをむかえ、文庫化されたものは四分冊、軽く二千ページを超えてしまった。怒濤《どとう》のドンドコが一段落して書きはじめたのが『ゆげ福　博多探偵事件ファイル』。普通の長さの連作短編集であり、本作はその第三話だ。博多の地方色を打ち出したご当地ラーメン・ハードボイルド。優しくハードなツユと麺の物語を、男のロマンに変えた。

作者には『霞が関残酷物語　さまよえる官僚たち』という体験的インサイド・レポートの著書があるように、経歴は変わっている。破壊と爆発のアナーキーな冒険アクションの世界から史上初の（笑）ラーメン・ハードボイルドへの転進も、また驚きだ。「ラーメンは人生の縮図なり」と作者はいう。しかり、短編ミステリもわれわれの哀しい人生の縮図以外のなにものでもあるまい。

間口は広く、器用さも備えているが、まだ模索中といったところにいる作者。その途上の成果がここにある。

●長岡弘樹《ながおかひろき》「傍聞《かたえぎ》き」

「新人らしからぬ」という形容はよく使われるが、本作に接すると、誰もがその想いにとらわれるはずだ。作者はこの作品の前に短編集一冊があるきり、短編の本数にしても十作に達しない新しい書き手だった。読まれたとおり、これは、老成といってもいい完成度の高い作品なのである。「傍聞き」というタイトルのよさ、そのシチュエーションの多面的な使い方の卓抜さ、しかも、それを複数の〈聞かせる―聞かされる〉場面として立体的に構築してみせた隙のなさ。どれをとっても、新人が駆使できる技巧ではないと思われたのだ。

警察ミステリの〈密室性〉が再認識されたのは、横山秀夫《よこやまひでお》の登場以降のことだ。閉鎖的な社会としての警察機構がミステリの舞台（純粋な推理ゲームを競う環境）として最適であることを横山は示した。その発見の影響の大きさは、いたるところに見つけられる。

本作もその流れに位置するものだが、なにしろ、構成の計算がすみずみまで行き渡っている。ヒロインの刑事が置かれる内と外、家庭では一人娘とのコミュニケーション不全に悩み、仕事でも窃盗事件や通り魔事件をかかえ、個人的に恨みを持たれた前科者の釈放に脅かされる。多くのストーリー・ラインが交差する。それらは各人物の観点によってさまざまに変わる。警察での取り調べは〈密室〉のなかで行なわれる。訊くべきことを聞き取るというのが取り調べの本義だ。ところが、本作では、「傍」で聞く（聞かされる）ことに、メインの謎解きが隠されている構図なのだ。しかも、サブがメインに反転するシーン（ミステリを読む至福の瞬間）が二段構えに仕組まれている。

なお、作者は短編集『傍聞き』の後に、連作長編『線の波紋』を刊行している。

●田中啓文《たなかひろふみ》「辛《から》い飴《あめ》　永見緋太郎《ながみひたろう》の事件簿」

次は、中堅のもう一人。この作者は、はっきり曲者と呼んでいい書き手である。収録作品は、ジャズ・ミステリ・シリーズの一篇。すでに『落下する緑』、本作を収録した『辛い飴』、『獅子真鍮《ししんちゅう》の虫』の短編集三冊がある。『辛い飴』の一篇「渋い夢」は二〇〇九年度の日本推理作家協会賞を受賞している。ミュージシャンを探偵役にすえ、本作のようにジャズ度六・ミステリ度四のフュージョンもあるが、「渋い夢」のように（山田正紀《やまだまさき》の評を借りれば）ジャズ度十・ミステリ度十の奇跡的な達成を示した傑作もある。本作は、シリーズでは平均より少し上の出来映えといえるだろう。

どこがこの作家を曲者と呼ばせるのか、手短に書こう。ミステリ方面では、この他に、落語家シリーズがある。ジャズとミステリと落語と。このトライアングルが一人の個性のなかで併存していること、それ自体が一個の不可思議だ。

むしろ、SF・ホラーに多くの問題作・秀作・怪作を残している。じつのところ、解説者は、この作者のことを、ミステリもたまに書く鬼畜系ホラーの書き手だと誤解していた。訂正せねばならない。――田中は鬼畜系ホラーも時たま書くミステリ作家なのだ、と。考えをあらためたのは、やはり、このシリーズを契機にしている。しかし。

シリーズ最初の短編「落下する緑」は田中のデビュー作でもあった。そもそも田中のエッセンスはこのシリーズにこそ一貫してあったようだ。――そうした基本的な理解を容易に与えてくれなかった書き手は、クセモノの名に相応しい。

●逢坂剛《おうさかごう》「悪い手」

さて、本セレクションのトリを務めるのは、老練のもう一人。スペイン現代史ものを始めとして、冒険ロマン、警察小説、時代小説、ユーモア小説と、硬軟取り混ぜて幅広く活躍するベテラン作家である。そこに納まらない逢坂の隠れた顔がある。フラメンコ・ギターの演奏ではない。異常心理をあつかった入り組んだ短編作家としての暗い顔がそれだ。この傾向のものは作者の初期に集中しているが、本作は久方ぶりにそこへ回帰したかのようなサイコ・サスペンスだ。

訪ねてきた若い女。相談事は、長い白手袋の下の左手がない、存在しない、自分のものではなくなっている、という訴えだった。モーパッサンの不気味な名作「手」のように、自分の肉体の一部分が叛乱を起こすという話は、ホラーの有力なテーマだ。サイコ短編の名手逢坂は、そこからどんなサプライズを見せてくれるのか。事件はほとんど都会の片隅の小さな診療室で終始する。

これで、本巻はおしまい。二〇〇七年度は終わった。では、また次の年のベストミステリーズでお会いしましょう。

Doubt《ダウト》 きりのない疑惑《ぎわく》　ミステリー傑作選《けつさくせん》
日本推理作家協会《にほんすいりさつかきようかい》 編

講談社文庫
定価はカバーに
表示してあります

2011年11月15日第1刷発行

発行者――鈴木　哲
発行所――株式会社　講談社
東京都文京区音羽2-12-21　〒112-8001
電話 出版部 (03) 5395-3510
販売部 (03) 5395-5817
業務部 (03) 5395-3615
Printed in Japan

デザイン―菊地信義
本文データ制作―講談社デジタル製作部
印刷―――豊国印刷株式会社
製本―――株式会社若林製本工場

落丁本・乱丁本は購入書店名を明記のうえ、小社業務部あてにお送りください。送料は小社負担にてお取替えします。なお、この本の内容についてのお問い合わせは文庫出版部あてにお願いいたします。

ISBN978-4-06-277100-9

講談社文庫刊行の辞

二十一世紀の到来を目睫に望みながら、われわれはいま、人類史上かつて例を見ない巨大な転換期をむかえようとしている。

世界も、日本も、激動の予兆に対する期待とおののきを内に蔵して、未知の時代に歩み入ろうとしている。このときにあたり、創業の人野間清治の「ナショナル・エデュケイター」への志を現代に甦らせようと意図して、われわれはここに古今の文芸作品はいうまでもなく、ひろく人文・社会・自然の諸科学から東西の名著を網羅する、新しい綜合文庫の発刊を決意した。

激動の転換期はまた断絶の時代である。われわれは戦後二十五年間の出版文化のありかたへの深い反省をこめて、この断絶の時代にあえて人間的な持続を求めようとする。いたずらに浮薄な商業主義のあだ花を追い求めることなく、長期にわたって良書に生命をあたえようとつとめるところにしか、今後の出版文化の真の繁栄はあり得ないと信じるからである。

同時にわれわれはこの綜合文庫の刊行を通じて、人文・社会・自然の諸科学が、結局人間の学にほかならないことを立証しようと願っている。かつて知識とは、「汝自身を知る」ことにつきていた。現代社会の瑣末な情報の氾濫のなかから、力強い知識の源泉を掘り起し、技術文明のただなかに、生きた人間の姿を復活させること。それこそわれわれの切なる希求である。

われわれは権威に盲従せず、俗流に媚びることなく、渾然一体となって日本の「草の根」をかたちづくる若く新しい世代の人々に、心をこめてこの新しい綜合文庫をおくり届けたい。それは知識の泉であるとともに感受性のふるさとであり、もっとも有機的に組織され、社会に開かれた万人のための大学をめざしている。大方の支援と協力を衷心より切望してやまない。

一九七一年七月

野間省一

講談社文庫 最新刊

濱 嘉之
警視庁情報官 トリックスター
警察小説史上類を見ないエピローグに度肝を抜かれる情報ドラマ！〈文庫書下ろし〉

香月日輪
大江戸妖怪かわら版①〈異界より落ち来る者あり〉
三ツ目に化け狐が遊ぶ魔都「大江戸」で起こる珍事を少年・雀《すずめ》が追う！ 待望の新シリーズ。

森 博嗣
銀河不動産の超越 Transcendence of Ginga Estate Agency
無気力青年が「銀河不動産」に職を得た。一風変わったお客たちに、青年は翻弄されるが!?

仁木英之
千 里 伝
伝説の秘宝「五嶽真形図」を探し旅する千里たちを待つ運命とは。中国歴史ファンタジー。

今野 敏
奏者水滸伝 北の最終決戦
奏者たちは古丹の愛する北海道へ向かう。巻き込まれた極秘計画とは？ シリーズ完結編。

伊集院 静
新装版 **三 年 坂**
自然と人の営みを抒情あふれる文章で描き出した、著者の原点とも言うべき珠玉の作品集。

日本推理作家協会 編
Doubt《ダウト》 きりのない疑惑〈ミステリー傑作選〉
殺人犯の「元少年」につきまとう、一人の刑事。疑惑が絡み合う、傑作短編八つを収録。

長井 彬
新装版 **原子炉の蟹**
原発建屋内で多量被曝した死体は極秘処分されたのか？ 今だからわかる、この小説の凄さ。

坂東眞砂子
欲 情
自由を希求するための「性」に縛られた三人の男女。愛情と欲望の地獄を描いた恋愛小説。

服部真澄
極 楽 行 き〈清談 佛々堂先生〉
「けったいなおっちゃん」の正体は超一流の風流人！『わらしべ長者、あるいは恋』改題。

フランソワ・デュボワ
太極拳が教えてくれた人生の宝物〈中国・武当山90日間修行の記〉
キャリア・マネジメントの第一人者が太極拳の総本山で体験した奇跡！〈文庫書下ろし〉

ウィリアム・K・クルーガー
野口百合子 訳
希 望 の 記 憶
今、彼女は殺されようとしている。まだ14歳なのに――。傑作ハードボイルドの新境地。

講談社文庫 最新刊

池井戸 潤　鉄の骨
若手ゼネコンマンの富島平太が直面した現実――談合を巡る、手に汗握る白熱の人間ドラマ。

池井戸 潤　新装版 銀行総務特命
行内スキャンダル処理に奔《はし》る指宿《いぶすき》を陥れようと、ある罠が仕掛けられた。傑作ミステリー。

池井戸 潤　新装版 不祥事
歪んだモラルと因習に支配されたメガバンクを、若手女子行員がバッサリ斬る。痛快！

桜庭一樹　ファミリーポートレイト
公営住宅に暮らす、マコとコマコの母娘。二人はいつまでも一緒――だって親子だもの。

秦 建日子　インシデント〈悪女たちのメス〉
天才女医が挑んだ世界初の脳外科手術で悲劇が起きる。医療ミステリー。〈文庫書下ろし〉

佐藤雅美　天才絵師と幻の生首〈半次捕物控〉
九つの子の描いた「気《き》味《び》が悪い」ほど見事な生首。半次のひらめきが難題を解く傑作捕物帖。

松谷みよ子　ちいさいモモちゃん
モモちゃんって、こんなに奥深い。人生の真実を優しく鋭く描く名作が酒井駒子の絵と共に甦る。

森村誠一　真説忠臣蔵
『忠臣蔵』『悪道』へと連なる森村時代小説の清冽なる源流。無念の士道を描く忠臣蔵異聞。

佐藤さとる　小さな国のつづきの話〈コロボックル物語⑤〉
図書館員の正子は「コロボックル物語」を読んだ。現実と小説が交錯し、世界が広がる！

鯨 統一郎　タイムスリップ戦国時代
女子高生うららが時を超えて戦国時代へ。ネタ満載、笑いが止まらないシリーズ第5弾！

長嶋 有　電化文学列伝
作品中の家電を軸に文学を語る書評エッセイ。清冽な書き下ろし短編小説「導線」掲載。

赤井三尋　バベルの末裔
果たして、人間が「意識」を生み出すことは許されるのか？『2022年の影』を改題。

団 鬼六　悦楽王〈鬼プロ繁盛記〉
伝説の雑誌『SMキング』編集部での狂騒の日々。官能小説の王者、最後の自伝的小説。

富岡多恵子（編）
大阪文学名作選
西鶴、近松から脈々と連なる大阪文学は、ユーモアの陰に鋭い批評性を秘め、色と欲に翻弄される愛しき人の世を描く。川端康成、宇野浩二、庄野潤三、野坂昭如等十一篇。
解説＝富岡多恵子
978-4-06-290140-6 とA9

藤枝静男
志賀直哉・天皇・中野重治
藤枝静男の生涯の師・志賀直哉をめぐる随筆を中心に、名作「志賀直哉・天皇・中野重治」など、他では読めない藤枝文学の精髄を掬い取った珠玉の随筆第二弾。
解説＝朝吹真理子　年譜＝津久井隆
978-4-06-290139-0 ふB5

中村光夫
風俗小説論
日本の近代リアリズムはいかに発生・展開し、変質・崩壊したのか。私小説が文学に与えた衝撃を、鋭利な分析力で解明し、後々まで影響を及ぼした、古典的名著。
解説＝千葉俊二　年譜＝金井景子
978-4-06-290141-3 なH4

講談社文庫　目録

講談社文庫　目録

日本推理作家協会編　隠された鍵〈ミステリー傑作選〉
日本推理作家協会編　セブン ミステリーズ〈ミステリー傑作選〉
日本推理作家協会編　曲げられた真相〈ミステリー傑作選〉
日本推理作家協会編　ULTIMATE MYSTERY 究極のミステリー、ここにあり〈ミステリー傑作選〉
日本推理作家協会編　MARVELOUS MYSTERY 至高のミステリー、ここにあり〈ミステリー傑作選〉
日本推理作家協会編　Play《プレイ》推理遊戯〈ミステリー傑作選〉
日本推理作家協会編　1ダースの殺意〈ミステリー傑作選・特別編1〉
日本推理作家協会編　殺しのルート13〈ミステリー傑作選・特別編2〉
日本推理作家協会編　真夏の夜の悪夢〈ミステリー傑作選・特別編3〉
日本推理作家協会編　57人の見知らぬ乗客〈ミステリー傑作選・特別編4〉
日本推理作家協会編　自選ショート・ミステリー〈ミステリー傑作選・特別編5〉
日本推理作家協会編　自選ショート・ミステリー2〈ミステリー傑作選・特別編6〉
日本推理作家協会編　謎001〈東野圭吾選スペシャル・ブレンド・ミステリー〉
日本推理作家協会編　謎002〈宮部みゆき選スペシャル・ブレンド・ミステリー〉
日本推理作家協会編　謎003〈恩田陸選スペシャル・ブレンド・ミステリー〉
日本推理作家協会編　謎004〈京極夏彦選スペシャル・ブレンド・ミステリー〉
日本推理作家協会編　謎005〈伊坂幸太郎選スペシャル・ブレンド・ミステリー〉
日本推理作家協会編　謎006〈今野敏選スペシャル・ブレンド・ミステリー〉
西木正明　極楽谷に死す

二階堂黎人　地獄の奇術師
二階堂黎人　聖アウスラ修道院の惨劇
二階堂黎人　ユリ迷宮
二階堂黎人　吸血の家
二階堂黎人　私が捜した少年
二階堂黎人　クロへの長い道
二階堂黎人　名探偵水乃サトルの大冒険
二階堂黎人　名探偵の肖像
二階堂黎人　悪魔のラビリンス
二階堂黎人　増加博士と目減卿
二階堂黎人　ドアの向こう側
二階堂黎人　魔術王事件(上)(下)
二階堂黎人　軽井沢マジック
二階堂黎人　聖域の殺戮
二階堂黎人　カーの復讐
二階堂黎人　双面獣事件(上)(下)
二階堂黎人／千澤のり子　ルームシェア〈私立探偵・桐山真紀子〉
二階堂黎人編　密室殺人大百科(上)(下)
新美敬子　世界の旅猫105

西澤保彦　解体諸因
西澤保彦　完全無欠の名探偵
西澤保彦　七回死んだ男
西澤保彦　殺意の集う夜
西澤保彦　人格転移の殺人
西澤保彦　麦酒《ばくしゅ》の家の冒険
西澤保彦　幻惑密室
西澤保彦　実況中死
西澤保彦　念力密室！
西澤保彦　夢幻巡礼
西澤保彦　転・送・密・室
西澤保彦　人形幻戯
西澤保彦　ファンタズム
西澤保彦　生贄を抱く夜《よ》
西澤保彦　ソフトタッチ・オペレーション
西村　健　ビンゴ
西村　健　脱出 GETAWAY
西村　健　突破 BREAK
西村　健　劫火1 ビンゴR《リターンズ》

講談社文庫　目録

西村　健　劫火2 大脱出
西村　健　劫火3 突破再び
西村　健　劫火4 激突
西村　健　笑い犬
西村　健　ゆげ福〈博多探偵事件ファイル〉
楡　周平　青狼記(上)(下)
楡　周平　陪審法廷
楡　周平　宿命(上)(下)〈ワンス・アポン・ア・タイム・イン・東京〉
西村　滋　お菓子放浪記
西尾維新　クビキリサイクル〈青色サヴァンと戯言遣い〉
西尾維新　クビシメロマンチスト〈人間失格・零崎人識〉
西尾維新　クビツリハイスクール〈戯言遣いの弟子〉
西尾維新　サイコロジカル(上)〈兎吊木垓輔の戯言殺し〉(下)〈曳かれ者の小唄〉
西尾維新　ヒトクイマジカル〈殺戮奇術の匂宮兄妹〉
西尾維新　ネコソギラジカル(上)〈十三階段〉
西尾維新　ネコソギラジカル(中)〈赤き征裁vs.橙なる種〉
西尾維新　ネコソギラジカル(下)〈青色サヴァンと戯言遣い〉
西尾維新　ダブルダウン勘繰郎《かんぐろう》 トリプルプレイ助悪郎《スケアクロウ》
西村賢太　どうで死ぬ身の一踊り

貫井徳郎　修羅の終わり
貫井徳郎　鬼流殺生祭
貫井徳郎　妖奇切断譜
貫井徳郎　被害者は誰？
A・ネルソン　「ネルソンさん、あなたは人を殺しましたか？」
野村　進　コリアン世界の旅
野村　進　救急精神病棟
野村　進　脳を知りたい！
法月綸太郎　雪密室
法月綸太郎　誰《たそ》彼《がれ》
法月綸太郎　頼子のために
法月綸太郎　ふたたび赤い悪夢
法月綸太郎　法月綸太郎の冒険
法月綸太郎　法月綸太郎の新冒険
法月綸太郎　法月綸太郎の功績
法月綸太郎　新装版 密閉教室
乃南アサ　鍵
乃南アサ　ライン
乃南アサ　窓

乃南アサ　不発弾
乃南アサ　火のみち(上)(下)
野口悠紀雄　「超」勉強法
野口悠紀雄　「超」勉強法・実践編
野口悠紀雄　「超」発想法
野口悠紀雄　「超」英語法
野沢　尚　破線のマリス
野沢　尚　リミット
野沢　尚　呼《よ》人《ひと》
野沢　尚　深紅
野沢　尚　砦なき者
野沢　尚　魔笛
野沢　尚　ひたひたと
野沢　尚　ラストソング
野口武彦　幕末気分
のり・たまみ　2階でブタは飼うな！〈日本と世界のおかしな法律〉
野崎　歓　赤ちゃん教育
野中　柊　ひな菊とペパーミント
野村正樹　頭の冴えた人は鉄道地図に強い

半村　良　飛雲城伝説
原田泰治　わたしの信州
原田泰治
原田武雄　泰治が歩く〈原田泰治の物語〉
原田康子　海霧(上)(中)(下)
林　真理子　テネシーワルツ
林　真理子　幕はおりたのだろうか
林　真理子　女のことわざ辞典
林　真理子　さくら、さくら〈おとなが恋して〉
林　真理子　みんなの秘密
林　真理子　ミスキャスト
林　真理子　ミルキー
林　真理子　新装版 星に願いを
林　真理子
山藤章二　チャンネルの5番
原田宗典　スメル男
原田宗典　私は好奇心の強いゴッドファーザー
原田宗典・文
かとうゆめこ・絵　考えない世界
馬場啓一　白洲次郎の生き方
馬場啓一　白洲正子の生き方
林　望　帰らぬ日遠い昔

林　望　リンボウ先生の書物探偵帖
帚木蓬生　アフリカの蹄《ひづめ》
帚木蓬生　アフリカの瞳
帚木蓬生　空夜
帚木蓬生　空山
坂東眞砂子　道《さ》祖《い》土《ど》家の猿嫁
坂東眞砂子　梟《きょう》首《しゅ》の島(上)(下)
花村萬月　皆月
花村萬月　惜春
花村萬月　空は青いか〈萬月夜話其の一〉
花村萬月　犬でわるいか〈萬月夜話其の二〉
花村萬月　草《くさ》臥《ぶ》し日記〈萬月夜話其の三〉
林　丈二　犬はどこ?
林　丈二　路上探偵事務所
原口純子と
中華生活
ウオッチャーズ　踊る中国人
はにわきみこ　たまらない女
畑村洋太郎　失敗学のすすめ
畑村洋太郎　失敗学実践講義〈文庫増補版〉
遙　洋子　結婚しません。

遙　洋子　いいとこどりの女
花井愛子　ときめきイチゴ時代〈ティーンズハートの1987〜1997〉
はやみねかおる　そして五人がいなくなる〈名探偵夢水清志郎事件ノート〉
はやみねかおる　亡霊《ゴースト》は夜歩く〈名探偵夢水清志郎事件ノート〉
はやみねかおる　消える総生島〈名探偵夢水清志郎事件ノート〉
はやみねかおる　魔女の隠れ里〈名探偵夢水清志郎事件ノート〉
はやみねかおる　踊る夜光怪人〈名探偵夢水清志郎事件ノート〉
はやみねかおる　機《から》巧《くり》館《やかた》のかぞえ唄〈名探偵夢水清志郎事件ノート〉
はやみねかおる　ギヤマン壺の謎〈名探偵夢水清志郎事件ノート外伝〉
はやみねかおる　徳利長屋の怪〈名探偵夢水清志郎事件ノート外伝〉
勇嶺《はやみね》　薫《かおる》　赤い夢の迷宮
橋口いくよ　アロハ萌え
服部真澄　清談　佛々堂先生
半藤一利　昭和天皇ご自身による「天皇論」
秦　建日子　チェケラッチョ!!
秦　建日子　SOKKI!〈人生には役に立たない特技〉
端田　晶　もっと美味しくビールが飲みたい!〈酒と酒場の耳学問〉
端田　晶　とりあえず、ビール!〈続・酒と酒場の耳学問〉
早瀬詠一郎　早《さ》烏《がらす》〈裏十手からくり草紙〉

講談社文庫　目録

2011年9月15日現在